박정규의 시 쓰는

이야기

박정규의 시 쓰는 이야기

박정규

한국학술정보㈜

이 책을 펼쳐든 그대가 아직은 시 창작경험이 많지 않은 사람일까? 만약 그렇다면 이 '시 쓰는 이야기'를 즐겁게 읽어 보면 좋겠네. 문장표현의 틀과 골격과 구성에 대한 분명한 인식이 생길 테니까. 혹시 입시를 앞둔 수험생이거나 논술을 지도하는 이들도 마찬가지라는 말을 하고 싶어.

그런데 지금 내 어투가 이상하다고? 낯설고? 이 책을 대하는 독자에게 친밀감의 표시, 그리고 부담 없이 읽게 하기 위한 방법론이라고 여겨주면 좋겠어.

나는 문학을 전공한 사람이 아닌데, 그러나 오랫동안 시를 포함한 여러 글을 써왔어. 비교적 많은 독서를 해왔다고도 할 수 있지. 삶의 경험범위에서는 차이가 있겠지만 인생의 여러 우여곡절까지 경험해봤다고 이야기할 수 있을까? 그래서였는지 글을 써보려는 이들을 볼 때면 마음에 떠올려지는 것이 있었어. 쓰는 일은 학문적 접근에 앞서 실제적 즐거움이 될 수 있거든? 이런 인식의 바탕에서 함께, 제대로 된 글을 쓰고 싶었지. 이를 감당하려는 내 역할이 작은 이정표가 되기는 하려는지도 늘 생각했고. 대학생이 된 아들에게서 가끔 쓰는 것에 대한 질문을 받았어. 거기 답변해주면서 이것이 더욱 구체화됐지.

박정규의 '시 쓰는 이야기'는 이런 이유로 쓴 것이야. 쉽게 풀어쓰기는 했지만 이 책에는 시 창작법의 전문성이 포함돼 있어. 그러나 아직은 미숙한 이들이 대상이야. 글쓰기를 좋아하는 이는 문학적 감수성을 지녔잖아? 이들과 정서적 공감대를 넓혀보고 싶었어.

이 책에는 시를 쓰는 태도, 거기에서 발생하는 상념들을 써놓은 산문 몇 편을 함께 넣었거든? 4부로 나눈 책의 첫 단원들에 등장하는 것은 신언서판을 근거로 한 산문이야. 책을 시작하는 1부에서만 내 아내 이야기가 먼저 나와. 산문은 그 다음에 등장하고. 이것들을 읽어보면서 뜻을 깊이 이해할 수 있다면 쓰는 일에 훨씬 많은 동기를 부여받으리라고 믿어.

이 책의 내용은 전에 내가 읽었던 시 창작에 관한 여러 이론서들을 많이 참조했어. 원고를 정리하다가 문득, 그중에서 보범적이라고 할 수 있는 몇 가지 Text의 pattern을 따르는 것이 좋겠다는 생각이 들더라고. 보편성과 균형을 잃으면 곤란할 것 같아서 말이야. 그 내용들을 독자의 입장에서 재해석하기도 했고, 설명하는 부분이 미흡하다 여겨지면 내 창작경험을 첨가해서 보충하기도 했어. 그러니까 이 책은 내 개인의 독자적 저작물이라기보다는 내가 갖고 있는 지식은 물론 독서를 통해서 얻은 정보(Information)의 엮음(編著)이라는 것이 더 정확한 말이겠네.

다시 덧붙이지만 이 책에서 하는 이야기를 가벼운 마음으로 즐겁게 들어주면 좋겠어.

시 쓰는 일이 무슨 거창한 일은 아니야. 그러나 시 정신이라는 것이 있지. 굳이 설명한다면 생활 속의 정서, 즉 기쁨과 즐거움은 물론 고통과 괴로움까지도 문자언어로 '아름답게' 표현해내는 것을 시라고 할 수 있어. 그렇게 할 때 그대가 지닌 아름다운 정서는 더욱 승화되어 빛을 내게 되겠지. 혹시 외부에 노출할 수 없는 마음의 상처도 있을까? 그 또한 시 쓰는 일을 통해서 치유와 회복의 기회를 만들 수 있다고 말하고 싶어. 이것은 분명한 사실이야.

또 한 가지 덧붙여야겠네. 어떤 책이든지 읽다가 싫증날 수도 있잖아? 이 책에서도 그럴 경우가 생기면 어느 한 부분을 펼쳐놓고 소리 내서 읽어보도록 해. 틀림없이 새로운 기분이 들 테니까. 나는 시인이야. 어떤 문장이든지 작성할 때는 가락에 신경을 써. 독자가 지루하지 않도록 하기 위해서이기도 하고 운율에 익숙해 있기 때문이기도 하지.

E. A. 포우(Edgar Allen Poe, 1809~1849)는 시를 가리켜 "美의 운율적 창조"라고 했어. 이는 시 창작하는 이들이 잊지 말아야 할 규범이라고 여겨져. 미의 궁극점인 형식과 내용의 일치라는 면에서도 그래.

운율에는 팔딱거리는 생동감이 있거든? 이 팔딱거림에서 살아있는 공명(共鳴)이 일어난단 말이야. 모든 아름다운 것들은 그 생명력 속에 균형 잡힌 리듬감을 지니고 있어. 살아서 움직여. 이 균형 잡힌 리듬감이란 말을 잊지 않으면 참 좋겠네.

끝으로 한국학술정보(주) 채종준 사장님께.

그 혜안(慧眼)에 담긴 기대와 배려로 이 책을 발간하게 됐습니다. 출판사업부 강태우 팀장님, 한세진 씨와 이지연 씨, 또 원고정리와 수정작업에 여러 번 수고한 편집부 여러분들께도 고마운 마음을 전하고 싶군요.

그리고 종성이, 종서에게는 이 말을 해야겠다. 아무리 생각해봐도 너희는 보석상자 정도로는 비교도 할 수 없을 만큼 빛난단 말이야. 그 마음속에 담겨 있는 것들을 들여다보면 자꾸 눈부시거든? 그런 보람이 이 책을 쓰는 큰 힘이 됐어. 하늘나라에 있는 내 아내, 너희들의 엄마도 기뻐하고 있을 것이 분명해. 그렇지? 그 몸과 마음이 반듯하고 아름답게 커가고 있어서 고마운 내 사랑의 대상들아.

2008. 2. 29.
박 정 규

손대호(장현교회 담임목사)

저자의 삶 중에서 그 전반부를 나는 잘 모른다. 그 삶의 시간 중반부에서부터 봤기 때문이다.

사람을 본다는 것은 소리를 내는 것이다. 소리를 듣는 것이다. 그 사람이 받아들이는 빛이 굴절하는 모습을 관찰하는 것이다. 이는 여러 소리를 수용하고 혼합하고 때로는 상실시키기도 하면서 소리를 융합 창조 재생할 수 있는 CD를 굽는 것과도 같다.

이처럼 내가 관찰하고 느낀 저자는 사람과 사물을 보고 들으면서 수용 혼합 상실 융합 창조 재생하는 사람이다.

그런데 그에게는 수신되는 양보다 보내는 양이 많았다. 더구나 이것은 자발적 보냄이 아니라 빼앗김이었다. 그래서인지 허기짐이 보통사람에 비해 커 보였다. 기갈과 아픔도 많은 듯했다. 그러면서도 이것들을 내던져보려고 하는 것 같았다. 그

러나 던지면 던질수록 분리되기는커녕 더욱 그를 옥죄어 오
는 것이었다.

그런 허기짐과 기갈을 끌어안고 그것으로 융합하고 창조하
여 새로운 것들로 재생된 것이 박정규의 '시 쓰는 이야기'이다.

이 책에는 많은 이야기들이 있다. 그러나 많이 들었던 소리
는 아니다. 보낼 수 없는데 보내야 하는 소리다. 그런 소리들
이 등장한다. 또한 책에는 저자가 받아들인 빛의 굴절이 그대
로 나타나 있다. 이는 받아서 바로 통과시켰던 빛이 아니라
저자의 내면이 그 빛을 수용하여 함께 걸었던 길(道)이다. 그
길에는 절망과 애통과 고뇌와 기갈이 널려있다. 그런 것들에
붙잡혔지만 뿌리치는 사투와 울면서 웃는 웃음이 있다.

다시 말해서 이 책에는 우리가 들어야 할 CD가 있다. 우리
모두에게 맞는 CD가 아니라 독자가 선택하고 싶은 CD이다.
그렇기에 이렇게 추천의 말을 써본다.

김은호(한국성서대학교 교학처장, 히브리어 교수)

대부분 사람들은 시 쓰기를 겁낸다. 감당하기 힘든 과제로 여긴다. 어디서부터, 어떻게 시작해야 좋을지 모르기 때문이다. 또 시는 시인과 문인들만의 전문분야라고 생각하는 까닭에 많은 사람들이 접근하지 못한다.

이런 상황에서 살펴보면 박정규의 '시 쓰는 이야기'는 흔히 보았던 시 이론서가 아니다. 시에 접근하며 경험하게 되는 표현의 범위와 형식의 실제적 단계를 대화하듯 전개해나가면서 시 쓰는 방법을 가르치기 전에 먼저 시 쓰는 일의 가치를 말하고 있다. 이는 그의 시 쓰기에 대한 자발적 동인으로 여겨진다. 저자는 가장 좋은 시적 재료가 삶에서 누구나 다 경험하는 평범함에 담겨있다고 말한다. 이는 시의 가장 기본적인 조건인 운율이나 심상(image)보다 먼저 자신의 생각이나 느낌을 정직하게 드러내야 한다는 뜻으로 보인다.

시 이론서들 중에는 그 내용이 가깝게 와 닿지 않을 때가 있다. 부담스러운 이론에 그칠 때도 많다. 그런데 이 책에서는 이야기하듯 시의 이론을 들려주고 있다. 그런 관점에서 보면 이론서의 특징인 '…하다.' 체가 아니라 '…해. …있어. …있지.' 등으로 나타나는 문체의 어감도 독특하고 흥미롭다. 독자의 이해를 도모하려는 명제에서는 오히려 친밀하고 상세하게 접근하고 있다.

이처럼 추천의 말을 쓰고 있지만 사실 나는 이 책 저자인 박정규 시인의 오랜 벗이다. 그래서인지 내게는 이런 필체의 흔적이 문자가 아니라 음성으로 다가와서 더욱 정겹다.

흔히 문학이론서는 그 형식에 있어서 작품을 인용하고 그것에 대해 설명한다. 읽다가 보면 흥미와 호기심이 떨어질 때도 있다. 이론서를 이해하기 위한 딱딱한 용어설명에 기가 죽기도 한다. 그러나 이 책은 다르다. 재미를 느끼게 한다. 시성(詩性)에 대한 새로운 발견을 나타내기보다는 자신의 체험을 이야기하듯 이삼십 년에 걸친 시 쓰기의 이야기를 펼쳐서 보여주기 때문이다.

진정한 대화 속에는 말을 주고받는 사람의 생각이나 형편, 감정이 진솔하게 배어나올 수밖에 없다. 특히 군더더기 없는 대화는 그 내용이 오랫동안 생생하게 살아있도록 한다.

이 책에서도 마찬가지다. 저자는 독자가 들은 그대로를 생생하게 되살려 쓰도록 쓸데없는 부분을 붙이지 않는다. 시가 갖는 표현특성의 형식적이며 구조적인 이론을 대화의 방식으로 풀어낸다. 그렇다고 단순히 나열만의 이야기는 아니다. 오히려 중요한 의미를 대화체로 드러내며 전개하는 자신의 담론이다. 이것은 삶의 인식된 현상을 해석하려는 저자의 방식이기도 하다. 담소하듯 시의 이론을 알기 쉽게 설명해주지만 시인이 되기 위해서 구체적으로 어떻게 노력해야 하는지에 대해서도 말한다. 대화는 점차적으로 자신이 어떻게 시인이 되었는지, 어떠한 노력을 했는지에 대한, 이론 된 학습이 아닌 경험된 삶의 속살을 드러낸다. 자신의 삶에 인식된 양식을 어떻게 시의 형식으로 나타낼 수 있는지, 좋은 시를 쓰기 위한 체험과 풍부한 상상력 등의 기초적인 의문에 세세히 설명하는 것 또한 이 책의 장점이 된다.

이렇게 볼 때 저자는 시를 말하기보다는 시인을 말하고 싶은 것이다. 어떻게 쓸 것인가 보다는 무엇을 쓸 것인가를 중심으로 하는, 결국 인간에 관한 진지한 문제를 다루고 있다.

이런 이유에서 나는 이 책에 기대하는 바가 적지 않다. 물론 친절한 시 이론서로 등장하고 있다. 하지만 이 책은 쓰는 일을 포함한 여러 부분에서도 읽는 독자에게 큰 유익이 되리라고 확신한다.

제3부 시는 뜻을 지니고 있다 / 149

1

시 쓰는 일의
가치에 대해서

01 변심한 아내의 편지

그대, 어떤 기대를 하며 이 책을 펼쳤지? 여기 담긴 내용이 기대에 어긋나지 않을 것이라고 믿으면서? 정말로? 굿! 유 윈! 정녕 그렇다면 시 쓰는 이야기를 편하게 시작할 수 있겠네.

먼저 들려주고 싶은 이야기가 있어. 개인적인 것이기는 하지만 한번 들어볼 테야? 내가 쓰는 일에 다시 집중력을 갖게 된 동기부여 같은 것이니까. 내 마음의 출렁임을 수습했던 일의 기록이기도 하고.

아내가 아직 이 세상에서 내 곁에 있을 때야. 편지 한 통을 받은 적이 있어. 큰아들의 중학교 졸업식 때. 함께 사진을 찍고, 친구들과 어울려 나가는 녀석을 보고 웃던 사람이 표정을 바꾸며 전해주더군. 병원에서 자기가 치료 받을 동안 읽어보라며.

그 당시 사람들은 우리를 일컬어 상상이 잘 안 되는 집안이라고 했어. 까닭이 있었지. 보통사람들은 잘 겪을 수 없는 일들을 내가 잇달아 겪었거든. 그러면서도 동요하는 모양새는 나타내지 않았어.

그것을 보면서 제법 인지상정을 알고, 사람의 심리상태를 잘 꿰뚫어본다며 자부하는 사람들은 쑥덕거리기도 했대. 우리가 잘나빠진 자존심 때문에 표시하지 않는 것이라고.

사람의 모습은 그런 것이야. 급하게 손톱 끝 따본 경험 없이 어떻게, 아무도 몰래 가슴 울컥거리는 것을 알 수 있겠어. 그런 이치야. 그렇게 말한 사람은 극한 상황에서도 자기존재성을 소중하게 여기는 태도가 어떠해야 한다는 것을 헤아려본 경험이 없었을 테지.

집안의 가장으로서 나는 FRP 관련제품을 만드는 작은 공장을 운영했어. 제작과 현장시공을 겸했으니 육체노동에 매달렸다는 것이 더 정확한 표현이야. 그러던 어느 날 힘들게 일하는 직원들 일손 돕는답시고 공사현장에 지원을 나갔어. 거기 15층 옥상에서 추락하는 사고를 만났지.

병원에서 말하기를 팔 다리 허리 어깨 무릎이 어긋나고 폐부까지 흔들렸다던가. 이삼일은 혼절, 그다음 일주일 정도는 혼수상태였어. 등뼈는 흉추 11번의 골절.

이때 혼절과 혼수상태의 구별을 어떻게 하는지 알았어.

처음은 말 그대로 혼절이었지. 듣지도 보지도 말하지도 아무것도 의식하지 못하는, 말 그대로 숨만 쉬고 있는 육체의 덩어리로 있는 상태. 그렇게 며칠 지나고 나니 들리고 보이고 느껴지는데 표현은 잘 되지 않는 상태가 찾아오더라고. 이 며칠이 지나는 동안은 누가 찾아오면 몇 마디 나누기도 했대. 그러나 나중에는 찾아온 사람이 누구였는지, 무슨 이야기를 나눴는지, 그 상태의 감각은 어떠했는지조차 기억나지 않았어. 이것을 혼수상태라고 하더군. 내가 겪은 혼절과 혼수상태의 구별은 그런 것이었어.

지금은 거의 완벽하게 나았지. 하지만 처음 치료를 맡았던 의사들은 자기들끼리의 대화로 주고받았어. 잘 치료되면 휠체어 정도는 타고 다닐 수 있겠다고.

아찔한 이야기라고? 그래. 그 생각을 하면 진땀 돋는 느낌이 들어. 이제는 아내도 하늘나라에 갔는데 굳이 그런 기억을 들출 게 뭐였담? 그런 상태로 보낸 2년 가까운 투병생활의 괴로움도 여기에서 더 말할 필요는 없겠지.

그 와중에서 내 아내, 이 딱한 사람의 몸에 이상이 생겼어. 여성들만 걸리는 암. 나를 수발하는 동안 어찌 다른 신경을 쓸 수 있었을까만 설마 큰 병은 아니겠지, 참고 지내는 동안 수술의 시기까지 놓쳐버렸어.

지금 생각해도 참 맹꽁이 같은 사람이야. 그 일을 떠올리면 자꾸 마음이 아파. 자신이 나락으로 떨어지기까지 헌신한 사랑이었어. 너무 과분했지. 나는 그것을 받을 만한 자격도 갖추지 못한 사람이었다는 것을 늘 생각해. 거기에 보답할 길도 없다는 자책감에 견디기 힘들 때도 많고.

이 사람은 또 심리적으로도 내가 엉뚱한 생각을 갖도록 만들어 주고 갔어. 무슨 이야기냐고?

나는 아주 젊을 때부터 갖가지 일로 고달파하는 사람들의 이야기를 잘 들어주는 편이었거든? 그 범위라고 해봐야 같이 일하던 이들, 함께 글 쓰는 이들, 드물게는 벌써 오래 전 선친을 따라서 섬겼던 교회에서 아직 나를 기억하는 이들이 전부야. 그런데 지금은 누구의 이야기를 들어줄 마음의 여유가 많이 사라졌다는 것이지.

아직도 그들 중에서 삶에 문제가 발생한 사람이 하소연을 해오기도 해. 그런 부분에서 들어주는 일은 여전히 잘 하는 척하지. 물론 내 기준에서는 문젯거리도 아닌 일을 갖고 오는 이도 있어. 그 당사자는 마치 온 세상 짐 다 짊어진 것 같아. 그런 것을 늘어놓는 경우야. 내가 속으로 무슨 생각을 하는지도 모르면서 말이지. 심한 표현으로 그 넋두리를 꼴값이라고 여기지는 않아. 하지만 솔직히 이야기해서 "넌 참 아직 멀었구나." 하는 생각이 들기는 해. 삶을 받아들이는 마음가짐의 그 자기일방성이 딱할 때도 있고. 그런데 문제는 다른 곳에 있어. 그렇게 생각할 수 있는 내가 삶에서의 굴곡을 보통 사람들보다 조금 더 맛봤다고 하자고. 또 인지상정에 대해서도 조금 더 알고 있다고 해. 그렇다고 이것이 무슨 과거급제해서 벼슬길에 오른 것처럼 으쓱댈 일인가? 물론 나는 이를 겉으로 나타내지는 않아. 다만 이런 경험들이 세상과 사람을 대하는 척도(尺度)의 절대적 가늠대가 될 것을 경계하는 마음에서

해본 이야기야. 얼마 전까지 그렇게 했을지도 모른다는 염려 때문이기도 해.

그런 생각을 떠올리니 한숨이 나오네. 이런 태도가 나타났다면 내가 그들보다 더 문제 있는 사람인 것을.

그때 수술시기를 놓친 아내는 차선책으로 방사선 치료를 받았어. 당시 치료효과는 좋게 나왔고. 후속치료를 위해 병원에 다니는 중이었지. 치료진행상황의 검사가 있던 어느 날, 우리 큰아들의 중학교 졸업식과 날짜가 겹치더라고.

그날은 아침에 더 일찍 일어났어. 아내와 아이를 챙겨주고 싶어서였지. 그런데 나는 이 세상에 와서 아무것도 한 일이 없는 사람처럼 느껴지는 것 있지? 기분이 이상했어. 좋은 아내를 만났고 어미, 아비의 애타는 심정을 헤아리는 아들 둘이 있는데도.

졸업식이 끝났을 때였어. 큰아들과 같이 사진을 찍는 동안 주위로 친구 녀석들이 몰려들더군. 선생님들과 축하와 감사의 인사를 주고받으며 아내의 눈에 구슬 같은 것이 맺혔어. 그 모습에 내 마음도 스산해졌지. 거기에는 분명 아이에 대한 대견함과 자신에 대한 회한이 함께 들어 있었을 테니까.

우리는 다른 것은 준비하지 못했어. 그런데 이 어머니들이 녀석의 꽃다발까지 준비해서 안겨주더라고. 어느 모친께서 덧붙이셨지.

"우리 애가 종성이하고 같이 있으면 늦더라도 안심이 돼요."

어떤 키 작은 어머니께서도 거들더군.

"좋으시겠다. 아드님이 착하고 잘 생기기까지 했으니."

말하자면 우리 큰아이의 성품이 선량하다는 뜻이었어. 그 또래에서는 제법 흉금이 넉넉해서 믿을 만하다는 의미이기도 했고.

그 말을 들으며 사실은 좀 부끄러웠어. 흔히 아들은 그 아비를 닮는다잖아? 그런데 이 녀석은 그 반대였거든. 아비의 각박함과 예민함을 아랑곳하지 않는다고 할까? 잘 노출하지 않으면서도 자기중심이 반듯해. 마음은 넉넉하고 키까지 훌쩍한 사내로 성장해준 모습이 미덥고 고마워.

그래서일까? 작은놈은 자꾸 제 형과 자기를 견주고 싶어 하지. 여섯 살이나 위인 제 형에게 엉겨 붙고 덩실대며 내뿜는 그 달콤한 호흡은 사랑스러워. 또 그건 그럴 수밖에 없겠다는 생각도 들어. 제 놈도 이제는 사내꼬랑지 흉내를 낼 때가 됐으니까. 마음가짐의 함량은 어떠할지 아직 모르지만 키는 맞먹고 덩치는 오히려 제 형을 능가하는 놈이니까. 그러나 큰아이는 제 아우의 눈높이를 맞출 수 없을 경우 꿀밤 한 대 먹이고 웃어버린단 말이야. 이런 형이 앞으로 충분히 의지할 만한 사람이라는 것은 작은 녀석도 벌써 인정해버린 눈치이고.

그날따라 검사시간이 늦어지고 있었어. 불안감을 억누르며 상태가 많이 좋아졌기를 바랐어. 많이 웃게 해주는 아이들 덕분에라도 떨쳐버릴 수 있기를 기도하며 초조한 마음을 달랬지.

그때 새삼스럽게 의료진의 친절한 태도가 마음에 스며들던 기억이 나. 그것은 우리 당사자들 문제였잖아? 그들은 자신의 의무만 수행하면 그만이었고. 그러나 간호사들까지 따뜻한 위로를 건네줬어. 나중의 일이지만, 아내의 항암제치료기간에는 또 얼마나 많은 위로와 보살핌을 받았던지. 이들 중에는 또 시를 사랑해서 시인의 아내가 받는 고통에 함께 울어주던 이들도 있었어. 간절하게, 진정으로 환자를 배려하던 모습은 잊히지 않을 기억으로 남았네.

이런 좋은 관계성을 맺었던 것이 참 다행이었다는 생각이야. 그런 기억들이 되새겨지면 아내가 전해줬던 편지의 내용을 떠올려보게 돼. 함께했던 시간과 공유했던 경험, 거기에 대한 기억들이 내 시의 모티브가 되고 있다는 사실을 새삼스레 깨달으면서.

그때 지었던, 시집 『별은 아스피린이다』(도서출판 새벽)에 수록된 시를 같이 한번 읽어볼 테야?

변심한 아내의 편지

詩/ 박정규

더 사랑하는 사람이 생겼어요.
그이를 질투하지는 않겠지요?

(중략)

　당신이 내 온 마음을 사로잡았을 무렵, 먼 곳을 바라보며 곧추세운 목덜미와 사나운 눈빛까지 그이는 쏙 빼 닮았거든요. 막무가내 쳐들어와 이 허영심을 들쑤셔 놓는 것, 그 무찌르는 수법까지 당신을 빼다 박았으니 어쩌겠어요. 겅둥대며 그이를 따라갈 수밖에.

　그러니 나 다시 꿈꿔도 괜찮지요?
　그이가 너무 쑥 커버려서 속상하지요?
　날 뺏긴 것 같아 약 오르지요?
　우리 그렇게 잘 살아왔지요?

----

　*부기(附記): 위의 시 「변심한 아내의 편지」는 내가 쓴 것이기는 하지만, 시적 장치의 부분에서 다시 살펴보니 너무 많은 군더더기가 붙어있네? 하고 싶은 이야기가 많다는 핑계로 너무 수다스러워. 마치 무슨 산문 같아. 시에 쓸데없는 진술이 많아. 언어의 절제가 이뤄지지 않았어. 어떤 정서를 표현해놓았지만 이를 이미지로 형상화하기보다는 설명이 길어. 그렇다면 이것을 좋은 시라고 할 수 있을까? 이 책 저자의 시에 대한 질문인데 대답하기가 쉽겠느냐고? 뭐, 어때? 이렇게

해보는 이유가 시 창작의 더 좋은 방법을 모색하기 위해서잖아. 그래서 내세우기 마땅찮은 위의 시를 보기로 했는데. 응? 알았으니까 그냥 내 의견이나 말해보라고? 그래, 그럼 내가 이야기해볼게.

이 시에서 정서적 공감대는 가능할지 모르겠어. 그러나 시적 장치의 부분에서 살펴보면 너무 많은 직유표현 때문에 울림이 멀리 나가지 않는다는 느낌이 들어. 대답은 우선 여기까지.

02 시 쓰는 일의 가치는 무엇일까

우리가 마음에 지니게 된 의식을 가치관이라고 해. 삶의 태도를 결정하는 지침(指針)이라는 것.

이것은 밖에 노출돼 있을 수도 있고 잠재해 있을 수도 있어. 그러나 어떤 상황에 마주쳤을 때 개인이 지닌 삶의 태도는 그대로 살아서 나타나. 그대도 많이 경험해봤겠지. 시 쓰는 이야기를 나눠보기 전에 먼저 이런 부분의 의미를 한번 생각해보자고 권하고 싶어.

시는, 시를 쓰는 마음은, 삶에서 가장 아름다울 수 있는 것을 꺼내서 형상화하는 일이니까. 여기에는 자기 글에 대한 책임과 진정성이 담겨 있어야 하니까. 그대와 나는 이 부분에 대한 인식을 더 명확히 할 필요가 있으니까.

아직도 우리 속에 살아 숨 쉬며 삶의 태도를 노출하는 일에서 영향력을 행사하는 것이 있어. 바로 신언서판(身言書判)

의 부분이야. 이를 기준으로 해서 시 쓰는 태도에 대한 사색을 해보는 것도 좋겠지.

신언서판의 기준이 영향력을 행사하던 시기는 반상(班常)의 구별이 분명하던 때였어.

지금도 재력이나 권력을 앞세워 안하무인의 태도를 나타내는 자들이 있잖아? 당시에도 신분을 앞세워 안하무인의 태도를 나타낸 사람들이 있었을 것은 분명해. 그러나 제대로 된 의식을 지닌 어진 선비들의 언행과 처신은 매우 조심스러운 것이었대. 당시에 반상구별을 하지 않겠다는 상상은 할 수 없었겠지. 하지만 사회도덕규범의 향도(嚮導)라는 인식을 놓지 않은 때문이 아닐까?

이는 사회질서를 지탱하는 책임이 자신들에게 있다는 의무감이었어. 이 자의식은 분명 보편성을 뛰어넘는 것으로 여겨져. 이들이 지니고 있던 가치관을 선비정신이라고 해. 인본주의 바탕에서만 본다면 지금 세상에서 가장 고상한 의무감과 책임감이라고 일컬어지는 서양의 '노블레스 오블리주(Noblesse oblige)'보다 더 고상한 품격이었다는 생각이 들어. 물론 오늘날에도 생각하는 기독교인들 중에 이런 의식을 지닌 이들이 적지 않지만.

그렇다면 이러한 정신에 상상력을 부여해보는 것은 어떨까? 쓰는 일에 대비시켜보는 것은? 의미가 있겠지? 이것을 글 쓰는 사람으로서의 자긍심 혹은 시인정신이라고도 할 수 있을까? 문화가 황폐해지고 경박해지는 것을 경계하는 책임감 말이야.

요즘을 소위 디지털 시대라고 해. 거기에 맞춰서 보편적으로 갖게 된 정서와 인식이 글쓰기에까지 스며든 것 같아. 가벼움과 얇음과 독선이 현상을 주도하게 된 것처럼 보이기도 하고.

그대와 나는 쓰는 일에서 이 부분의 태도를 분명히 했으면 좋겠어. 어떤 현상 앞에서 돌출된 의식을 나타내 보이자는 것은 아니야. 차별화시켜 보자는 것도 아니고. 다만 글 쓰는 사람으로서 자기 삶의 태도를 분명하고 반듯하게 만들자는 것이지. 그런 실천의지를 갖자는 뜻이기도 하고. 이는 쓰는 일에 대한 자기긍지, 충실함의 또 다른 표현이기도 하니까.

"학문의 방식은 깨우쳐주는 것이 중요하다. 그러나 깨우쳐주는 것은 스스로 깨닫는 것에 미치지 못한다."

명나라의 학자 왕양명(1472~1528)의 말이야. 물론 다른 선학(先學)들의 글에서도 유사한 말은 많이 찾아볼 수 있어.

스스로 깨닫는다는 것은 한 개를 배워서 열이나 백을 깨우치는 이치에 도달하는 것을 의미해.

이 말이 전하고자 하는 바를 조금 더 풀어볼까?

가르치는 자가 아무리 깨우쳐준다 한들 배우는 자가 스스로 깨닫지 못하면 배우고 가르치는 일에 노고(勞苦)만 있을 뿐이라는 각성이 여기에 담겨 있지.

시를 쓰거나, 더 잘 쓰기 위해서 공부하는 일 또한 마찬가지야. 아무리 공부하며 깨우침을 받더라도 깨닫지 못하게 되면 쓰는 일 자체가 고단하게 여겨지지 않겠어?

고려시대의 문장가 이규보(1168~1241)가 "시에 있어서는 무릇 자득(自得)이 귀하다"고 말한 것에도 앞에서와 같은 의미가 내포돼 있어.

시를 쓰는 정신은 사물의 이치를 탐구하는 것이야. 사물의 본질을 깊이 관찰해보는 것이기도 해. 그러면서 깨닫게 되고 숙성시킨 인식을 '자기만의 언어'로 표현해 나타내는 일이지. 이런 면에서 학문과 시를 쓰는 이치가 서로 다르지 않다고 여겨져.

시 쓰는 일에 있어서 잊지 말아야 할 일 몇 가지가 더 있어.

시를 쓰기 위한 재료로 포착된 사물과 대상에게 깊은 애정을 가지고 접근해야 한다는 것. 최대한 가까이 다가서야 한다는 것. 아예 밀착해서 끌어안아보는 것도 좋겠지. 그 다음에는 너무 멀거나 너무 가깝지 않은 객관적 거리를 유지할 수 있어야 해. 이것을 대상에 대한 알맞은 심리적 거리라고 하지.

지금 이야기한 부분에는 밑줄이라도 쳐놓고 잘 새겨두면 좋겠네. 대상을 지켜보는 동안 돋아나는 정서를 가만히 숙성시킬 수 있는 것을 시인의 능력이라고 하거든? 여기 익숙해지면 균형 잡힌 감수성을 지니게 되지. 이런 부분의 감수성에 흔들림 없으면 정말 튼튼한 시인이라고 할 수 있어. 만약 여기에 소홀해진다면 시 쓰는 일의 결과는 참으로 공허한 것이 될지도 몰라. 아주 한참 시간이 흐른 후, 스스로에게 시 쓰는 일이 의미 없었다는 결말을 내려야 한다면 너무 허망한 일이 아니겠어? 부디 그대와 나는 이런 자각을 하며 쓰는 일에 임하면 좋겠다는 생각이야.

이제 시적대상과 사물에 대한 범위를 조금 넓혀보기로 해. 이것들에 대한 관찰자로서의 시인은 어떤 감수성과 어떤 태도를 갖고 있어야 할지, 그것도 한번 생각해보기로 하고.

어떤 세미나가 열린 자리에서 한 신학자(神學者)가 물었대. '인생에 있어서 삶의 미추(美醜)를 결정하는 것이 무엇인가' 하는 세 가지 질문.

첫째, 진리에 얼마나 다가서 있는가?

둘째, 죽음에 대해서는 얼마나 자유스러운가?

셋째, 사랑에 대해서는 또 얼마나 뜨거운가?

만약 그대와 내가 그 질문 앞에 서 있다면 어떤 답변을 할 수 있을까? 거기에 대해서 자신을 들여다보는 기회가 우리에게 있기는 있었을까?

"삶의 목표(目標)는 행복에 있는 것이 아니라 아름다움에 있다."

역시 그 신학자(이름은 이 책의 끝 부분에서 알려줄게)가 했다는 말이야.

대부분의 사람들은 행복추구야말로 인생 최고의 가치라고 여기지. 조금 엇나가는 말이지만, 종교적 가치추구에 있어서도 마찬가지야. 종교인들도 이런 인식에 사로잡힌 경우가 많아. 예를 들자면 종교의 본질인 절대적 진리를 향해 눈 돌리기보다는 기복신앙(祈福信仰)에 우선 몰두하는 그런 경우 말이야. 본인들 스스로가 이를 의식하든 못하든 말할 필요는 없겠지. 그러나 이들은 외형적으로 보여줄 수 있는 것들에의 집착을 절대적 진리를 추구하는 자세로 인식하고 있는 것일까?

현재를 사는 거의 대부분의 사람들이 행복추구를 삶에서 최우선의 가치로 삼고 있어. 그런 기대치에 도달하기 위한 구체적 방안을 찾고 있지. 그 방안의 방향성을 인식하는 일에도 민감하고. 아니면 막연하게라도 행복추구야말로 살아가는 일의 목표라고 생각해. 거기에 대한 의미부여를 절대화하면서.

그런 면에서 보면 그 신학자의 일성(一聲)은 의외였어. 삶의 목표(focus)는 그것보다도 아름다움이 선행(先行)하는 것이라니.

솔직히 나도 선뜻 받아들이기 힘들었단 말이야. 시를 쓰는 사람으로서의 정서나 감정은 여기에 동감해. 하지만 그것을 실천하는 태도를 확고히 하는 부분에서는 자신이 없었어. 스쳐 지나듯 못 들은 체 할 수도 없었고. 때문에 억지로라도 이 말을 시 쓰는 일에 대입시켜봐야 했어. 그러면서 시를 쓰는 정신도 아름다움이 바탕이 돼야 한다는 인식을 새롭게 하게 됐지. 깨어 있는 머리(살아 있는 의식), 자유로운 영혼(활달한 상상력), 뜨거운 가슴(사물과 대상에 대한 애정)으로 존재의 본질에 다가서는 삶을 추구하는 것에서 다르지 않다는 느낌이더라고. 이 아름다움 추구가 삶의 최우선 가치라는 것에 대해 현실을 도외시한 낭만적 생각일 뿐이라고 반발하거나 이의를 달고 싶지 않았어. 시를 쓰는 이유 역시 '아름다움'의 추구에 있음을 깨달았기 때문이지.

이처럼 시를 쓰는 일이, 더 튼튼하고 울림이 있는 시를 써 보려는 노력이, 정녕 삶을 아름답게 만드는 한 방편이라는 사실을 소홀히 생각하지 않으려고 해. 이것은 관념과 허구의 세계에 빠져드는 것이 아니야. 정녕 힘 있게 시를 쓰는 일은 사물과 대상을 향한 사랑의 실천적 태도에서 나타나는 것이지. 이를 명심하기로 했어. 여기에 대한 분명한 인식을 갖고 있다면 그대와 나의 삶 또한 아름답고 충실하게 될 것이라고 믿어.

흔히 삶을 고해(苦海)라고 해. 사는 동안 견디기 힘들고 시달리는 일은 또 얼마나 많을까? 그러나 이는 누구에게나 마찬가지가 아니겠는지.

그렇다 하더라도 시를 향한 나의 헌신이 예배 같은 것이었으면 좋겠다는, 더불어 가는 사람들의 삶 역시 시였으면 좋겠다는 생각은 또 무엇일까? 이것이 어느새 속에 깊이 자리 잡은 까닭도 되짚어 이 책에 정리해놔야겠어.

03 시 언어를 다루는 방안

누군가를 깊이 사랑해봤어? 온 신경이 그 사람에게만 몰두해본 경험도? 상대를 관찰하게 되고 집중하게 되고 마음을 헤아려서 거기에 일치하도록 애써보기도 했고? 그럼에도 불구하고 이를 받아주지 않아서 깊은 절망감에 휩싸여본 적도 있지? 응? 이야기하는 투가 심상치 않다니 무슨 말이람? 이렇게 묻는 것을 보니 그 부분에 매우 많은 경험을 지닌 것 같다고? 틀렸어. 거기에 대한 경험 전무하다시피 해. 그럼 어떻게 아느냐고? 참내, 그런 건 경험하지 않아도 알 수 있는 사실 아닌가? 나는 그냥 심리학 책 몇 권 읽었을 뿐이야. 그런 독서경험이 있어서 그 부분에 대한 약간의 개념 정도를 갖고 있는 것이지.

각설(却說)하고, 시 창작도 이와 마찬가지라고 할 수 있어. 언어와의 사랑이라는 것. 또 치열한 싸움이기도 해.

어떤 사물을 관찰하다 보면 거기에 대한 새로운 인식이 생겨. 이를 형상화해서 표현해보고 싶어져. 그런데 마땅한 언어가 없다면 그 대상과 존재를 지칭(형상화)할 방법이 없잖아?

사랑에 빠진 이들의 마음은 다 같아. 사랑하는 이가 오직 내게 단 한 사람의 의미였으면 좋겠다는 것. 나 또한 그 사람에게 단 하나의 의미였으면 좋겠다는 것. 날마다 더 새롭고, 밀착된 관계성을 만들고 싶다는 것. 그런데 구체적인 방법을 모르겠다는 것이 모든 사랑에 빠진 이들의 내면에 자리 잡고 있는 안타까움이 아니겠는지.

시 창작 역시 마찬가지야. 아직 이름을 부여하지 못한 내면 인식에 이름을 짓는 일이니까. 이를 존재로써 형상화시키는 일이니까.

다시 이야기하자면 내면의 인식이 불러들인 사물에게 이름을 짓기 위한 가장 알맞은 언어를 찾는 일이 시 창작이야. 아름답고 합당한 자리에 그 언어가 아니면 충족될 수 없는 그런 사랑을 찾아 헤매는 고단한 행위.

시는 쓰지만 이런 치열함은 지니지 않은 시인도 있어. 그 창작태도를 살펴보면 막연히 떠오른 상념을 글자로 끼적거려 놓기도 하더군. 혹자는 그것을 관념시라 일컫기도 해. 하지만 거기에는 치명적 결함이 생길 수밖에 없어. 바로 구체성 획득의 실패! 이는 관념만 앞서 있다는 뜻이거든? 체험적 요소가 결핍돼 있으니 설득력이 떨어진다는 의미이기도 하고. 이 책에서는 앞으로도 이 구체성의 부분이 계속 강조될 것이야.

시든 소설이든 써서 내보인 다음에는 획득해야 할 일이 있어. 타인에게서든 자신에게서든 그 작품에 문학적 가치가 부여돼야 한다는 것. 이 일은 필자와 독자 사이에 공감대가 형성돼야 가능하지. 그리고 이 공감대 형성은 내용에 구체성이 확보돼 있어야만 가능한 것이고.

부연설명, 혹은 질문: 자기가 써놓은 글을 나중에 다시 읽는다고 해보자고. 그런데 읽다가 보니 자기가 쓴 글을 자기도 이해 못하고 무슨 의미로 썼는지조차 명확히 설명할 수 없어. 이것을 무엇이라고 해야 할까? 응? 말시키지 말라고? 그 부분에 대해서 지금 사색하고 있는 중이라고? 좋아, 역시! 그 대답에서 그대가 참 귀한 사람이라는 것을 확인하게 되네. 쓰는 일에 대해서 정직한 태도를 갖겠다는 것이니.

04 아름다움은 형식과 내용의 일치에 있다

　세상에는 두 종류의 시인이 있다고 해. 그대처럼 타고난 시인과 나처럼 끙끙거리며 공부하는 시인. 그런데 묘하기도 하지. 내가 여전히 시 쓰는 일에 대한 공부를 지겨워하지 않는다니.

　엄밀하고 분명하게 이야기해서 타고난 시인의 그 재능과 상상력은 범인(凡人)과 비교할 수 없는 것이야. 여기서 말할 필요조차 없겠지. 분명 그 재능은 부러워. 그렇다고 우리의 재능이 뒤떨어짐을 섭섭해 할 필요가 있을까? 그냥 넉넉한 마음으로 그들이 빚어내는 시를 사랑하면 그뿐인 것을.

　그대와 내가 정말 살아 있는 시, 힘 있는 시를 쓰고자 하는 열망을 갖고 있다면 많이 읽고 쓰고 듣고 보고 경험하면서 생생한 자기표현 능력을 키우는 일이 요구되겠지. 시를 쓰는 사람은 의외로 많아. 그러나 이런 과정을 진지하게 겪어보려는 사람은 얼마나 될까?

읽고 써보고 듣고 보면서 경험을 축적하다 보면 인식의 틀과 관찰의 초점이 차츰 시적사고로 전환하게 됨을 알 수 있어. 그렇게 해서 튼튼한 시를 쓰게 된 시인에게 사람들은 최고의 애정과 존중심을 나타내지. 또 누가 알아주지 않는다 한들 무슨 아쉬움이 있겠어? 그런 공부를 통하면 최소한 자기의 시에서 허위와 허영의 냄새는 풍겨내지 않게 되거든? 그것만으로도 충분히 만족할 일 아닐까? 진정성으로 시를 쓸 수 있다면 그 삶은 충분히 의미 있는 것이야.

당나라 때의 시인 백거이(白居易, 772~842)는 다음과 같은 말을 남겼어.

"시란 정을 뿌리로, 언어를 싹으로, 운율을 꽃으로, 의미를 열매로 한다."

쓰거나, 쓰고자 하는 이들 가운데는 기존의 범주를 넘어서 새로운 방식을 시도해보려는 이들도 있어. 만약 그대도 그렇다면 그 기발한 상상력과 글쓰기의 동기부여에 엄지손가락을 들어주고 싶어. 다만 여기에도 조심해야 할 것이 있지.

자유로운 실험정신이 빛을 발하게 하려면 딛고 있는 발판, 즉 창작학습과 습작의 여러 경험이 튼튼해야만 해. 시 창작이 어떻게 이뤄진다는 명확한 인지(認知)가 선행(先行)돼야 그런 시도가 설득력을 얻게 된다는 이야기야.

시는 마음의 정서를 정직한 아름다움으로 표현하는 것이지. 시인이 지닌 가치관과 상황을 보는 관점, 사물에 대한 통찰력 등을 바탕으로 한 상상력의 발현이기도 해. 말하자면 시인의 내면에서 오랫동안 숙성된 정서가 가장 올바르게 반듯한 언어로 나타난 것이 시야. 그래서 이 언어표현의 방법에는 아름다움이 함께하는 것이지.

깊이의 아름다움이 결여된 글에서도 때로는 반짝거림을 볼 수 있어. 요즘 특히 많이 볼 수 있는 '온-라인' 매체에 오르는 종류의 글들에서는 더욱 그래. 그러나 깊이 들여다보면 거기에서 경박성을 보지 않을 수 없던데? 무책임한 표현은 말할 것도 없고. 아무리 찰나적인 표현에 관대하려고 해도 이것을 아름답다고 말할 수는 없잖아?

이렇게 이야기하는 까닭이 있어. 얇고 가볍고 일방적인 것에서 창의성이 발휘되는 경우는 거의 없기 때문이지. 그런 시에서 드러나는 것은 찰나와 자기주관의 불분명성이야. 톡톡 튀는 감각은 돋보여. 그러나 자기주관이 표현될 때는 미숙한 억지가 동반되는 것을 흔히 볼 수 있고.

시를 쓰려면 먼저 시적대상이 포착돼야 하잖아? 시인은 이 대상에 대한 깊은 관찰이 필요해. 이를 통해서 통찰력을 얻어야만 구체적 표현이 가능하단 말이야. 그런데 이 통찰력은 찾는다고 만나지는 것이 아니거든? 억지를 부린다고 얻어질까?

대상에 대한 통찰력은 생각과 사물에 대한 관점이 시적사고에 맞춰져 있어야 건져지는 것이야. 이것은 사랑할 만한 대상을 찾아서 만나는 것과 같아. 예를 들어서 사람에 대한 진정성은 지니지 않은 채 자기 입장에서 선호하는 부분, 이를테면 용모나 스타일 혹은 재력 학벌 배경 등등을 먼저 염두에 둘 수 있다는 것이지. 그러다 보니 사람의 내면가치를 발견해내는 통찰력은 지닐 수 없게 돼. 안타까운 일은, 이런 부분에 대해서 생각은 반듯하게 할 수 있어. 그러나 삶의 방식으로 만들어 행하기가 너무 어렵다는 것이지.

그래서일까? 사람에 대한 통찰력을 지녔던 선인(先人), 고려시대의 문장가 이규보는 "무릇 시에 있어서는 자득(自得)이 귀하다"고 말했어. 처음에는 무심히 지나쳤지. 그러나 오랫동안 시를 쓰다가 보니 고개가 끄덕여질 때가 있었어. 아, 이 말이 기억에 남아 있어서 다행이다, 고마워하면서.

자득(自得)은 스스로 깨달아서 얻는 것이야. 시를 쓰는 일에서는 내면에서 숙성된 의식체계의 발전이라는 뜻이기도 해. 그때야 비로소 언어에 대한 올바른 감수성이 생겨나게 되거든.

살아오면서 체험하고 깨달은 모든 일들은 모두 시를 쓸 수 있는 귀중한 재료가 되는 것이야. 이를 바탕으로 한 시에서는 힘과 울림이 생겨나기 시작하지. 체험에서 비롯된 것들은 구체적일 수 있기 때문이야. 관념에서 벗어나 있어. 이때에야 비로소 창작한 시에 진정한 의미를 부여할 수가 있지. 그러면서 그대는 참시인이라고 일컬어지는 것이야.

이런 시를 쓰기 위해서는 다음의 내용을 잊지 말아야 해.

첫째, 독자의 일차적 감성에 호소하는 기교에 솔깃해지지 말 것.

그대의 시 창작 태도를 한번 돌이켜봐. 지금 혹시 그런 부분에 귀 기울이고 있어? 만약 그렇다면 어떤 감성적 표현을 찾아보는 것에 우선 몰두하기 쉬울 텐데? 무의식적으로라도 거기 익숙해지면 울림 있는 시 쓰기가 어려워져. 그럴 위험성이 높아.

둘째, 한 편의 시에 너무 많은 것을 넣으려 하지 말 것.

시 한 편 창작하는 장면을 떠올려보자고. 나 역시 자신의 체험과 기억과 생각의 모든 것을 다 담아보려고 땀 뻘뻘 흘린 적이 부지기수였거든? 그대도 마찬가지였지? 이럴 경우 독자들은 난처해진단 말이야. 어디에 초점을 맞춰야 할지 모르게 돼.

그런 시는 마치 한 개의 그릇에 이것저것 너무 많은 음식이 담겨서 차려진 것과 같아. 그 맛의 정체는 이미 알 수 없게 되어버린 것이지. 다시 말해서 시인의 주관은 넘쳐나는데 이것을 독자와 나눌 정서의 객관화가 생겨나지 않는다는 이야기야.

그러므로 다음의 사실을 꼭 명심해두면 좋겠어. 앞으로도 시는 계속 써야 하기 때문에 더욱 그래.

한 편의 시에는 한 가지 사물, 한 가지 상황만을 염두에 둘 것. 이 대상과 상태에 대해서 구체적이고도 분명한 관점, 즉 활성화된 내면인식을 집중적으로 표현(묘사, 진술)할 것.

05 시의 본질적 특성

오랫동안 시를 써온 사람들, 그리고 쓰는 방법을 가르치는 사람들이 하는 말을 종합해본 적 있어? 그들은 시가 다음과 같은 것이라는 인식을 갖고 있어. 나도 마찬가지야.

'인간의 총체적 경험, 이것들이 숙성된 내면인식, 거기에서 파생된 정서적 반응, 미지의 세계에 대한 동경까지 모두 담아내는 언어표현이다.'

그렇다면 시의 본질적 특성은? 깊이 생각해본 경험이 없다고? 그렇다면 선인(先人)들의 말을 빌려보기로 해.

"강한 감정의 자연스런 표출."(워즈워드) "시는 마음에서 발하는 것."(서거정) "마음에서 우러난다고 하는 것이야말로 믿을 만하다."(이인로)

시는 인간의 마음이야. 감정(感覺과 情緖)이지. 이 내면에서 발생한 느낌들을 언어로 압축해서 표현하는 것을 시의 본질이라고 해.

여기에 붙여서 한 가지 질문을 해봐야겠네.

인간의 내면 인식을 언어로 표현한 것이 시라면 이 내면인식, 즉 마음은 또 무엇이겠어?

응? 물음에 호기심은 생겼는데 깊이 사색해보려니 익숙하지 않다고? 음, 스스로 사색에 게으른 사람이라는 정직한 토로를 하는군. 뭐, 그래도 괜찮아. 이 책을 펼쳐들고 내 이야기를 듣기 시작했으니 점점 더 숙성된 인식세계에 들어가게 될 테니까. 사물과 대상에 대한 관찰, 그 이면에 담긴 모습을 헤아려보려는 습관도 키워질 테고.

우선 위 질문에 대해서 답변해줄게.

마음은 자신을 둘러싸고 있는 세계를 자기만의 눈으로 보는 색채야. 이 색채를 자기의 종이(가치관, 세계관) 위에 자기의 언어로 그려낸 것이 시라고 할 수 있어. 더 확장해본다면 이를 자기의 소리로 표현한 것이 음악이야. 자기의 몸짓으로 나타낸 것은 무용이고. 또한 자기의 색채를 그대로 그려낸 것은 미술이지.

그 중에서 이 마음을 표현해낼 수 있는 도구, 즉 시에서의 언어는 자신의 경험과 사물에 대해서 느낀 감각, 거기에서 파생된 정서, 숙성된 가치체계 등에서 만들어지는 것이야.

시를 쓰는 이 마음의 색채가 어떠해야 하는지에 대해서는 공자께서 시경(詩經)에 남긴 말이 있어.

"詩三百 一言而蔽之曰 思無邪"

－시 삼백 수를 한마디로 말하면 생각(마음)에 사악함이 없다는 뜻이니.

　이 말은 제대로 된 시를 쓰기 위해서 늘 염두에 두고 있어야 할 사실로 여겨져.

　생각(마음)에 사악함이 없음은 뜻이 순수하다는 것이잖아? 본질을 왜곡하거나 자기 잣대로 재단(裁斷)한 그것만 기준이라고 우겨대는 미성숙성 또한 여기에는 포함되지 않아.

　그러니까 모든 예술이 추구하는 것은 본질에 대한 순수성 찾기라는 인식을 하고 있으면 오류는 없을 것이야. 만약 그대와 내가 여기에서 착오를 일으키면 곤란해. 시 쓰는 일까지도 어쭙잖은 장난이 될 수 있거든. 이 부분을 늘 기억하고 있으면 좋겠네.

　글을 쓰려는 사람들은 대개 감성적 정서가 풍부하다고 할 수 있어. 오늘날의 세계가 요구하는 것도 바로 이런 부분이지. 지금은 IQ지수보다 EQ지수로 그 사람의 가능성과 지니고 있는 기능성의 효율을 재는 척도로 삼아. 그런 경우가 많아졌어. 당연한 사실을 이제 와서 거론하는 것조차 새삼스럽긴 하지만.

　감성적 기질은 스스로는 잘 의식하지 못할 수도 있어. 이는 성장기를 거치는 동안에 형성되는 것으로 여겨져.

　자라나는 동안에는 시인, 소설가, 음악가, 화가 등등이 선망의 대상이었을 수 있거든. 때 묻지 않은 순수함과 단순성 때문이지. 그런 정서에는 아직 황폐함 따위가 스며들어 있지 않아. 때문에 꿈과 동경심을 마음에 하나 가득 품을 수 있지. 그런 동경이 반드시 충족돼야 한다는 욕심도 갖고 있지 않고. 그러면서도 끝내 그 동경을 버릴 수 없었다면 어렵게 답습의 흉내를 해보기도 하지. 열정은 이때부터 마음에 자리 잡게 되는 것이야.

지금은 문화 환경도 바뀌었어. 인터넷을 포함한 여러 매체에 쓸 곳도 볼 것도 들을 것도 많아졌어. 접근성도 쉬워졌고. 동시에 금방 싫증을 내는 습관도 함께 하게 됐지. 그래서인지 이런 매체에는 점점 자극성이 강한 표현들이 등장하고 있더군.

그건 그렇다 하더라도 요즘은 갖가지 공부에 바쁜 수험생들에게도 논술시험을 이유로 글쓰기의 동기부여가 강하게 요구되고 있지? 그래서 한번 써보려니 "하, 웃기지도 않네, 무엇을 어떻게 써야지?" 이런 경험은 여러 사람에게 공통적 경험일 것이야. 아닌가? 수험생은 아니라고? 마음대로 넘겨짚지도 말라고? 쓰지 않으면 죽을 것처럼 절실하지는 않다고? 본격적인 문학수업 같은 것도 신경 쓰지 않는다고? 내가 지금 웃었거든? 물론 알고 있던 사실이니까. "그랬으니 당연히 어떻게 써야 할지 그 방법에 무지할 수밖에." 이 말을 하고 싶어서 위의 예를 든 것이었다는 말씀.

어떤 사물이나 대상에 대한 호기심이 생겼어. 거기에 관심이 집중돼. 그런데 시간이 좀 지나면 시들해져버려. 이것이 보통사람들이 대상을 대하는 인식태도, 혹은 습관이거든? 글쓰기 방법을 잘 습득해두려면 이 부분을 늘 생각하고 있으라는 것이 첫 번째 가이드야.

시인은 어느 때든지 늘 새로운 시각으로 사물과 대상을 관찰하는 습관이 필요해. 대부분 이 사실에 동의하지. 쓰는 일에 연륜을 쌓았거나 가르치는 이들도 이렇게 말하고 있어. 그런데 사람은 깊은 관심을 갖게 된 대상에 대해서도 습관화된 인식에 익숙해지기 쉽거든? 자신도 모르게 여기에 길들여져 있단 말이야. 사물을 바라보는 관점조차 일정한 틀에 가둬버리는 것을 편하게 여겨. 이것은 창작태도에서 정말 경계해야 하는 것이지. 늘 새로운 시각으로 사물을 관찰해야 해. 시적 재료로 삼는 대상의 실체와 의미를 피상적으로만 파악하지 말라는 뜻이야. 대상과 상황을 진정으로 이해하기도 전에 습관화돼 버리는 고정관념에서 자유로워야 해. 거기 사로잡혀 있을 수 없지. 이것이 사물과 상황을 대하는 시인의 자유로운 정신이야.

시 표현의 본질적 특성은 자유로운 정신을 바탕으로 하고 있어. 사물과 대상을 관찰하는 관점이 왜곡되지 않고 순수하기 위해서야. 존재의 본질을 정확히 파악하기 위해서이기도 하고.

06 시인의 척도

　요즘은 인터넷 시대야. 이를 통하지 않고는 모든 일이 원활하지 않게 돼 버렸어. 여러 가지 정보가 제공되는 기능의 편리함 때문이지.

　나 같은 사람은 특히 문학작품을 쉽게 접할 수 있는 부분이 좋아. 거기에서 아쉬운 점을 발견할 때도 있지만 말이야. 여기에는 특별한 절차나 형식을 벗어나서 글이 빠르고 쉽게 오를 수 있잖아. 그러니 만큼 작품의 질에 대한 검증은 미흡할 수밖에 없어. 숙성도 면에서 그렇게 느껴질 경우가 있지. 물론 개인의 주관적 소견일 수 있다고 인정해. 그러나 아쉬운 것은 문학 사이트에 오르는 많은 글들이 어설픈 관념주의, 혹은 감상주의에 빠져 있으면서 우쭐함을 나타낸다는 것이었어. 감상주의(sentimentalism)와 감성(sensitivity)은 분명 다른 차원에서 다뤄져야 하는 것이거든. 더 웃기는 것도 있어. 같잖은 내용인데 거기에 어쭙잖게 얕은 교훈까지 끼워 넣더라고. 그렇게 해서 독자를 억지로 설득하려는 모습도 흔히 볼 수 있다는 것이지.

이런 특징을 나타내는 글은 사물의 본질에 정확히 접근한 것이 아니거든? 그럼 무엇이라 일컫느냐고? 좀 가혹하게 이야기해도 될까? 그것은 말장난이라고 하는 것이야.

그런 유(類)의 글은 관념적 감상주의에 바탕을 둔 것이 특징이지. 사물의 본질에 접근할 수 있는 장치는 지니고 있지 않아. 대상을 보는 초점이 어설프니까. 그러니 선명한 이미지 창출과는 거리가 있을 수밖에. 그 정체는 어쩌면 동기까지 불순한 것일 수도 있고.

또 한 가지 놀랐던 사실은 그런 곳에 기웃거리거나, 글 올리기를 좋아하는 사람들의 정서 부분이었어. 그들에게는 무슨 그리움과 슬픔이 그렇게 많은 건지. 어떤 글을 보면 마치 그걸 하소연하고 싶어서 어쩔 줄 모르는 것 같았어. 정녕 자기들의 경험에서 맛본 그리움, 후회 때문에 쓴 글일까? 그렇다면 상황에 책임과 최선을 다하지 못했다는 것이잖아? 그랬으니 그리움과 후회가 남았을 테고. 만약 그런 정서에 접근해본 적도 없이 썼다면, 차마 천박한 글이라고는 말하지 못하겠지만 그건 또 허위의 글에 불과할 것이야. 금방 바닥이 드러나는.

이처럼 아무런 구체적 인식도 없이 그리움, 슬픔타령을 하는 글들을 온-라인 매체에서는 더 많이 발견할 수 있어. 그러니 거기에 무슨 의미를 부여할 수 있겠는지. 깊이와 진정성도 없이 억지 의미를 부여하기 위해 애쓴다 한들, 거기에서 정서적 공감대 형성이 어려울 것은 말할 것도 없겠고. 아주 많이 봐준다 해도 기껏해야 감상주의에 대한 동조 표시, 뭐 그런 정도 아닐까?

이런 이야기를 길게 늘어놓는 까닭이 있어. 사실은 이 말을 하고 싶어서였지. 그런 어설픈 정서는 시의 재료로서 적당하지 않다는 것.

자기세계가 충실히 구축된 시인의 정서에는 누구도 이런저런 말을 할 수 없어. 그러나 아직 자기 시 세계가 튼튼히 세워져 있지 않다는 인식을 한다면 이런 부분을 유의했으면 좋겠네.

다시 말해서 온-라인 매체에는 누구나 쉽게 글을 올릴 수 있잖아? 그러다 보니 책임감의 문제에서 소홀할 수 있거든? 문예지나 기타의 지면(紙面)에 발표될 글들을 고르는 이들에게는 나름대로의 기준이 있어. 엄격한 부분도 있지. 때문에 거기 올릴 글을 쓰는 이들 역시 더 집중하고 긴장한다고 할 수 있을까?

그대에게도 그런 기회가 있을 것이라고 나는 믿어. 아직은 여건이 갖춰지지 않았다고? 상관없어. 그런 기대와 마음가짐을 지녔다면, 또 쓰는 일의 태도를 그렇게 유지하고 있다면 어떤 결과가 나타나겠어? 당연히, 쓰는 일에 대한 진보가 덩달아 따라오겠지? 그때 사람들의 존중과 인정을 받게 되는 것이야. 글을 발표할 수 있는 지면도 제공되고.

소설은 이야기를 만들어서 써. 꾸민 이야기를 정말처럼 설득하고 있지. 반면에 시는 자기 경험과 사물에 대한 관찰과 깨달음, 이런 것들에 대해서 반응하는 내면세계의 감수성과 진정성의 나타냄이야. 이를 자기만의 언어로 창조해내서 표현하는 것이고.

자기의 깨달음이나 감수성을 절대화하는 것은 시인의 영역에 속해 있어. 그러나 그 표현에는 구체성을 갖추고 있어야 해. 이것이 결여돼 있어서 정서적 공감대를 얻을 수 없다면 독자는 난처할 수밖에 없어. 때문에 시는, 시적 장치에 충실한 표현을 요구하는 것이야.

구체성이 갖춰진 시 창작을 일컬어서 시인의 창조성이라고 해. 이 창조성은 시인만의 솜씨야. 시인이 지닌 통찰의 범위를 나타내는 것이기도 하고. 언어로 형상화된 창작물, 즉 시에서의 창조성을 통해서 시인의 비범성과 평범함이 가려지는 것이야.

어떤 시인에게는 이런 분명한 인식이 없어. 그런데 독자에게 공감도 가지 않는 주관적 정서를 무슨 현묘한 철리(哲理)가 담겨 있다는 듯 가르치는 투로 늘어놓았어. 뭐가 되겠어? 아포리즘(Aphorism)의 포장은 쓸 수 있을까? 그러나 시는 아니지. 허위 아니면 무책임의 글일지도 모르고.

하여튼 저런 형태로는 시가 될 수 없다는 사실을 알려주고 싶어서 이야기해봤어. 그대도 이 부분을 잘 헤아렸으리라고 믿어.

자기 내면에 형성된 주관적 정서, 즉 사물과 대상에 대해서 깨달았거나 감각한 인식을 가장 적절한 언어로, 가장 적절한 장소에 배치해서 이를 객관화할 수 있는 능력, 이것이야말로 시인의 힘인 것이야. 문자를 통한 정서적 공감대 형성에 있어서 시만큼 사람의 마음을 움직일 도구는 이 세상의 세계에 존재하지 않기 때문에 더욱 그렇지.

시 창작에 있어서 대상에 대한 인식을 가장 적절한 언어로, 가장 적절한 장소에 놓는 것, 이것을 일물일어설(一物一語說)이라고 해. 한 사람의 시인이 갖춘 수업의 깊이와 재능의 높이를 재는 척도가 바로 이 부분이야. 대상에 대한 인식을 가장 적절한 언어로, 가장 적절한 장소에 놓는 능력이 어느 정도에까지 이르렀는지 살펴보는 것.

07 시 언어에 대한 가치관

섞여 있는 불순물을 갈고 닦고 제거해서 뽑아낸 한 움큼의 것을 정수(精髓)라고 하지? 시가 언어의 정수라는 말에는 다루는 언어에 그만큼 엄격한 태도를 가지라는 뜻이 담겨 있어. 언어를 대하는 자세, 언어를 다루는 가치관이 글 쓰는 일에 있어서의 핵심이기 때문이야.

"말하려는 것이 무엇이든, 그것을 표현하는 데는 하나의 단어밖에 없다. 그러므로 그 말을 찾을 때까지 노력해야 한다."

이것이 바로 프랑스의 대문호라고 일컬어지는 플로베르(Gustave Flaubert, 1821~1880)의 일물일어설(一物一語說)의 근거야. 여기에 "최상의 말을 최상의 순서로 늘어놓은 것이 시"라고 한 워즈워드(William Wordsworth, 1770~1850)의 말을 추가해 볼까? 시에서 언어를 다루는 일의 중요성이 더 명확해졌지?

이처럼 시인은 최상의 말을, 최상의 순서로 진열하기 위해서 언어와 피 흘리는 싸움을 해. 이는 포기할 수도 없어. 언어와 피 흘리며 싸운다는 것은 언어와 치열한 사랑을 한다는 뜻이니까.

시는 삶 속에서 가장 절실히 펼쳐보고자 했던 꿈을 언어로 보여주는 것이지. 가장 간절히 표현해보고 싶었던 내면의식을 더 이상 찾을 수 없는 언어로 그려내고 있어. 거기에 시적언어로 색깔을 입히면서.

만약 그대가 언어의 정수를 뽑아내어 자기 내면인식을 그려낼 수 있다면, 그 언어에 색깔을 입힐 수 있다면, 이 일이 반복되어 삶의 습관이 되어 있다면, 이는 쓰는 일에서의 진전뿐만 아니라 삶의 의미까지 점점 환하게 만들 것이라고 나는 믿어.

"시인에게는 사물과 현상의 저편에 있는 세계까지 투시할 수 있는 마음의 눈, 정신의 눈이 필요하다."

지금은 타계한 광주대학교 문예창작과 교수였던 조태일 시인의 말이야. 이 말에 담긴 의미를 자신의 책에서도 이야기했어. 과학자는 논리와 합리성에 의하여 법칙과 사실을 발견해내지만 시인은 시적 질서에 의해서 진실을 감지하고 찾아내야 한다는 뜻으로.

다시 말해서 시 창작은 체험의 감각과 거기에서 발생한 정서와 이를 바탕으로 한 상상력의 표현이야. 이를 통해서 삶을 탐구하고 해석해내고 있어. 세계와 사물의 이면에 숨겨진 진실의 가치와 아름다움을 찾아서 보여주는 일.

시인의 존재성은 이런 막중한 의미를 갖고 있어. 그리고 시인은 이런 비전(vision)을 제시하는 일에서도 조화(harmony)를 잃지 않아. 이 아름다움을 보여주는 방법에서도 충실한 시적 질서를 따르기 때문이지.

인생의 본질이나 진실은 다양한 현상 속에 가려져 있어. 좀처럼 그 실체를 드러내지 않아. 만약 시인의 감수성으로 이것을 캐내게 되면 할 일이 있지. 충실한 시적 질서에 의해서 이를 독자에게 운반해주어야 해. 시를 쓰는 그대의 의무야. 한 가지 더 있어. 운반하는 동안 진정성을 잃지 않으려는 각오를 하고 있어야 한다는 것. 이를 운반하여 전달하는 일, 즉 사람이 사는 모습과 사물이 존재하는 의미를 헤아려서 문자언어로 형상화하는 일은 참으로 고달픈 행위이거든. 그러나 이것이 습관처럼 된 어느 날, 자신을 들여다보면 아주 풍성해져 있는 내면을 발견할 수 있을 것이야. 튼튼하게 시를 쓸 수 있는 충실한 힘을 얻은 내면은 보석처럼 빛을 내는 언어의 운반 장치를 지니고 있을 테니까. 그렇더라도 여기에 첩경은 없어. 써보고 고쳐보고 읽어보고 생각해보는 것 외에는.

그대는 자기 시가 독자에게 전달될 가치가 있는지 살펴볼 수 있는 힘도 지녀야 해. 이는 다른 이의 글을 더 많이 읽는 노력으로 얻을 수 있어. 그러니까 힘껏 읽으라는 이야기야. 다른 사람의 시를 많이 읽다 보면 사고의 관점이 일반적인 사고에서 시적사고로 전환되는 것을 느낄 수 있거든? 마주친 상황을 해결하는 방식이 달라진다는 뜻이야. 모든 일에서 이해타산보다는 사람과 사물의 존재성을 먼저 생각하게 되지. 아름다운 결과를 만드는 일에 최우선으로 초점이 맞춰지고.

다양한 현상 속에 감춰진 인생의 본질을 시인의 감수성으로 캐냈다고 해. 그러나 이것은 아직 시인의 주관적 인식에 지배받고 있지. 시인 혼자만 그것을 절대화하고 있다는 이야기야.

이를 독자에게 운반할 통로도, 운반할 장치도 갖추지 못한 언어표현이라면 이는 시가 아니라고 앞에서도 이야기했지? 기억하고 있어? 잊지 않고 있다고? ·그래, 좋아. 그렇다면 이것이 시로 표현돼서 독자에게 반듯하게 전달되려면 어떻게 해야 하는데? 이 주관에는 반드시 공감할 수 있는 통로가 제공돼야 하는 것은 알고 있지? 이를 일컬어 주관의 객관화라고 한다는 것도?

이를 꼬치꼬치 되묻는 내가 소심하게 느껴지네. 이런 것들은 시인의 주관적 인식에 '구체성'을 부여해서 독자에게 공감과 이해를 호소함이라는 것쯤은 그대가 이미 자득(自得)하고 있을 텐데.

08 창작의 바탕은 상상력이다

생각의 틀은 체험(교육 훈련 사색의 종류)의 범위를 벗어날 수 없다는 것이 현재까지 가장 설득력 있는 이론이야.

예를 들어볼까? 지금 어떤 사물(대상)을 마주했다고 해. 그 형상을 보고 듣고 느끼고 또 거기에 대해서 말해야 한다면, 여태껏 그런 사물을 보고 듣고 느낀 경험에 구애받지 않겠어?

사람은 자기 경험의 범위 안에서 멋대로 사고(思考)하는 존재란 말이야. 소위 말하는 지성적 인간이라고 일컬어지는 이들도 마찬가지라고 할 수 있어. 자기의 학문적 지식과 사색의 결과를 절대화할 위험성은 더 많을 수 있거든? 절제와 도덕과 겸손으로 무장하고 있다는 종교적 지성인들에게도 차이는 없어. 관념적으로는 아마 자신이 유한한 존재이며 피조물에 불과하다고 여기겠지. 그러나 실제적 태도에서는 그것이 쉽지 않거든.

굳이 여기서 에덴을 들먹일 필요는 없겠지. 그러나 착각하면 안 되는 사실이 있어. 저 바벨탑을 쌓았던 종자들의 유전자가 여전히 우리에게 이어지고 있다는 것.

그때도 지금처럼 몸 부딪고 살던 시대였어. 본질에 다가서려는 태도는 오히려 더 순수했을지도 몰라. 차곡차곡 지식을 쌓았지. 그러다 보니 점점 자신들의 한계가 헤아려지기 시작했어. 그러다가 자신들의 유한성을 극복하기 위해서는 차라리 탑을 쌓고 올라가서 창조주와 비겨보려던 어처구니없음이라니.

사람은 겪어본 상황에 대해서만 정확한 인식작용을 일으켜. 그러니까 여기에는 한계가 있을 수밖에 없지. 그나마 이런 한계를 넘나들 수 있게 하는 것이 상상력이야.

자라나는 아이들에게 책을 읽어주고 아이가 문자를 습득한 뒤에는 많은 독서를 권장하는 까닭이 여기에 있어. 상상력은 모든 창의적이며 독립적인 것을 꿈꾸게 하는 에너지이기 때문에 그래. 교육적 바탕의 틀을 넓혀주기 위한 이유에서는 더욱 그렇지.

백지와 같은 최초의 내면인식에 책 읽는 소리를 듣는 청각적 경험, 그 다음에 독서를 통한 시각적 경험, 또 글쓰기와 같은 시청각과 촉각을 겸한 문자언어 경험은 일생동안 지워지지 않는 상상력 발동(發動)의 원인이 되거든?

제1부 시 쓰는 일의 가치의 대하여 57

이런 경험은 빠를수록 좋다는 것이 정설이야. 그러니까 아이가 아직 언어를 배우기 전부터 반드시 성경책을 읽어주도록 해. 인류 역사 이래로 사람을 움직이는 역할이 다 거기에 들어있으니까. 그 내용에 대해서 충실히 인식하고 있다면 정말 창조적 인간으로 양성될 수 있을 것이야.

마찬가지로 튼튼한 시를 쓰기 위해서는 그대에게도 많은 양의 독서가 필요해. 상상력의 장(場, field)을 열어주는 역할을 하는 사람이라는 면에서도 그렇지 않겠어? 문자나 색채나 음(音)을 다루는 일은 상상력을 발동시키는 중요한 역할을 한단 말이야. 문자는 그중에서도 으뜸이라고 할 수 있어. 특히 시인은 이 언어(문자)를 다루는 작업을 하는 입장이잖아? 그러니 말할 것도 없겠지? 그런데 글쎄, 아쉬운 점이 있다면 같은 시인들과 대화를 하더라도 이 부분에 대해서 의문이 들 때가 종종 있데!

독서의 양이 많을수록 경험의 범위는 커지게 돼. 직접 경험하지 못했을지라도 독서를 통하면 상황에 대한 간접경험을 할 수 있기 때문이거든. 이런 말이 새삼스럽지? 그대도 벌써부터 알고 있는 사실이어서? 그렇더라도 여기에 대한 인식을 새롭게 해보라는 의미에서 이야기해봤어.

그렇다면 이런 경험, 혹은 체험의 기억들은 시 창작에서 어떻게 작용할까?

체험은 기억의 저장고에 담겨. 그 안에서 숙성되기도 하고 때로는 부패되기도 하지. 이 부분을 길게 이야기하면 재미 하나도 없는 심리학이나 정신 분석학처럼 될지 모르겠네. 그래도 꼭 들려줄 이야기가 있어. 시 쓰는 일에 있어서는 가치 있는 체험과 이것들에 대한 숙성된 기억이 반드시 필요해. 동시에 이 기억의 숙성으로 말미암아 발동되는 상상력이 절대적으로 요구되고 있는 것이지.

시는 물론 예술의 어느 분야에서든지 창조성이 최고의 가치야. 상상력을 바탕으로 한 창조성은 이 모든 것들의 틀을 바꿀 수 있어. 이제까지 해 온 개인의 경험과 훈련받아온 것들을 변모시키기도 하거든? 그 경험과 훈련받은 것들을 새롭게 만들어. 또 다른 가치와 또 다른 세계를 창조해내기도 하고.

시 창작에서의 상상력은 이만큼 중요한 의미를 지니고 있어. 시뿐만 아니야. 상상력이 충분히 구현된 모든 예술작품에서는 윤기가 돋아나. 그런 감각은 그대도 갖고 있는 것이잖아? 이런 사실은 이미 충분히 인지하고 있을 테고.

그렇다면 이 상상력은 훈련을 통해서 습득할 수 있을까? 응? 습득할 수 있을 것으로 여겨진다고? 그래, 맞아. 그런데 이 풍부한 상상력을 지니기 위해서는 다양한 체험이 필요해. 또 이 체험이 피상적인 것이어서는 아니 되지. 실제적이면서도 깊이를 갖춘 것이어야 하거든. 여기에 대해서 영국의 시인이며 비평가이기도 했던 스펜더(Sir Stephen Herold Spender, 1909~1995)는 "체험한 것을 기억하여 그것을 다른 환경에 적응하는 능력이 상상력"이라고 말했어.

어떤 사람이 우아함과 고상함을 갖춘 어떤 여인에게 빠져들게 됐대. 그랬으면 그만이지 또 자기가 빠져든 이유를 시로 표현하고 싶었대. 이런 태도에는 허영심이 좀 느껴지지? 하여튼, 그래서 백합꽃을 상상했대.

여기에서 제일 먼저 요구되는 것이 무엇이겠어? 우선 꽃의 향기와 모습을 맡아보고 정확하게 관찰한 경험이겠지? 그런데 백합꽃은 누구나 잘 알고 있잖아? 향기 맡아본 적도 있고? 그렇다면 잎사귀의 형태는 어떻게 생겼어? 꽃술은 몇 개야? 꽃잎의 형태는 몇 갈래로 갈라져 있는데? 응? 나는 알고 있느냐고? 당연히, 몰라. 굳이 그것을 알고 있어야 할 까닭이 없잖아? 그러나 내가 어느 여인을 사랑하게 됐다고 해보자고. 그 사랑의 감정을 백합꽃에 비유한 시로 표현해보고 싶어졌어. 그렇다면 어떻게 했을 것 같아? 계속 말해보라고? 좋아! 만약 내가 그런 상태가 됐다면 보나마나 더욱 정확한 관찰을 다시 했겠지. 그 향기를 다시 맡아보며 어떤 느낌이 만들어지는지, 그 기분도 헤아려봤을 게 분명해. 이것이야말로 사랑하는 사람에 대한 성실한 태도 아니겠어?

시를 쓰는 마음가짐도 위와 같은 것이야. 대상을 정확하고 분명하게 관찰해서 얻은 정서와 숙성된 인식, 거기 부여하게 된 새로운 의미와 이를 문자(언어)로 옮겨보려는 진지함이 튼튼한 시를 써보려는 성실한 태도이지.

존 듀이(John Dewey, 1859~1952)는 상상력을 가리켜 "체

험의 여러 요소들을 유기적으로 조직하는 종합적 능력"이라고 했어.

그대도 감동의 울림을 주는 시를 읽어본 적이 여러 번이지? 거기에는 시인의 체험적 요소들이 유기적으로 녹아들어 있음을 발견했고? 그것이 독자의 상상력을 자극하고 공감을 주는 것도?

잘 숙성된 체험의 인식이 언어로 풀려나오면 이것은 시에 상상의 씨앗을 뿌려. 무성히 자라게 해. 기발한 열매를 맺게도 만들지. 이 열매는 처음 본 열매일 수도 있어. 그러나 외계에서 가져온 것 같은 비정상적인 열매는 아니야. 기발하고 낯설면서도 그러나 충분히 그대와 나의 인식 속에서 수용하고 받아들일 수 있어. 그런 새로운 열매로 형상화돼서 등장하는 것이지.

다시 이야기하자면 경험에서 만들어지고, 숙성된 인식의 바탕에서 등장한 상상력은 감동의 울림을 주는 시의 근원이 되는 것이야. 여기에는 일반적인 상상력을 넘어선 역발상(逆發想)적인 것도 포함돼.

역발상이라고 해서 생각을 쥐어짜내는 것은 아니야. 행동규범의 범위 안에 있는 것을 거꾸로 끄집어내는 것은 더욱 아니고.

이 역발상의 의식은 기존의 가치관이나 생각 등을 뒤집어서도 볼 줄 아는 것을 말해. 아무것도 꺼리지 않는 대범하고 넉넉한 태도로 사물과 대상을 바라보는 것이야. 물론 균형을 잃지 않고 있어야겠지.

이를 또 다른 말로는 도발적 관점에서 사물의 성질과 형태를 바라볼 수 있는 힘과 능력이라고도 해. 일반적으로 지니고 있는 선악미추(善惡美醜)에 대한 호불호(好不好), 고저장단(高低長短)의 선입견(先入見), 청탁명암(淸濁明暗)을 가리는 데 있어서의 편파성(偏頗性) 등을 반대의 개념에서도 관찰하고 묘사해보는 것이지.

이렇게 해볼 수만 있다면 대단히 새로운 상상력과 의미를 창조해내는 힘을 얻을 수 있거든? 그 결과물로서 얻어지는 것은 시 창작에서 매우 중요한 관점의 획득일 수 있어. 바로 편협성에서 벗어나는 길을 찾는 것. 이는 다른 가치관에 대한 이해의 폭을 넓히는 일이기도 하지.

09 상상력의 표현은 fantasy가 아니다

체험과 기억, 그리고 상상력에 관한 이야기를 했지? 이는 시 쓰는 일에 있어서 아주 중요한 위치에 있다는 것도? 그런데 이 상상력을 바탕으로 해서 만들어지는 표현에도 구체성이 미흡할 경우가 있어.

예를 들어볼게. 그대와 나는 서로의 생활에 대해서 아는 것이 없어. 밀착해서 몸 부딪히는 관계성을 갖고 있지 않다는 이야기야. 그런 내게 무슨 일이 있는지, 어떤 사람들을 만나는지, 만나서 어떤 대화를 나누는지 그대로서는 전혀 알 수가 없잖아?

이런 상태에서 어떤 일에 대해서 쓴 시를 한 편 보여줬다고 가정해보자고.

어떤 사람들을 만나서 조금 취했고 잠깐 흥겨웠고 핵심을 비껴가는 대화를 나눴어. 돌아와서는 이런 관계성에 대해서 생각했다는 내용이야. 그러나 여기에 구체성이 결여돼 있다면 그대로서는 아무리 상상력을 동원해 봐도 시에서 말하고자 하는 뜻은 막연할 수밖에 없잖아?

그 만남을 통해서 내 마음속에는 불쑥거리는 것이 생겼단 말이야. 이런 정서를 한 편의 시로 써서 남겨야겠다는 생각이 들었어. 여기서 먼저 말해둬야 할 것은, 이렇게 해서 쓰인 시에 '상황묘사'가 없다면 실패한 시가 된다는 것이야.

마음을 불쑥거리게 만든 것들도 시적 재료가 될 수 있어. 그 상황의 성격과 분위기, 이유 등의 묘사가 바로 구체성이거든. 그런데 표현에서 상황을 그대로 토로하는 직유가 곤란했을지도 몰라. 그렇다면 이런 감정이 생기게 된 이유를 공감시켜줄 어떤 이미지, 즉 그 상황의 특질에 대한 표현이 이 시에서 사용되었을까? 잘 모르겠다고? 그래. 어떤 상징이나 은유가 사용된 흔적이 있다는 말은 하지 않았어. 그런 시적 장치가 사용됐다는 표시가 없지?

예로 든 것처럼 이런 시를 썼을 경우 그 상황에 대해서 설득할 수 없다면 이는 시인의 마음에 불쑥거리는 것을 혼자 뱉어놓은 감정표현(넋두리)에 불과해. 다시 말해서 상황(어디에서, 누구를 만나, 어떤 분위기에서, 무슨 이야기를 나눴는지)을 보여줄 구체성이 결핍됐다는 것이지. 때문에 나(시인)와 그대(독자) 사이에 공감대의 밀착감을 만들기가 어려워. 이는 시로서 실패라는 이야기지.

혹시나 해서 덧붙이는데, 쓰다 보면 이렇게 추상적이고 관념적인 인식표현에 익숙해지기 쉽거든? 시인 나름대로는 무엇을 표현했어. 그런데 독자는 그것이 무엇인지 막연하단 말이야. 이는 시 창작에 있어서 반드시 피해야 할 태도이기도 해. 제대로 쓰기 위해서는 구체성 확보에 아주 치열해져 있어야만 하지. 체험의 기억 속에 잠들어 있는 관념, 그것이 '숙성된 인식으로 깨어 살아났다'는 모습을 제대로 보여줘야 돼. 이렇게 하려면 명징한 이미지가 사용돼야 한다는 것도 명심할 일이고.

10 습관화된 인식을 버리면 상상력이 살아난다

어떤 상황 앞에 맞닥뜨렸어. 벌써 그 일의 진행과 결과가 어떻게 만들어질지 예측되는 그런 경험이 있지? 이처럼 매일 경험하다시피 숱하게 겪는 일들은 또 마주친다 해도 아무렇지 않지? 낯익어서 그럴까? 길들여져서?

훤히 알고 있고, 생각도 그 일의 진행과 결과가 어찌 나타날지 자동적으로 감각하게 되는 것을 습관화된 인식이라고 해. 이런 의식 속에는 시적 상상력이 작동하지 않아. 시를 쓰기 위해서는 이 고정관념에 붙들려 있는 사고의 틀을 깨야돼. 그렇지 않으면 경험 속에 잠재해 있는 상상력은 튀어나올 길이 없어. 사물에 대한 새로운 시각도 갖기 어렵지.

언어를 다루는 일 중에는 '낯설게 하기'라는 것이 있어. 시 속에서 뜻밖의 상황을 만들거나 의외의 언어를 사용하는 것도 이 범주에 속해. 이것도 고정관념을 깨뜨리는 한 방법이야.

시를 쓰기 위해서는 시적 재료가 필요해. 그 재료로 삼은 대상에게 새로운 가치관을 발견해보려는 접근을 해야겠지. 그러나 늘 막연하다는 생각이어서 난처할 때도 있어. 아마 대상에 대한 접근과 관찰이 습관화된 태도를 버리지 못한 까닭이 아닐까? 그대는 여기서 벗어나야 해. 그 순간부터 진지함을 갖춘 상상력이 살아나오거든? 이는 상황과 사물을 보는 시점이 달라지면서부터 작동하기 시작하는 것이야. 여기에는 진정성을 바탕으로 한 아름다움이 동반되지. 습관화된 태도를 버리는 순간부터 대상에게서 새로운 가치관을 발견해보려는 접근이 시작된다고 할 수 있어. 이렇게 상황과 사물을 보는 시점(視點)이 달라지면서부터 상상력은 작동하기 시작해.

앞 단원에서 마저 이야기했어야 하는데 빠트린 부분이 있어. 상상력을 자극하는 또 하나의 것, 연상(聯想)훈련. 이는 하나의 관념이 다른 어떤 생각을 불러일으키는 심리작용을 말해.

어떤 자극을 받으면 마음은 반응을 일으킬 수밖에 없어. 예를 들어서 가을이라는 단어를 떠올리면 동해바다 위의 파란 하늘, 수덕사 사과밭의 맑은 햇살, 내장산에 물든 단풍 등등이 떠오르지? 이 파란 하늘, 맑은 햇살, 붉게 물든 단풍 등은 가을이라는 자극어에 대한 의식의 반응어인 것이야.

이런 의식의 세계는 한 곳에 고정되어 있지 않아. 항상 움직여. 자극을 받으면 또 다른 반응을 일으켜. 새롭게 변화해. 때문에 사물이나 언어에 대한 연상은 늘 자유로운 것이야. 이 자유로운 의식을 바탕으로 할 때 상상력은 나래를 펴지.

이 연상훈련은 서로 다른 사물이 지니고 있는 유사성을 발견해내는 일에 있어서도 훌륭한 구실을 해.

첫째가 이질적인 것들에서 유사성을 찾도록 도와줘. 균형 잡힌 시각을 제공해준다는 뜻이야. 그 다음은 의식과 무의식의 세계를 넘나들면서 잠재된 체험의 기억들을 일깨우는 역할을 하거든? 잠들어 있던 기억들도 자극을 받으면 반응을 일으킨다는 것이야. 바로 이 반응을 일으키며 발동하는 정서가 상상력의 요소이며 바탕이라는 것이지.

그렇다면 여기서 그대도 한번 연상훈련을 해볼 테야?

자, 이 책을 쓰고 있는 필자는 시인이야. 지금 그 박정규라고 하는 자극어가 제시됐어. 어떤 반응어가 생겨나지? 전혀 연상 작용이 발생하지 않는다고? 쑥스러워서? 아니면 정말로? 정말 그렇다면 그대의 상상력에 문제가 있는데?

11 시적 재료

한 편의 시를 쓰기 위해서는 쓰고자 하는 그 '무엇'이 꼭 필요해. 시인이 찾아 헤매는 이 무엇을 시적 재료(詩的 材料)라고 하지. 그렇다고 이 시적 재료를 거창한 것에서 찾을 필요는 없어. 어떤 상황, 어떤 사물, 어떤 현상들까지 다 시적 재료이기 때문이거든.

시를 쓰는 일은 어떤 세계(앞에 놓인 상황과 대상)에 대한 새로운 인식과 발견을 의미하니까. 이것을 가장 합당하고 적절한 언어표현으로 형상화하는 것이니까.

"시는 세계의 감춰진 부분으로부터 베일을 벗겨낸다. 그리고 마침내 눈에 익숙한 사물을 처음 보는 것처럼 느끼게 한다."

셸리(Percy Bysshe Shelly, 1792~1822)의 이 말은 대단한 통찰력으로 여겨지지 않아? 나는 그렇다는 생각이 드네? 높은 경지, 이를테면 깊고 넓은 사고(思考)의 훈련과 대상에 대한 세밀한 관찰과 깊은 인식을 하고 있지 않으면 할 수 없는 말이라고 여겨져.

영국을 대표하는 시인은 여러 사람이겠지? 그중에서 그리스 전쟁에 나갔다가 말라리아로 죽은 바이런(G. Byron, 1788~1829)과 함께 셸리는 19세기 영국의 낭만주의를 대표할 수 있는 시인이야. 그런데 이 두 사람은 다 요절(夭折)했어. 한 사람은 객사였고 또 한 사람은 익사였다니! 그 삶을 마감한 방식들도 묘해. 짧게 살다가 세상을 떠났어. 많은 경험의 범위를 갖지는 못했겠지. 그런데도 Shelly는 저런 말을 써서 남길 수 있었어. 이는 천재가 지닌 감수성의 또 다른 표현으로 여겨져.

시인은 이 세상의 세계에서 사람들이 미처 인식하지 못했던 미지의 것들을 발견해내는 시력을 갖고 있어. 그 발견해낸 것을 자신만의 시각으로 해석해내는 존재이기도 하고.

시 창작은 이 세상에 속해 있는 사물과 대상에 대해서 해석해낸 내용을 담는 것이지. 이를 자기만의 언어로 다시 창조하고 형상화해서 사람들에게 보여주기 위한 노력이야. 시인은 이 작업을 통해서 사물을 새롭게 인식해. 사물과 대상에 대한 깊은 통찰력을 얻어. 존재로서의 자신을 새롭게 인식하는 계기를 만들기도 하고.

사물의 세계가 끝이 없다는 말은 다음과 같은 것이야. 그대와 나의 인식작용으로는 사물이 지닌 미지의 부분을 헤아리기에 모자란다는 뜻.

여태껏 많은 시인이 있었지만 사물이 지닌 본질의 끝에 닿은 사람은 없었대. 거기에 조금 더 가까이 접근한 사람이 있을 뿐이래.

이것을 조금 더 설명해야겠네.

누군가가 시를 쓰기 위해서 대상으로 삼은 어떤 사물을 관찰하다가 새로운 의미를 발견했어. 그때 인식주체자로서의 시인과 발견하게 된 새로운 의미 사이에는 관계성이 만들어졌다고 할 수 있지.

시는 이 관계성을 표현하는 언어가 가장 합당하고 적절한 것으로 나타났을 때 이루어지는 것이야. 그러나 이는 사물의 본질이 지닌 새로운 의미의 발견일 뿐이지. 그 존재의 끝에 가서 닿은 것이 아니라는 이야기야. 피조물의 한계라고 할 수 있어. 아무리 탐구하며 애쓴다 한들 존재의 근원에 대한 부분만 헤아릴 수 있다는 것.

아직 습작의 시간에 있는 이들은 이 말의 뜻을 이해하기가 좀 힘들지 모르겠네. 그렇더라도 한두 번 더 읽으면서 여기에 대한 충분한 인식을 갖게 되면 좋겠어.

지겨워 죽겠다고? 좋아. 그런 말로 분위기 바꿔보는 것도 괜찮아.

방금 전의 말처럼 적나라한 표현도 시에서는 사용할 수 있다는 사실을 설명할 기회가 됐네. 메시지와 상관없이, 혹은 의미 없는 이미지로 사용되는 천박한 표현만 아니라면 말이야. 무슨 뜻인지는 충분히 납득했지?

이제 이 단원을 마무리하면서 질문을 하나 해봐야겠어.

그대가 이 책을 읽으면서 계속 지겹다고 하잖아? 그러면서도 붙들고 앉아서 내 이야기를 듣는 까닭이 있지? 그 까닭을 맞춰보라고? 제대로 써보겠다는 마음 때문 아닌가?

분명하게 이야기해줄게. 정녕 그런 마음가짐이라면 진심으로 거기에 격려를 보내고 싶어. 이는 그대의 삶이 아름다움을 향해서 방향성을 정했다는 뜻이야. 내가 해주고 싶은 이야기가 또 있어. 아름다움을 바라보기 시작한 그 시선이 앞으로도 전혀 흔들림 없기를 바란다는 것. 그렇다 하더라도 다음과 같이 냉정하게 말할 테야. 아무리 지겹더라도 이 단원은 반드시 숙지하시압!

12 시 창작의 실제적 단계

당나라 때 시인 이백(701~762)을 시선(詩仙)이라고 하지? 두보(712~770)는 흔히 시성(詩聖)이라고도 일컬어져.

이 두 사람은 시 창작의 방법에서 확연한 차이점을 나타내고 있어. 이백의 경우 시상(詩想)이 떠오르면 단숨에 써내려가고 고치는 법이 없었대. 전해지는 말 속에서도 천재의 특징과 기질이 역력하게 나타나 있지? 그러나 두보는 시상이 떠올라도 오랫동안 속에 담아놓았대. 숙성되기까지 많이 뜸을 들였대. 써놓고 나서도 그 시를 고치고 다듬기에 많은 노력과 정성을 쏟았다는군.

이들의 시에 대한 재능을 우리로서는 따라잡을 수 없어. 다만 시를 창작하는 태도에서 귀감(龜鑑)으로 삼아야 할 것을 따를 뿐이지. 두보 같은 분도 자기가 쓴 시 다듬기에는 혼신의 힘을 다했다는 것 말이야. 그대와 나는 두보가 보여준 이 부분의 시 창작 태도를 늘 염두에 둘 수 있으면 좋겠네.

이제 시 창작의 실제적 단계에 들어서보기로 해. 시 창작의 과정은 크게 3단계로 나눌 수 있어.

첫째가 시의 모티브(motive), 즉 씨앗(시적 재료)을 얻는 순간이야. 이때부터 시 창작의 시작이라고 할 수 있지. 언어를 어떻게 형상화해낼지 모색하는 구상(conception)의 단계.

둘째는 시적 재료에 대해서 모색하며 구상한 내면인식을 숙성시키는 과정이라고 할 수 있어. 이를 언어로 형상화하기 위한 골격의 틀을 구성(composition)하는 단계이기도 하지.

셋째는 이 모든 구상과 형성된 골격구성의 형상화를 위한 구체적 표현을 찾는 단계야.

여기에 한 가지를 더 추가할 수 있지. 시성이라고도 일컬어지는 두보 같은 사람도 집중해서 힘을 쏟았던 시를 다시 다듬기, 즉 퇴고의 과정.

쓰는 방법에서의 차이점은 누구나 다 갖고 있어. 그러나 지금 이야기한 것이 시 창작 과정의 기본적이고 보편적인 틀이야.

삶은 이 세상의 세계와 단절할 수 없는 관계성 속에서 이어지는 것이지. 그로 말미암아 만들어지는 경험의 연속이기도 해. 이 관계성의 접촉은 사람의 감정과 생각에 여러 가지 반응을 일으켜. 그러는 동안 남겨지는 것이 있지. 바로 감정의 체험이라는 것.

세상과 접촉을 하더라도 그 대상과의 상호관계성은 대부분 시간이 지나면 잊히거나 소멸하게 돼. 그러나 절대 잊히지 않는, 잊을 수 없는 대상을 만나게 될 때가 있지. 이런 대상(사물)과 함께하는 상황에서 받는 영감, 심리적 충격이나 자극, 뇌리에 스며들듯 다가온 인상 등의 체험이 시의 씨앗이 되는 것이야. 시를 쓰고자 하는 동기나 계기가 되기도 하지. 이런 체험뿐만 아니라 시인의 마음에 부딪혀 온 최초의 상념(혹은 관념, 허위나 작위적이 아닌) 또한 시의 씨앗이 되는 것은 마찬가지이고.

위 단락의 끝부분에서 괄호를 열고 닫으며 '허위나 작위적이 아닌'이라는 말을 썼지? 다음의 이야기를 들려주려는 까닭과, 듣고 이를 더 선명하게 생각해보라는 뜻 때문에 그랬어.

누군가가 깊은 사유나 사물에 대한 통찰도 지니지 못한 어설픈 상념을 떠올렸단 말이야. 그러면서 자기가 시의 좋은 씨앗을 얻었다는 착각에 빠졌어. 이를 덥석 심어버렸지. 어떻게 됐을까? 뭘 그렇게 한참을 생각하누? 시의 씨앗을 허위나 작위적인 것에서 얻어서 심었다면 좋은 결실은 기대할 수 없는 것이잖아? 겉모습의 껍질은 그럴듯할지 모르겠어. 그러나 거둬들인 것은 알맹이 없는 씁쓸함의 쭉정이일 뿐이겠지.

분명하게 말해두지만 허위는 거짓이야. 정직하지 않음이야. 위선을 말하는 것이지. 작위는 꾸미는 것이고. 거기에는 기만의 허영심만 가득 담겨있지. 만약 삶의 태도까지 이렇다면 그 결과는 비천과 공허로 나타나지 않을까?

이는 시에서도 마찬가지야. 그런 따위의 시에서는 가끔 어쭙잖은 인식이나 지식으로 한 수 가르쳐준다는 태도가 나타나기도 해. 그 모양새를 그럴듯하게 꾸며. 그러나 독자의 입장에서는 가소롭게 느껴질 억지가 느껴진다는 것이지. 이런 억지에서는 시의 좋은 열매를 얻을 수가 없어. 그러니까 맑고 순수한 시적사고(詩的思考)를 습관화시켜놔야 해. 가치 있는 미적 체험도 많이 해봐야 하고. 이것도 시의 좋은 열매를 얻기 위한 하나의 방편이야.

이렇게 한다고 해서 당장 충실하고 튼튼한 시를 쓸 수 있는 것은 아니라고 말해야겠네. 그러나 상당히 고상한 삶의 태도는 갖게 되겠지. 이는 그 자체만으로도 좋은 일이잖아? 시 창작에서의 진전(進展)도 차츰 나타나게 되고. 이것은 분명한 사실이야.

시적사고를 통해서 맑고 순수한 감성을 갖기 시작하면 사물에 대한 깊고 풍부한 통찰력이 곁들여지게 돼. 마주치는 대상에게서 새로운 의미를 발견해보려는 의식이 속에서 발생하지. 그러다 보면 인간 본질에 대한 깊은 사색의 결과까지 덩달아서 따라와. 그런 깨달음들은 자신의 삶에서 자연스럽게 실행되며 나타나기도 해. 공자가 시경(詩經)에 쓴 사무사(思無邪)란 이런 것에 대한 이야기야.

이와 관련해서 한 가지를 덧붙여볼까? 감성(感性)과 감상(感傷)이 어떻게 다른지.

감성의 바탕에는 풍부한 감수성이 자리를 잡고 있어. 흔히 글 좀 써보겠다는 사람들이 좋아하는 감상주의(感傷主義)와는 거리가 멀지. 반면에 감상주의에는 정말 주의해야 할 것이 있어. 거기에 끌려가다 보면 기껏해야 칠칠맞은 유행가 가사를 써놓고 시라는 착각에서 허우적대다 말 것이라는 사실. 아마 삶의 태도도 그렇게 나타나지 않을까?

생활 속에서 시적사고의 습관을 반듯하게 키우고 있을 때 는 속에 뿌리를 내리는 시의 씨앗 역시 잘 발효되는 것을 느 낄 수 있어. 이 말이 아직 익숙하지 않을까? 그렇다면 이 기 회에 한번 잘 생각해봐. 뭔가 머릿속을 뱅뱅 돌던 관념들이 좀 더 구체적 표현으로 만들어지던 경험에 대해서 말이야. 만 약 그런 경험이 없다면 아직 내면의 관념을 구체화시켜보려 는 열망, 시적사고의 습관 등이 미숙하기 때문일 수 있어. 자 기에 대해서, 자기의 입장에 대해서, 자기의 상황에 대해서, 자기 존재 의식에 대해서, 거기 예민한 감각을 유지하는 일을 심각하게 생각지 않은 게으름이라고는 말하지 않겠어. 그러나 균형 잡힌 감각으로 자기의 상태를 살펴보고 정직하게 개선 시켜보려는 자세를 갖는 것이 시인의 마음이야.

각설하고, 질문 한 가지만 할게. 씨앗을 뿌릴 때는 어떻게 뿌리지? 씨 뿌려본 적이 없다고? 그럼 한번 연상 작용을 일 으켜봐.

밭에 씨앗을 뿌릴 때는 한 알씩 뿌리지 않아. 여러 개를 동 시에 흩어서 뿌려. 마찬가지로 시의 씨앗이 마음의 밭에 떨어 질 때도 여러 개가 뿌려지는 것이야. 이놈들이 언어의 싹을 틔우고 잎을 만드는 것에 시간의 차이는 있어. 피우는 꽃잎과 매달게 되는 열매에도 다 차이가 있는 것처럼.

속에서 싹을 틔우고 잎이 나고 줄기가 솟고 꽃이 필 때까지의 과정은 시의 발효, 숙성기와 같은 것이야. 그렇게 된 다음 피던 꽃도 시들고 초록의 잎사귀가 누렇게 될 때쯤에는 뭐가 남을까? 당연히 열매를 맺게 되지.

한 편의 시 역시 이렇게 해서 태어나는 것은 같아. 그런데 시에서 맺어지는 열매의 형상은 좀 다르다고 느끼지 않는지.

이 열매의 형태가 온전한 형상으로 만들어지기 위해서는 조건이 있어. 그 씨앗의 본질에 합당한 언어, 구체적 표현의 언어가 사용돼 있어야 한다는 것.

이 언어들은 순순하게 골라지지 않아. 막막할 때가 많지. 한두 걸음 나아가다가 막다른 골목에 들어선 것 같을 때도 있고. 어떤 경우에는 그냥 언어 찾기를 포기하고 싶은 때가 생기기도 해.

조심해야 할 것은 여기서 억지를 부리지 말라는 것이야. 전혀 합당하지 않은 언어를 끌어와서 꿰맞추려하다가 자칫 잘못하면 그것은 허위의 시로 전락하게 되거든? 또 그런 일에 태연하게 되면 이는 쓰는 사람으로서의 자기기만이겠지. 시인으로서의 직무유기, 아니면 분별력조차 갖추지 못한 어리석음이라고 할 수도 있고.

시의 좋은 씨앗을 얻었다고 해서 금방 시로 만들려고 하지 말아야 해. 그 씨앗이 잘 익은 인식으로 숙성될 때까지 기다리라는 것이지.

"시는 조용히 회상되는 정서"(워즈워드)라고 했어. 이 말에 담긴 의미는 여러 가지야. 시인이 얻은 씨앗이 한 편의 잘 여문 열매(시)가 되기 위해서는 위 단락들에서 말한 시간적 거리가 필요하다는 뜻도 포함돼 있고.

'어느 순간, 마음의 밭에 시의 씨앗이 떨어진다. 싹을 틔운다. 잎이 나오고 줄기가 자라고 꽃이 피기 시작한다. 자주 들여다보며 쓰다듬는다. 열매 맺기를 기다린다. 열매의 모습을 그려보며 행복하다. 이 결실이 부디 반듯하고 튼튼한 것이기를 바라는 마음 간절하다. 이렇게 마음에 떨어진 시의 씨앗을 아름답게 형상화하기 위해서는 언어 찾기에 골몰할 수밖에 없다. 속에 녹아든 경험과 기억들이 싹을 틔운 이 시의 씨앗에 흡수되기를 기다리는 동안 대상에 대한 묘사의 방법을 점점 구체화시킬 수 있다. 그러던 어느 날, 이 대상에 가장 닮아 있는 언어 하나가 불쑥 튀어나온다. 한 행을 이루더니, 잇달아 두 행이 만들어지더니 또 이놈들끼리 모여서 한 연을 이루기도 한다. 그런데 이건 또 무슨 일인지. 이어갈 듯 보이던 언어가 갑자기 종적을 감춘다. 끙끙 앓으며 찾아다닌다. 몇 시간 만에 돌아온 놈도 있고, 며칠씩 튀어나갔던 놈도 있고, 아, 어떤 놈은 몇 달 동안 종적이 묘연해 애간장을 태우기도 한다.'

한 편의 시는 이처럼 만들어지는 것이야. 이런 과정을 거치면 바로 완전한 작품으로 태어나는 놈도 있긴 해. 그러나 이놈들의 대부분은 아직 완성된 시가 아니지. 익숙한 말로 표현하자면, 아직 다듬어지지 않은 옥(玉)이라고 할까? 최고의 아름다움을 발휘할 때까지 갈고 닦고 다듬어줄 것을 요구하고 있는.

"글이 거칠고 다듬어지지 않은 것은 잡초가 가득한 밭과 같다."

고려 때의 문장가 이규보의 말이야. 서양의 시인 발레리(Paul Valery, 1871~1945)도 같은 말을 하고 있어. 퇴고를 하지 않은 문장은 부푸러기 더미와 같다고.

마음 밭에 떨어진 시의 씨앗이 자라고 숙성되고 표현의 단계를 거쳐서 한 편의 시로 창작됐어. 그때까지는 시인의 마음도 팽팽해 있지 않겠어? 긴장감이 느슨해지지 않았다는 이야기야. 시는 다 썼지만 아직 객관적 시각을 갖기가 쉽지 않지. 이때에는 자기 시의 흠과 티를 발견하기가 어려워.

시는 어떤 글보다 완전한 표현을 요구하고 있어. 심지어는 문장부호 하나에 시 전체가 망가지는 경우도 생기지. 그러니까 시는 쓰자마자 다듬으려 하는 것보다는 마음이 어느 정도 객관성을 회복할 때까지, 일주일 정도라도, 아니면 더 많이 기다렸다가 다시 손보는 것이 좋아. 이렇게 퇴고의 과정을 거친 다음에야 그것을 완성된 시라고 하는 것이야.

시 창작의 과정을 앞부분에서 이야기했어. 이를 조금 더 구체적으로 정리해보면 다음과 같아.

첫째는 시의 씨앗(시적 재료) 얻기야. 어떤 강한 인상, 특이한 경험, 낯선 사물의 발견으로 떠오른 상념을 착상시키고 영감 등을 얻는 것을 말해.

둘째는 시의 씨앗이 마음에서 싹을 틔우고 성장하고 익어가면서 이 정서가 시적분위기를 생성하고 구체적 이미지로 발전해가는 과정이야.

셋째는 앞의 과정들에서 숙성된 인식을 표현하는 단계이지. 즉 본격적인 창작과정, 외형적으로 나타나는 언어표현 작업의 의미야. 이 단계에서 이미지를 지니는 여러 시구(詩句)가 만들어지고 그것이 행과 연으로 적절히 배열되기도 해.

끝으로 퇴고하기. 시에 열매가 맺어지면, 즉 언어로 표현되면 창작 완료의 상태라고 할 수 있어. 이 완료된 시를 다시 다듬고 갈고 닦아서 총체적 미(美)를 만들어내는 것이 퇴고에 담긴 의미야. 이 단락에 개인적 소견을 덧붙여본다면 아직 글쓰기에 미숙한 이들은 이 퇴고의 과정이 무척 소홀하다고 여겨져. 이는 내 주관적인 견해에 불과할지도 몰라. 그렇더라도 이렇게 말하고 싶어. 그대만은 지금보다 더 꼼꼼한 퇴고의 과정을 습관으로 만들도록 하라고. 기꺼이 그렇게 할 수 있다면 창작한 시에서 더 잘 연마된 빛이 풍겨 나올 것이 분명하니까. 이 사실을 꼭 마음에 담아두면 좋겠어.

한 가지만 더 이야기할게. 나도 시를 쓰잖아? 그런데 잘 쓰는 다른 사람들이 여전히 부러운 것은 무슨 까닭이람? 그들의 글 가운데서 기막힌 표현이 등장하고 거기 공감대가 형성되면 곧잘 감탄하기도 하거든? 뛰어난 시인이라고 해서 언어를 조각하는 모든 재능을 갖고 태어나는 것은 아니라는 인식을 갖고 있는데도 말이야.

"아무리 타고난 시인이라 할지라도 신에게 부여받은 것은 어느 한 부분일 뿐이다. 나머지는 시인 스스로 찾아내야 한다."

폴 발레리의 이 말처럼, 시를 창작하는 일에는 그만큼의 큰 노력과 고통도 함께한다는 것을 말하고 싶어서 해본 이야기야.

이를 각오하고 시를 써보겠다는 결심을 굳혔다면 일찍이 북송(北宋)의 문장가였던 구양수(구양수, 1007~1072)의 말을 되새겨보는 것도 좋겠고.

"좋은 글을 쓰기 위해서는 다상량(多想量)이 필요하다."

여기에는 생각을 깊고 풍부하게 많이 하라는 뜻이 담겨 있어. 오늘날을 살아가는 동안은 빠르게 스쳐가는 시대문화에 반응할 수밖에 없겠지. 그러나 경박한 감수성과 편협한 시각, 단순한 사고의 바탕에서는 좋은 글이 나올 수 없다는 말로 느껴져.

앞에서도 잠깐 이야기했어. 어떤 시의 씨앗을 얻었더라도 급히 뿌리지 말고 우선 정신의 창고에서 숙성시키라고. 보다 확실하고 분명하고 구체적인 표현의 언어를 찾을 때까지 그 대상에 대한 내면인식을 발효시키라는 뜻이야. 정말 그렇게 권하고 싶어.

거기에 대해서 이렇게 써놓고 보니 내 스스로는 이해할 수 있을 것 같아. 그러나 실제적으로 따라서 하기는 조금 어려운 주문이라고 여겨지네? 그대 역시 내면에 구체적으로 자리 잡은 인식을 어서 표현해 보고픈 욕심을 다스리기가 만만치 않지?

시인의 마음은 그런 것이야. 언어표현에 대한 강한 욕구를 지니고 있는 것. 만약 그렇다면 다음과 같이 해보면 어떨까?

그 씨앗에 싹이 텄더라도 꽃과 열매 맺기는 서두르지 않을 것. 초고를 씨앗에 튼 싹으로 여기고 꽃과 열매를 수정과 퇴고의 과정으로 여길 것.

시인으로서의 내 입장도 퇴고의 원고 앞에 앉았을 때가 제일 행복하더라고. 언어와 치열한 전투를 치른 다음이어서 그럴까?

그렇더라도 한 편의 시에 담길 언어를 찾는 일은 왜 그렇게 고달픈 것인지. 그리고 시인은 왜 이놈을 사랑할 수밖에 없는 것인지. 혹시 이 까닭에 대해서 알고 있어? 응? 알게 될 것이라고? 기대하고 있다고? 정말로? 대답이 참으로 아름답게 여겨지는데? 서로 대면한 소통이 아니라 마음의 공감으로 소통되는 전음입밀(傳音入密)의 방식이어서 그런가? 만약 그렇다면 그대도 상당한 내공을 지닌 내가고수(內家高手)라는 뜻이잖아? 이거 내가 아무리 세외고인(世外高人)이라 일컬어진다 해도 언어표현에 더 신중해져야겠는데?

앞부분에서 이야기한 것을 다시 한 번 되풀이해볼까?

숙성된 시의 씨앗이 구체적 표현의 언어를 찾아가는 길은 시적사고의 연장선상에서만 발견되는 것이야. 이런 사고(思考) 없이는 구체적 언어가 건져지지 않지.

체험과 기억과 거기 반응하던 정서의 움직임 등은 모두 유기적으로 연결되어 있어. 그러다가 어떤 언어를 건져냈다면 이를 표현하는 과정에서 요구되는 것이 또 하나 있지. 바로 정서적 공감대를 이끌어낼 수 있는 구체성의 확보.

'시적사고' 안에는 체험과 기억이 유기적으로 작용해. 이 속에서 시인은 숙성된 시의 씨앗을 표현할 수 있는 구체적 언어를 얻었어. 이 언어에 의지해서 나타낼 것의 정체는 명확해야 해. 요즘 흔히 보이는 무책임한 사고(思考)의 환상(fantasy)이 아닌 반드시 정서적 공감대를 유발해내는 '상상력'이어야 한다는 것. 환상은 허위의 관념에 들떠서 부유(浮游)하는 것이지만 상상력은 구체적 체험의 인식을 바탕으로 해서 발휘되는 것이야.

백문무불통지(百聞無不通知)라는 말은 알고 있으리라 믿어. 문장의 격식에 맞게 써 놓은 글은 아무리 어려워도 백 번을 읽으면 막힘이 없다는 뜻이니까. 또 여러 번 보면 어떤 일이든지 헤아려진다는 뜻이기도 해

이 말을 여기에 불러들인 까닭이 있어. 시인이 강조해서 표현해내는 것에도 정서적 공감대가 미흡할 때가 있기 때문이야. 만약 그럴 경우를 만난다면 독자는 자기 나름의 상상력을

발휘해볼 필요가 있어. 내용에 감춰진 부분을 헤아려보는 것
도 의미 있는 일이라는 뜻이야. 이것을 독자가 읽으며 즐길
몫이라고 하거든? 소위 말해서 독해력이 출중한, 즉 고급독자
를 지향해보는 것도 즐거운 일이라는 의미를 담고서 이야기
해봤어.

2

시가 하는
말(言)듣기

01 시가 하는 말

　언어가 황폐한 사람은 그 심성도 황폐해 있는 것을 볼 수 있어. 심성이 황폐하면 인간으로서의 격(格)도 볼품이 없더라고. 그런데 이런 언어의 전염성은 또 얼마나 강한 것인지.

　인격이 볼품없다는 말은 그 사람이 품고 있는 뜻이 보잘것 없다는 의미야. 품고 있는 뜻과 심성에 봐줄 만한 것이 없으니 그 뱉어내는 말도 형편없을 수밖에. 말이 거칠고 천하면 기품도 같이 천해보임은 당연지사(當然之事)잖아.

　가끔씩은 소위 말하는 좋은 자리, 높은 자리에 있는 이들의 TV출연 장면을 보게 되지? 거기서도 자기 품위 유지에 신경 쓰는 모습은 역력해. 하지만 단련이 부족한 사람임이 노출되는 경우가 너무 많아. 그러면서 오히려 다른 사람의 품격에 대해서 말하는 경우를 봤어. 우리 주위에도 이런 일은 비일비재(非一非再)한 일이고.

기품은 타고나는 것이야. 그러나 닦아 연마해서 나타내는 기품이야말로 제대로 된 기품이 아닐까? 이런 경우 풍겨지는 인간으로서의 향기는 더 충실한 것이기도 하고.

사람의 품격이란 억지로 꾸미지 않아도 저절로 풍겨 나오는 은은한 향기라고 말하고 싶어.

격을 갖춘 언어도 같은 것이지. 많이 말하지 않아도 충분히 사람의 심금을 움직여주는 정갈한 소리의 집합. 발설되어 나오는 소리의 처음과 나중이 일관되어 있는 무게.

이 소리의 파장에 아름다운 공명이 일어나면 그 말(言)에서는 향기가 풍겨 나오는 것이야. 언어가 사람의 정서에 울림을 줄 수 있는 정갈한 기호와 기표(Signifiant)로 표시되면 시가 되는 것처럼.

이를 잊지 않고 있으면 참 좋겠네.

02 빌헬름 마이스터의 수업시대

빌헬름 마이스터의 수업시대
－서리 한 움큼 끌어안으며

詩/ 박정규

　새벽, 산에 올랐다 내려앉는 것들이 엉겨 붙고 있었
다 누가 일구던 텃밭이었을까 꽃밭이었을까 깨꽃 흩어
진 자리에 하얀 입김 돋아 있었다 마음껏 들이켰던 숨
결을 차게 뿜어낸 것처럼 보였다 바닥에 떨어진 것들
이 발효되든 숙성되든 상관없다는 듯했다 그럴 수 있
다고 고개 끄덕여주고 싶었다 허리까지 그 호흡이 느
껴졌다
　기지개를 끝낸 햇살이 웃기 시작했다 올올이 맺힌
사연이 발효되어 숙성되든 부패되다 말라비틀어지든 상

관하지 말라는 태도였다 반갑지는 않았다 그리고 아무
말도 하지 않았다는 내용도 알지 못하는 소설 제목을
떠올렸을 뿐이었다

문학모임 '시창(詩窓)'이라는 곳에 참여하고 있어. 계간으로
동인지도 발간해. 가끔은 내 시가 오르기도 하지.

오래 전 일인데, 거기에 수록된 내 시의 제목 중에는 「빌헬
름 마이스터의 수업시대」라는 것이 있어. 당시 홈페이지 공지
문에는 이 시에 대한 시작(詩作)노트가 있으면 좋겠다는 글이
덧붙여졌더라고. 나보다 연배가 작은 사람들이 더 많은 곳이
야. 그랬으니 내 창작의도를 조금 더 알고 싶다는 의미였겠지.

그때 혼자 떠올린 생각이 아, 나는 아직도 표현방법에 있어
서 정서의 노출이 일방적인가 보구나, 하는 것이었어.

다시 살펴봤지. 역시 정서적 공감대를 끌어내기보다는 정서
표현에 일방성이 나타나 있었어. 대상에 대한 심리적 거리는
적당한 듯했는데 구체성에 미흡한 부분이 보였어. 내용의 대
부분도 관념성이 차지하고 있었고.

그래도 뭐, 아무렇지는 않았어. 다만 우리의 좁은 범위 속에
서 나를 답습하는 이들도 있을지 모른다는 생각은 했지. 시 창
작에 관한 방법에 질문을 받으면 늘 가르치는 태도를 취했기
때문이야. 그러나 나는 기법의 부분보다는 방향성의 제시에 더
의미를 두었지. 때문에 내가 쓴 글에 반드시 책임 있는 자세를
보여야했어. 그런 마음으로 부연설명을 했던 기억이 나네.

아래의 글들이 그런 부분을 세밀하게 설명한 것이라고는
할 수 없겠지. 그러나 나중에 아, 이 사람은 이런 작자로구나,
그렇게 헤아려주기 바란다면서 덧붙였던 이야기야.

 "여러분들도 「빌헬름 마이스터의 수업시대」가 괴테의 소설
인 것은 아시지요? 이것은 1975년 중앙일보 신춘문예에 당선
된 시의 제목으로 사용되기도 했답니다. 그 이후 이인해 시인
의 다른 시를 접해본 적이 없습니다. 계속 쓰고 있는지 아닌
지 그것도 알지 못합니다. 그러나 그때 신문지면을 통해서 읽
게 된 이 시는 오랫동안 나를 붙들고 놓아주지 않았습니다.
 '묘하다. 소설 제목인데, 시의 제목으로도 아주 잘 차용했
구나.'
 그런 생각으로 가슴이 덜컹거리며 읽던 느낌도 기억납니다.
노트에 필사해서 여러 번 읽었습니다. 그러다가보니 결국은
외워지게 되더군요.
 몇 군데 사용된 의성어와 의태법이 자연스러웠습니다. 점층
법으로 진행시킨 '그라데이션(Gradation)'의 기법도 놀라웠고요.
 이 시를 읽던 당시의 나는 소설에 시까지 끼적대던, 소위
문청(文靑)이랍시고 꼴값 떠는 종자였답니다. 거기 몰두
(All-in)하지도 못하고 갖가지 세상 욕심에 헐떡이기 시작할
때였지요. 그렇다고 내 삶에서 쓰는 일을 포기하지는 못했습
니다. 다만 쓰는 일이 차치(且置)된 많은 시간을 보냈을 뿐이
지요.

나중에 어찌어찌해서 시인이라는 꼬리표는 붙였습니다. 그러나 사실은 소설을 더 써보고 싶었던 것이 사실입니다. 시에는 시인의 진정성이 암시와 함축에 담겨져서 나타나야 한다는 강박관념 때문이었을까요?

나는 한 편의 글에 너무 많은 이야기를 담으려는 습관을 지니고 있었습니다. 또 소설은 허구를 그럴듯하게 꾸며내서 고개 끄덕여 달라고 우겨댈 수 있는 장치였으니까요. 그래서 소설을 더 써보고 싶었던 것일지도 모르겠습니다.

그렇게 꽤 많은 시간이 흐른 다음입니다. 쓰는 일에 대해서 제법 숙성된 인식이 생기게 됐습니다. 그때쯤이라고 할까요? 몇 가지 우여곡절에 마주치게 된 것은 여러분들도 부분적으로는 알고 있는 일입니다. 좀 나중에는 더 심각한 일들도 연달아 겪게 됐지요.

그러다가 문득 내 마음에는 담아둔 것이 아무것도 없다는 생각이 들었습니다. 쓰는 일이든 무엇이든 계속하려면, 존재로서 살아있다는 실감을 늘 맛보려면, 집중의 습관을 키워야 한다는 깨달음이 따라붙었지요. 삶의 시간 속에서 갖가지 상황을 편력했지만 스스로는 거기에 실제적인 수업으로서의 의미는 부여하지 않았다는 좀 허무한 각성과 함께 말입니다.

이제는 쓰는 일에 대한 분명한 인식이 있습니다. 나는 내세울 것이 전혀 없는 사람이지요. 그러나 시를 사랑하는 마음, 거기에 대한 진정성은 아무에게도 부끄럽지 않다고 말하렵니다.

자, 그러면 이인해의 1975년 중앙일보 신춘문예 당선시를 한 번 읽어볼까요?

빌헬름 마이스터의 수업시대

산에 오르면 알리라.
오르고 싶은 곳 산봉이 솟았고
쉬고 싶은 곳 나무 그늘이 있음을.
그 그늘에 잠시 쉬고 있노라면
바위 아래로 돌돌돌 흐르는 물개울.
그때, 그대의 시선은 자유롭고, 알리라.
오솔길에 아무렇게 펴있는 풀잎들도
저마다 한몫으로 살아있음을.
그러나 나는 아직 알지 못한다.
오솔길에 풀 한 포기 흔들리는 까닭을.
풀 한 포기 되어보지 않고서는
풀 한 포기 흔들고 지나가는 바람을,
바람 한 자락이 되어보지 않고서는
풀 한 포기 흔드는 것이 무엇인지 모른다.
바람이 지나가면 풀 한 포기 흔들리고
바람이 지나지 않아도 풀 한 포기 흔들린다.

바위 아래로 돌돌돌 흐르는 물개울
흘러서 어디로 가는가.
물 한 방울이 되어보지 않고서는
물 개울의 흐름도 알지 못한다.
물 개울로 흘러보지 않고서는
저 강의 물방울들 모임도,
바다를 떠돌아보지 않고서는
바다의 출렁거림도 알지 못한다.
내가 물 한 방울이 되지 못하는데도
바다는 밤늦도록 출렁거린다.

밖에는 추적추적 비가 내리고
나는 학자들의 책을 밤새도록 읽는다.
밤 새워 읽은 뒤,
내 방종의 들에 핀 꽃 몇 송이
자기를 키운 가지를 떠나
옆으로 툭 불거졌다.
옆으로 툭 불거진 엉겅퀴는
바람이 웬만큼 불어도 흔들리지 않고
흔들리는 것은 거짓의 풀잎, 거짓의 바람,
나는 웃는다.
그때, 낙엽이 웃음처럼 지고
내 방종의 뜰에도 겨울이 왔다.

밤에 오는 눈은 보이지 않고
들리지 않는다.
보이지 않고 들리지 않는 먼 곳에서
누가 눈을 눈이라고 하였는가.
아직도 비가 오지 않았는가.
밤새워 눈이 와도 녹아버리고
내가 찾은 한마디의 말
아침에 아무런 흔적이 없다.
아직도, 비가 오지 않았는가.

겨울은 그러나 어김없이 왔고
이 겨울 나뭇가지를 떠나 방황하는 새
비로소 처음 추위를 느낀다.
새 울음소리 하나 들리지 않는
내 한때 방종의 뜰에도
겨울 짧은 해 빨리 지고
밤눈이 조금씩 쌓이기 시작한다.
모든 것이 속으로 제 몸을 감추기 시작할 때
나는 무엇을 조금씩 알아가는가.
그러나 산에 오르면 알리라.
오르고 싶은 곳 산봉이 솟았고
"쉬고 싶은 곳 나무 그늘이 있음을."

03 감상주의(sentimentalism)

문학용어로서의 센티멘털리즘은 감상(感傷)을 강조하는 감정과잉을 보여준다는 뜻이야. 다시 말해서 감정이 상처 입은 모습을 강조해서 노출하는 것이지. 흔히 여성성의 문학적 취향을 가진 초기 문학도들이 갖기 쉬운 태도이기도 해.

문학의 특성상 비극적 내용을 배제할 수는 없어. 그러나 감상주의에는 인위적 조장이 섞이기 쉽거든? 상황을 사실적으로 나타내기보다는 인간이 느끼는 슬픔, 비애 등의 정서적 상태를 과장, 강조하려고 할 때 흔히 나타나. 특히 멜로드라마와 같은 대중적 오락물에서 이런 부분이 두드러지지.

감상주의는 대중의 반응에 민감한 태도를 보인다는 특징을 가지고 있어. 딱한 것은, 시를 쓰는 이들 가운데서도 혹자는 거기에 솔깃해하는 태도를 보인다는 것이야. 이것을 냉정하고 엄격하게 말해서 그런 시 정신이라면, 거기에는 이미 천박함이 침투해버린 것이라고 말할 수밖에.

시는 인위적 조장을 필요로 하지 않아. 감동을 주는 시는 독자에게 충분히 영향력을 행사하고 있으니까.

지금은 모든 문화적 현상들이 크로스 오버를 당연하게 여겨. 그런 면에서 보면 감상주의가 주체가 되는 것도 그럴듯하기는 해. 그러나 시인에게는 어떤 사조, 어떤 물결 앞에서도 균형 잡힌 감수성을 유지하는 것이 더 중요한 것이잖아? 유행가 가사를 시라고 할 수 없는 것처럼 시인은 시와 시적표현이 분명히 다르다는 인식이 있어야 해.

이 부분을 가볍게 이야기해볼까?

음악을 들을 때 그럴듯한 유행가 가사가 전달되면 "음, 시적인데?" 하지? 그러나 그것을 시라고는 하지 않아. 시로서의 장치가 결여돼 있기 때문이야. 사물이나 대상을 대하는 인식 태도에 구체성과 명확성도 부족하고. 그러면서 지나치게 애상(哀傷)을 강조하는 얇음과 가벼움이 확연하게 드러나기 때문이지. 유행가 가사의 캐릭터는 그럴 수밖에 없는 것일까?

지금은 문화 속에서 센티멘털리즘이 넘쳐나고 있어. 대중 앞에 노출되는 많은 사람이 이것을 감동의 수단으로 이용하기도 해. 연예인에 국한(局限)된 것도 아니야. 그런 찰나적인 충동으로 자극 받은 마음은 지속성을 지닐 수 없어. 일회성일 뿐이지.

그대는 당연히 이런 현상에서 벗어나 있어야 돼. 품격과 연결되기 때문에 그렇지. 시인의 언어표현은 대상에 대한 진지함과 인식확대의 필요성이 반드시 요구되는 까닭이야.

　시적 대상을 처음 만났을 때는 눈에 보이는 것만 인식해. 사실은 내가 익숙해 있는 단계야. 그 다음은 눈에 안 보이는 부분까지 헤아리게 돼. 어쩌다 한 번씩 그럴 때도 있지. 그러나 감상주의에 솔깃해하는 태도를 버리지 못하면 자주 놓쳐버리기도 한단 말이야.

　시 창작의 방법에 숙련돼 있지 않으면 아마 여기까지가 사고의 한계이겠지. 그대와 나는 이런 단계를 넘어서야만 돼. 대상이 관계 맺고 있는 다른 대상에게까지 인식을 확대시키기 위해서야. 시는 이런 바탕에서 새로운 세계를 발견해내고 창조해내는 것이니까.

　울림이 있는 시를 쓰려면 일상적이고 습관화된 시각을 버려야겠지. 물론 감상주의에서 벗어날 필요도 있고. 시는 무엇보다도 대상에 대한 창조적 인식을 요구하기 때문이야. 이 창조적 인식을 미적으로 형상화한 언어예술이 시이고.

04 사람을 껴안아주는 시

관찰하던 사물의 본질에 대해서 어떤 느낌이 생겼어. 구체적 인식을 얻게 됐어. 갖게 되는 태도와 반응하는 인식에 따라서 그 통찰력은 점차 창조적 인식으로 전환하는 느낌.

이런 것들이 시를 쓰는 동안 맛보게 되는 경험이야.

시인이 가지고 있는 삶의 태도는 특성상 고스란히 시에 나타날 수밖에 없어. 갖가지 느낌과 체험과 기억, 거기 반응하며 발생한 정서가 마음속에서 오랫동안 숙성된 다음 구체적 언어표현으로 만들어지기 때문에 그렇지.

마음에 울림이 있는 시들을 보면 대부분 둥글고 편편한 형태를 갖고 있어. 그런 시를 만나면 한참을 들여다보게 되지.

맹자께서는 그 사람이 쓴 글을 보면 그를 알 수 있다고 했어. 이처럼 시를 통해서 쓴 사람이 지닌 삶의 태도와 깊이와 넓이를 감지할 수 있기도 해.

시가 읽는 이를 껴안아 줄 때 거기에는 지극한 포옹과 부드러움이 있음을 깨닫게 되지. 새삼스런 감동을 얻게 되고. 정서적 공감대를 형성해내는 것도 전혀 어색하지 않아. 시인이 가지고 있는 삶의 경험, 사물을 통해서 얻은 성숙된 인식, 대상에 대한 태도, 이런 것들이 허위나 경박함이 아닌 진정성으로 다가오기 때문이겠지. 부드럽고 천진스럽게 독자를 껴안아주는 힘은 이런 것이야.

이런 시를 만났을 때의 느낌을 그대로 받아들일 수 있어야겠지. 쓰기 전에 먼저 그런 힘을 키워야 돼. 그렇게 한다면 시에 대한 정서적공감대 확장에도 어색하지 않게 돼. 이때부터 그대에게 어떤 일이 일어날 수 있을까? 시인의 인식에서 나온 표현들이 시인이 갖고 있는 삶의 진실로 여겨져. 그 감동을 느낄 수 있는 마음이 순수함을 회복하게 돼. 이 세상의 세계에 존재하는 모든 사물이 새로운 의미로 나타나게 되지. 그것도 아주 구체적으로. 그러면서 우리는 이 언어들과 새로운 사랑에 빠지게 될 것이 분명해. 아주 치열하게! 이렇게 되면 지금까지 느끼지 못했거나 발견하지 못한 미지의 부분들이 확연히 그 존재 드러냄을 인식할 수 있어. 이 아름다운 정서의 영역은 그대와 나의 삶에서 더욱 확장되고 깊어질 것도 자명한 사실이야. 비록 사소하고 하찮은 것일지라도 이들에 의해서 마주하는 세계의 의미는 더욱 충실한 것이 되겠지. 生에서 진정한 본질을 추구하는 힘 또한 새롭게 충전될 것도 분명하고.

05 시 언어 선택에서의 조직

"문학에서의 표현은 말(언어)에 의한 나타냄을 뜻한다."

이상섭의 『문학비평용어사전』에 있는 말이야.

시 창작에 있어서도 언어는 표현의 절대적 수단이잖아? 그 뿐 아니라 표현에 있어서의 구체적 실체이기도 해. 이런 부분을 강조하는 것조차 새삼스럽지? 하지만 바로 이 언어의 선택과 표현이야말로 시 창작의 실제에 있어서 알파와 오메가라고 할 수 있어. 내가 지금 한 이야기는 그만큼 신중하면서도 치열하게 언어를 다뤄야 한다는 의미를 담고서 한 말이야.

플로베르는 프랑스의 대문호라고 일컬어지는 사람이야. 그분이 말한 '일물일어설'에 대해서는 앞에서 한번 이야기했고.

"말(언어) 하나를 찾아내느라고 꼬박 하루 동안 두 팔로 머리를 싸안고 가엾은 뇌수를 짜는 일이 무엇인지를 당신은 아마 모를 것이다."

이런 말로 창작에서 정확한 표현수단을 찾는 일의 어려움과 고통을 토로했지.

탈무드의 "글자 한 자의 더함이나 덜함이 전 세계의 파멸을 의미할 수 있다."는 말은 시에 있어서도 꼭 맞는 말이라고 할 수 있어. 시는 언어 하나, 심지어는 문장부호 하나에 의해서도 표현 전체가 좌우되니까.

시인은 시적 재료로 포착된 대상을 표현하기 위한 가장 적확(的確)한 말을 찾아내려고 애쓰고 있어. 그러다가 언어 하나가 찾아졌다면 그 언어가 대상에 대한 인식에 있어서 정말 정직하고 진실한 것인지 파악해보려고 몰두하기도 하지. 이 부분에 소홀하거나 미숙하다면 아직은 튼튼한 시인이라고 말하기 곤란해.

정신과 마음이 집중돼서 찾은 언어이고 거기에 전혀 허위가 없어. 그렇다할지라도 시인은 자기 스스로 완전한 언어를 선택했다고 말하지 않아. 찾아낸 언어에서 인식의 오류나 일방성이 제거됐다고 장담할 수 없기 때문이야.

이런 태도를 겸손한 정신세계라고 해. 또 이렇게 함으로써 시인은 그 주관적 정신세계를 인정받고 있지.

언어의 사용법에서는 오류를 최소화해야 해. 때문에 시인의 언어에도 반드시 정확성이 갖춰져 있어야 하는 것이야. 이렇게 언어가 선택됐다면 더 완벽해질 필요가 있어. 거기 붙은 군더더기가 반드시 제거되어야겠지. 표현이 정확해도 군더더기가 붙어 있는 문장은 압축미가 떨어지거든? 시어로서는 치명적 결함이지.

시 창작은 언어를 조직하는 일이야. 그렇다고 이 조직이 방대할 필요는 없어. 짜임새 있고 간결하면서도 독자와의 정서적 공감대, 메시지의 분명한 전달목적을 달성하면 그 역할을 다하는 것이니까.

시인은 수많은 언어들 중에서 시적 재료로 선택된 대상에게 가장 알맞은 언어를 찾아내주는 사람이야. 그것을 그 시에서 가장 알맞은 자리에 배치하는 사람이기도 하고. 유기적으로 얽혀 있는 내면인식에서의 정서를 언어라는 표현수단을 통해서 밖으로 드러내고 있어. 자기가 발굴해낸 이 언어를 제대로 지휘, 배치해서 독자에게 감동을 주는 역할이 시인에게 맡겨지는 것이지. 이것을 늘 기억하고 있으면 좋겠네.

그대와 내가 지금 한 편의 시를 완성해서 앞에 놓았다고 해. 그렇다면 우리는 무엇을 말할 수 있을까? 내면에서 표현돼 나온 정서가 가장 합당한 언어로, 가장 적절한 위치에 놓인 것이라고 자신 있게 말할 수 있을까? 자신의 사유 속에서 표출된 것들이 최상의 언어로 결합됐고 또 이것이 정녕 어긋남 없는 유기적 통일체가 되었다고 말할 수 있을까?

나 역시 시를 쓰는 사람으로서 정말 그럴 수만 있으면 좋겠다는 생각을 늘 하고 있어. 이는 그대에게도 마찬가지겠지.

한 편의 시가 창작되는 과정에는 이런 일도 발생해. 행과 연으로 연결성을 갖기 시작한 이 언어의 조직에 괴상한 놈

하나가 불쑥 끼어드는 것. 어쩌면 제 스스로 끼어들었기보다는 욕심에서 스카우트해 왔다는 것이 더 솔직한 말일지도 모르겠어. 은연중에 조직에 힘을 더해보려는 것 때문에.

그런데 이놈(언어)이 전혀 조직의 성격에 맞지 않을 경우도 생긴단 말이야. 그런 놈을 등장시켰으니 조직의 구성이 어떻게 됐을까? 분명 문제가 생긴 것이야. 그렇다고 미련을 버릴 수도 없어. 이놈은 품새(단어의 형태)가 제법 그럴듯하거든? 나중에 조직(시)을 재정비(수정, 탈고)하면서도 버리기 아까울 정도야. 그래서 "어디 한번 나둬 보자"고 했더니 끝내 조직에 도움이 되지 않아.

만약 이렇게 만들어진 시가 있다면 그 시의 조직은 기형적일 수밖에 없어. 까닭을 이야기해줄 테니 잘 들어두도록 해.

한 편의 시가 갖는 통일성에서 벗어난 엉뚱한 언어가 끼어들면 시는 혼란스러워져. 욕심이 담긴 언어의 집합체로 전락해버린다는 것이지.

그럴 바에는 이 언어에게 보직을 주지 말아야 해. 차라리 기억의 창고에 숙성시키는 작업을 하는 것이 더 좋은 방법이야. 나중에 이놈을 중심으로 다른 조직(시) 하나를 결성해보는 것이 더 나을지도 모르겠고.

시 쓰는 이야기의 처음 부분에도 잠깐 언급했어. 한 편의 시에 너무 많은 이야기를 담으려고 전혀 관계성이 없는 언어를 끌어들이는 욕심은 금물이라고. 이런 경향이 여전하다면 아직은 미숙한 시인이라고 말할 수밖에.

그대는 그렇지 않겠지? 만약 그렇다면 묻겠어. 시 한 편 쓰고 나서 다시는 안 쓸 작정이냐고. 속에 있는 정서를 한꺼번에 다 탕진한 다음에는 무엇으로 시 쓸 밑천을 삼을 것인지 궁금하거든?

어떤 정서이든지 속에서 발효되고 충분히 숙성되면 저절로 맑은 향기를 풍겨내게 돼. 표현되는 언어에도 스며들고. 여기에는 자연스러움이 함께 하지.

어떤 시에 등장한 언어가 기발하기는 해. 그러나 시적 재료로 삼은 대상에게 어울리지 않는 어떤 감각적인 언어야. 이를 억지로 끌어들였다면 아직 덜 익은 인식 표현이 될 수밖에 없어. 그 내면인식이 더 숙성될 필요가 있다는 증거이지.

그대가 이런 사실을 충실히 인지(認知)하면 한 편의 시에 여러 이야기를 담지 않게 돼. 표현은 정확하고 간결하게 압축돼서 나타나지. 그러다 보면 하고 싶은 말을 다하지 못했다는 생각 때문에 아쉬울 때도 있어. 나도 그 심정을 잘 알아. 그러나 시는 그것으로 충족감을 얻을 수 있어야 하는 것이야. 언어를 절제할 수 있는 인식은 이것저것 의미도 불분명하고 잡다한 단어를 시에 나열하지 않는다는 것이지. 이는 적절한 이미지와 은유를 사용할 수 있는 수준에 닿게 됐다는 표시이기도 해.

반복해서 이야기하지만, 대상에 대한 표현은 간결하고 정확해야 돼. 매우 중요한 사실이야. 이를 인정한다면 다음의 이야기도 명심할 수 있겠지?

시에서 불분명한 관념어는 늘어놓지 않겠다는 것. 스스로에게 납득이 가지 않는 단어는 가차 없이 버려야 함을 늘 기억하고 있어야겠다는 것.

충실하게 써보려는 시인은 이런 사실을 늘 염두에 두고 있지.

시적대상을 위한 유일어(唯一語)를 찾는 일이 얼마나 어려운 것인지. 이 언어 하나를 찾기 위해서 온 정서와 내면인식은 또 얼마나 들볶이고 있는지. 이런 치열함과 끈기는 시에 대한 애정 없이 지닐 수 있는 것도 아니고.

시에 생명력을 담기 위해서는 이처럼 치열한 언어의식이 필요해. 시인에게는 사용하는 언어에 대한 정확하고 분명한 태도가 요구되고 있어. 특히 시어에서는 관념어를 사양할 수 있어야 한다고 이야기했는데, 이 관념어라는 것은 도대체 자중을 모르거든? 의미 없이 끼어들고 간섭하려들지. 불쑥불쑥 얼굴 내미는 것에게 관대해지면 정말 곤란해. 그렇게 만들어지는 시는 생명력 없이 혼란만 가득한 시가 될 것이 분명하기 때문에 더욱 그래.

이 부분을 정지용 선생께서도 말했지.

"시에서 말 한 개 밉게 놓인 것을 나는 용서할 수 없다."

이 말에는 분명한 뜻이 담겨있어. 시에 불투명하고 쓸데없는 말 늘어놓지 말라고. 대상에 대한 표현은 가장 정확하고 절제된 언어로 하라고.

06 구체적 표현의 필요성

"시는 강한 감정의 자연스런 발로이다."

워즈워드의 말인데 이 '자연스런 발로'라는 뜻에 주목해볼까?

시는 보고 듣고 발견하고 생각하고 느껴서 생긴 정서와 감동을 문자언어로 표현한 것이잖아? 이 정서는 시인의 자기 주관적 인식에 지배받기 쉽거든? 한편으로는 이것이 당연한 것으로 여겨지기도 해. 다만 이 주관을 밖으로 내놓을 때는 독자와 정서적 공감대 형성을 위한 장치가 필요하다는 것이지. 쓰는 이와 읽는 이 사이에 공감대 형성을 위해서는 표현에 구체성이 확보돼 있어야 해. 구체성은 이쪽이 전달하려는 뜻을 상대가 이해할 수 있도록 만드는 장치야. 다시 말해서 시인의 생각은 혼자만의 주관적 세계잖아? 이를 객관적 시의 세계로 표현해서 형상화하려면 시인의 인식을 독자가 이해할 수 있도록 구체적으로 제시될 필요가 있다는 뜻이야.

독자들은 흔히 시의 세계가 모호하고 어렵다는 생각을 갖고 있어. 시는 문학의 어떤 장르보다 더 주관성과 자기 표현적 특성이 나타나기 때문이지. 그렇다고 시인이 자기 내면의식을 혼자만의 허밍으로 표현한다면 그건 시로서의 발성이 아니야. 마치 노래를 부르듯 음색은 독특하더라도 소리는 여러 사람의 귀에 들리도록 분명히 공명시키는 것이 올바른 발성법이지.

공명을 해서 그 소리의 파장에 울림이 느껴지게 하는 것, 이것을 일컬어 시에서는 언어의 구체적 표현이라고 해. 또 다른 말로는 표현해 보고자 하는 시적대상을 감각(오관, 내면의 느낌)으로 받아들일 수 있도록 묘사하거나 그 특질을 보여주는 이미지라고도 하거든? 여기에 소홀하다면 시는 막연하고 모호하고 의미형성조차 힘들어지는 것이야. 이 부분을 소홀히 해서 독자들이 시의 세계를 어렵다고 생각하게 만든다면 시인은 그 책임을 면키 어렵겠지. 독자들에게만 읽지 않는다고 탓할 수는 없잖아?

이야기하다 보니 이상한 쪽으로 진행이 되네. 하여튼 나도 문제는 문제야. 그래도 다음의 말은 사양하지 말아야겠다고 생각했어.

어떤 난해(難解)한 시가 있어. 독자는 뜻도 모르겠는데, 쓰는 이는 거기에 묘한 시적 장치를 사용한답시고 암시와 함축을 빙자하고 있지.

이런 시를 읽고 나면 허무해. 아무런 의미도 부여할 수 없는 문자언어가 허공을 날아다니는 것 같아서.

시를 쓰는 태도가 이렇다면 읽는 이들의 감동 따위는 염두에 두지 않은 것이겠지. 이는 자기가 쓴 시를 이해하든 말든 상관없다는 뜻이야.

또 중언부언 길게 이어지는 넋두리가 산문시로 변장한 것도 있어. 넋두리를 늘어놓은 시는 지루해. 이것도 그러든 말든 아랑곳하지 않겠다는 무례함일지도 모르겠네. 만약 그렇다면 무엇 때문에 써서 내보이고 있담? 혼자 쓰다듬으며 낄낄거리면 될 텐데.

시에서 구체성이 강조되는 것은 소통을 위함이야.

혼자만의 의미로밖에, 제대로 이해할 수 없게 쓴 것과 또 주저리주저리 늘어놓은 것들은 엄밀하게 말해서 시가 아니지. 여기에 대해서 누가 반론을 제시할지도 모르겠네. 그러나 시에 대한 내 인식으로는 이렇게 말할 수밖에 없어.

표현의 구체성은 충분히 공감하고 음미할 수 있는 '묘사'와 '시적진술'이라는 절차를 통해서 나타나. 이 묘사와 진술은 시가 구체적 형상을 갖출 수 있게 만들지.

묘사는 대상을 그림처럼 감각적이고 인상적으로 표현하면서 상황을 보여주는 것이야.

시적진술은 상황을 언술하면서도 독백의 형태로 들려주고 있어. 이것이 일반적인 설명과 시적독백의 차이점이야.

얼마 전에 타계한 오규원 시인은 세간에 잘 알려져 있는 「한 잎의 여자」라는 시를 썼지. 아마 그 시는 직유법을 사용한 것 중에서 정서에 울림을 주는 흔치 않은 시라고 할 수 있을 것이야. 하여튼, 이 분도 『현대시작법』(문학과 지성사, 1990)에서 시적진술의 부분을 다음과 같이 설명했어.

"독백은 의미 있는 깨달음을 바닥에 깔고 있는, 정서적 호소력이 큰 표현이다."

시적묘사는 언어를 가시화(可視化)한 것이야. 시각적 인식과 맞닿아 있어.

시적진술은 언어를 독백의 양상으로 가청화(可聽化)하는 것이지. 청각을 통한 설득과 관련이 있고.

이 부분들을 잘 이해했으리라고 믿어도 돼?

07 글 쓰는 태도

다른 이들의 글 쓰는 태도를 말하기 전에 내 입장을 먼저 설명할게.

나는 글 쓰는 일을 생활수단으로 삼지 않아. 전업 작가라고 말할 수는 없어. 등단이라는 절차도 아주 나중에 밟았고. 그러나 그 오래전부터 글을 써왔지. 지금은 어쩌다 한 번씩 문예지에 원고를 보내기도 해. 또 시와 함께 다른 형태의 글도 쓸 수 있으니 굳이 빗댄다면 장르에 관계없는 전문작가쯤이라고 할까?

쓰는 일 외에는 별다른 취미도 없이 살아왔어. 틈이 날 때는 가끔 아는 이들과 어울려 차나 한잔씩 나누지. 아니면 혼자서 어딘가를 훌쩍 다녀오는 것이 전부야.

그나마 어울리는 이들도 비슷한 입장의 사람들이지. 문단에 시인이라는 명패를 걸고 있으면서 생업으로는 다른 일을 하는 사람들. 이들과는 아무 때나 어느 곳에서든지 별 거리낌 없이 만날 수 있어. 생활의 시달림을 침묵에 담아 술잔을 나누기도 하고 때로는 쓰는 일에 대한 격렬한 토론을 주고받기도 하면서.

나는 이런 관계성에 대해서 어떤 의미를 부여하고 있는 것인지. 조금 더 시간이 지나가도 이를 기꺼웠다고 말할 수 있을지. 여전한 진정성을 보여줄 수 있는지. 서로의 생각과 말과 행동에 깊은 관심을 갖는 감수성이 살아남아 있기는 하려는지. 이것도 궁금한 사항의 하나가 되었네.

시를 쓰기 위해서는 당연히 대상에 대한 세심한 관찰과 분석이 필요해. 그렇더라도 대상으로 포착된 사물과 상황, 혹은 사람에게서 받는 정서는 주관적일 수밖에 없어. 아무리 따뜻한 시선으로 살핀다 해도 이것은 개인적 시각범위를 벗어나기가 힘들지. 사람의 생겨먹기가 그래. 다행히 나는 이런 인식을 조금 일찍 할 수 있었어. 시인의 자세에서도 거기에 객관성 부여의 노력을 게을리 하지 않았고. 어떤 상황 앞에서도 균형을 잃지 않는 태도를 가지려 했다는 뜻이야.

언젠가 서로 입장이 다른 두 사람의 시인을 만난 적이 있어. 이들과의 대화는 오랫동안 내게 몇 가지를 생각하게 만들었고.

그것이 무엇이었느냐 하면, 한 사람의 글 쓰는 태도와 그 인식세계가 너무 제멋대로라는 것이었어. 말하자면 시인의 주관성에 대한 표현을 무엇과도 바꿀 수 없는 가치로 여기는 것이었지. 여기에 일방성이 포함됐을지라도 그것은 범인(凡人)들과 비교할 수 없는 우월한 재능이라는 주장이었어. 시인의 이런 주관이야말로 시 표현에 있어서 제일 선행(先行)돼야 한다는 뜻이었거든?

부분적으로는 맞는 말이야. 그러나 시 정신의 인지(認知)에서는 아직 미숙하다는 증거였어. 시인의 주관성에 대한 인식에서도 대단한 착각이었고.

그런데 나 좀 봐. 그 방향성이 빗나간 것을 보고 제일 먼저한 것이 무엇인지 알아? 바로 속 부글거린 것이었어. 곁길에 빠진 것을 느꼈다면 우선 그 오류(誤謬)를 차근차근 설명해서 고쳐주고 또 좀 참기도 했어야 하잖아? 그러지 못했거든? 그냥 무찔러버리고 말았지.

이것을 보면 숙성도 면에서는 견줄 것도 없어. 둘 다 덜 익었다는 뜻이야. 그러면서도 여전히 내 태도가 정당하다고 여기고 있지.

그때 했던 말은 다음과 같아.

"네 시에는 그 주관성이 '일방적'이고 '의미 없이 나타나'고 있어서 문제야. 읽다 보면 뜻을 모르겠어. 지금 네 말에, 시인은 그런 부분을 책임지지 않아도 된다는 태도가 담겼다면 그건 시라고 할 수 없을 거야."

또 덧붙였지.

"그게 개선되지 않으면 재능을 바탕으로 한 네 도발적 상상력과 과감한 정서표현이 시가 되기보다는 중언부언, 의미도 뜻도 없는 감각적 언어나열이 되지 않겠니?"

이런 말들에는 은연중에 나 잘났다는 주장이 담긴 것 같지 않아? 상대도 그렇게 느꼈을지 모른다는 생각도 들어.

그러나 연배가 나보다 훨씬 적은 이를 설득하지도 않고 무찔러버린 것은 까닭이 있어. 그 하는 말에 허위가 나타났단 말이야. 어쩌면 열등감을 감추려는 허영심이었을지도 모르겠네. 사실은 내가 다 이해할 수 있는 부분이야. 그러나 그 말투에 의한 표현방식을 통해서도 덮여지지 않는 강박관념이 터무니없었어. 그 젊은 시인은 내가 좋아하는 사람이거든? 그런데 쓰는 일의 진정성에 문제가 있다는 생각이 드니까 확, 열 받던데?

그런 격앙이 가라앉은 지 한참이 지난 다음 돌이켜봐도 내 무찌름이 과잉반응은 아니었다는 생각이었어.

그러면서 궁금했지. 첫째는 그 말을 듣고 자신의 시 쓰는 태도에 대해서 아주 많이 숙고(熟考)해보기는 했을까 하는 것. 둘째는 그 내면인식이 숙성될 시간을 지나는 동안 자기가 쓴 시와 거기에 담았던 정서를 살펴보기는 했을지, 그것에 대해서.

이 부분이 다른 이들에게는 노출되었어. 그런데 자기 자신은 들여다볼 수 없다면 어이없는 일이지. 내 생각은 그랬어. 그런 마음으로 시를 쓰는 것은 허영심에 의한 시간낭비라는 생각도 흔들리지 않았고. 이것을 고치지 않고 있다면, 시가 참으로 정직해야 한다는 사실을 건성으로 아는 태도라고 여겨졌지.

튼튼한 시를 쓰기 위해서는 반드시 자기 나름의 주관을 객관화할 수 있는 훈련이 필요해. 혼자 느끼는 일방적 정서만 표현된 글을 밖에 보이고 있다면 엄밀한 의미에서 그것은 시가 아니지. 심하게 말한다면 제멋대로 써 갈긴 넋두리일 뿐.

격식을 갖추지 못한 글일지라도 밖에 보여야 할 때가 있어. 거기에도 분명한 정서적 공감대 형성이 요구되는 것이야.

이런 생각을 하면서 그 사랑스러운 감수성을 지닌, 그러나 철딱서니 없는 시인을 만나면 다시 말해주고 싶었어.

주관을 객관화하기 위해서는 더 많이 읽으라고. 읽더라도 집중해서 읽으라고. 집중해서 읽으라고 말하고 싶었던 까닭이 있어. 읽는다고 하면서도 사실은 읽지 않고 있는 경우가 많았기 때문이야. 읽으며 발생하는 정서를 쓰다듬어보지도 않고, 써보고자 하는 대상이 포착됐더라도 거기 스며들어가 보려하지 않으면서 제법 쓴다고, 쓸 수 있다고 착각하고 있다면 그따위는 시 쓰는 정신이 아니라는 자각은 하고 있느냐고 묻고도 싶었고.

이와는 다르게 시에서 객관성이 보다 우월한 진리라는 고정된 인식에 빠져 있는 사람도 만날 수 있겠지. 나는 이것도 좁은 생각이라고 말할 것이 확실해. 이 역시 부분적으로만 맞는 말이기 때문이야.

이런 상태라면 상상력의 진전을 기대할 수 없어. 고정된 틀에서 벗어나지 못하면 자유로운 인식체계와 상상력은 발휘되지 않아. 이런 상태에 대한 문제의식이 없다면 시가 참으로 자유롭고 활달함을 바탕으로 한다는 사실을 역시 건성으로 알고 있는 것이지. 주관을 객관화한다는 것은 시인의 자유롭고 활달한 정신을 독자와 서로 나누기 위한 방편이야. 그런데 오직 메마른 객관성만을 고집한다면 어떻게 되겠어? 이는 시정신의 활달함과 자유로움을 형식의 틀에 가둬두는 것이거든? 이런 사실을 깨닫지 못하는 창작태도는 편협함에 붙들려있는 것일지도 모르겠고.

이런 부분에서 살펴보면 틀에 묶여 있는 상상력은 시 창작에서 필요가 없어. 틀을 벗어나지 못하면 쓰는 일이 자유롭지 않기 때문이야. 벗어나지 못한 상태에서 끄집어내는 언어는 짓눌려 있을 테고 그 내면을 쥐어짜는 일 또한 너무 고달플 테니까.

08 구체적 표현의 진실성

지금도 가끔은 처음 시를 써보려고 하던 때의 일을 떠올려 보곤 해. 그 습작기의 시간에는 마음속의 갖가지 상념을 표시하는 방법이 너무 일방적이었더라고. 또 현학적 문장표현을 섞어야 그럴듯한 글이 되는 줄 알고 있었어. 오래전 이야기야.

이와 마찬가지로 아직 글쓰기(시 창작)에 익숙하지 않은 이들이 빠져들기 쉬운 함정이 있거든? 아주 감상적 표현을 즐겨하게 되거나 난해하고 복잡한 표현을 구사하는 경우 같은 것들.

이는 시 창작에 대한 오해이거나 편견이라고 이야기하고 싶어.

앞에서도 이야기 했지만 시에 있어서 바람직한 표현방법은 주관의 철저한 객관화야. 시적대상으로 삼은 것을 살피다 보면 새로운 발견과 깨달음을 얻게 돼. 이것들은 모두 시인의 주관적 정서일 수밖에 없어. 그러나 이것이 시라는 형식을 통해서 밖에 보일 때는 철저히 객관화된 표현방식을 따라야 해. 자기세계의 울타리 안에 있는 것을 이 세상의 세계에 내놓을 때는 반드시 소통의 수단이 필요하지 않겠어?

소통은 서로의 입장과 정서가 맞닿아 스며들 수 있다는 뜻이야. 때문에 개인의 절대적 주관을 보편적으로 객관화시키지 않고는 정서적 공감대를 형성할 방법이 없지. 이렇게 하기 위해서 시인은 사고의 깊이와 넓이가 성숙해져 있어야 하는 것이야. 이는 자신의 개성적 주관을 객관화, 보편화시킬 수 있는 힘을 말해. 즉 다시 말해서 주관의 객관화는 설득력과도 같아. 설득력이 강할수록 자기 의지대로 상대를 움직일 수 있지. 자기주관을 납득시키기도 쉽고.

이 주관의 객관화는 내면의 독단을 외부로 보편화 한다는 뜻이거든. 그럴 경우 개인의 주관에는 설득력이 생겨.

시에서도 마찬가지야. 시인의 절대적 인식을 독자에게 이해시키는 것. 자신과 시인이 서로 상대적 인식으로 납득하고 있다고 여기게 만드는 것. 이런 전환의 여지를 주는 것. 이것을 가리켜 시를 통한 공감대 형성이라고 해. 이런 설득력을 갖추는 것이 결코 쉬운 일은 아니지. 설득하는 사람, 즉 시인의 때 묻지 않은 정직성과 순수함이 나타나야 효력이 있어.

시에서 누구나 쉽게 납득할 수 있는 표현방식을 찾는 일이 보통 일은 아니거든? 이는 언어 다루는 기능에 숙련되어 있어야 가능해. 이 기능은 또한 일방성이 아니라 서로 공감하고 싶다는 진정성을 바탕으로 해야 하는 것이고.

"이건 무엇을 의미하는 것일까? 하는 말은 감동을 주지 못하는 시인에게 하는 비난이다. 모든 비난 중에 가장 치명적인 비난이다."

피카소와 절친했다는 시인 막스 자콥(Max Jacob, 1876~1944)의 말이야.

이 말에는 여러 가지 뜻이 있어. 독자에게 아무런 설득력과 공감도 주지 못하는 의미 없는 단어를 나열해 놓는 것. 뜻도 분간할 수 없는 난해한 글자들로 시를 장식하는 것. 시어(詩語)에 과장되고 오용(誤用)된 함축성과 암시성은 물론 상상력을 부여하지 못한 판타스틱한 용어나 중얼거리듯 만든 것. 이런 시는 그 가치의 무게를 따질 것도 없어. 비난받아 마땅해. 그것이 당연하다는 뜻이 담겨 있어. 이는 시의 규범에서 보더라도 정말 옳은 말이야.

시 표현에 있어서 갖춰야 할 또 하나의 중요한 덕목은 진실성과 순수성이야. 이것이야말로 정서적 공감대 형성을 위한 가장 최선의 방편이지.

조지훈 시인도 말했어.

"아이의 천진한 눈, 억지로 꿰맨 자국이 없는 글 솜씨, 순수하면서도 거침없는 문장으로 돌아가는 일, 개성적인 솜씨로 소재를 다루더라도 문장표현은 온건하고 진실해야 한다."

표현의 진실성은 쓰는 사람의 마음에서 우러나와. 진심의 바탕에서 돋아 나온 것만이 진실성을 확보할 수 있다는 것은 누구나 알고 있는 사실이지.

옛글에도 "시는 폐부에서 나온다." "시는 마음에서 우러난 것이 믿을 만하다."고 했거든?

정녕 힘 있고 울림 있는 시는 추상적이고 관념적인 표현을 거의 담고 있지 않아. 오직 체험적 진실성과 순수함이 확보돼 있지. 이것은 정녕 시에 생명을 불어넣는 근본적인 힘이야.

09 독창성과 개성적 표현

언어가 독창적이란 말은 그 표현이 참신하고 새롭다는 뜻
이야. 글쓴이의 개성이 확연히 나타난 것을 말해. 독창성과
개성은 창조성과 연결되어 있어. 시에서 절대적으로 필요한
것이지.

시 창작에서 이런 창조성을 얻으려면 언어 다루는 태도를
바꿔야 해. 상투적인 언어 사용을 배제하라는 이야기야.

독창적 언어를 사용할 수 있는 힘은 어떻게 얻어지는 것일
까? 사물을 보는 시각을 자기만의 독특한 시각으로 인식하는
것에서부터 생기기 시작하는 것일까? 다른 이들은 보지 못한
부분, 발견해내지 못한 부분을 자기만의 시각으로 들여다볼
수 있는 관점을 갖게 되면서 배양되는 능력이기 때문에?

어떤 대상(사물)이 앞에 놓였어. 그 대상을 보는 일반적인
관점은 이미 알고 느끼고 있던 부분에서만 습관적으로 인식

하게 돼 있지. 그렇다면 여기에서 무슨 새로움을 포착해낼 수 있겠어? 늘 일상적인 감각에서 벗어나지 못할 수밖에.

그대의 사물을 보는 태도가 이와 같았다고? 대상에 대해서 고정적이고 습관화된 인식의 틀을 벗지 못했고? 그렇기 때문에 보이지 않는 미지의 세계는 여전히 발견할 수 없던 것이야.

시인은 사물의 감추어진 세계를 발견해내는 사람이라고 이야기했지? 이를 자신만의 독창적인 눈으로 해석해서 읽는 이들에게 보여줘야 하는 의무가 있다고도 했고?

이 감춰진 세계를 자신만의 독특한 시각으로 발견해서 보여주는 것을 시인의 창조성이라고 해.

이와는 반대의 경우도 생길 수 있어. 다른 이들이 관찰하고 발견해서 표현한 것을 그대로 답습하는 것. 그렇게 만들어진 시에 무슨 새로움과 감동이 있겠는지. 거기에 별다른 의미를 부여할 수 없는 무가치한 것일 수도 있고.

독창성과 개성적 표현은 결코 언어를 다루는 기교에 의해서 좌우되지 않아. 시인이 지닌 대상에 대한 통찰력과 성숙한 사고 속에서 나오는 것이지. 이것을 일컬어 시인이 지닌 언어의 창조성이라고 해. 그런 시는 시인과 독자 모두에게 새로운 경험의 세계를 확대시켜주고 있거든? 즉 시인의 독창적 표현은 삶과 앞에 놓인 세계를 새롭게 보여주며 확장시켜 나간다는 이야기야.

10 시 창작에서의 좋은 표현

이미지를 포함한 언어표현을 일컬어 시의 구체적 실체라고 해. 시인이 생각하며 느끼고 발견한 모든 것이 표현에 의해서 정체가 드러나게 된다는 뜻이야.

여기에 대해서 언급하려면 그 부분이 광범위 할 수밖에 없어. 때문에 이번에는 아직 쓰는 일에 익숙하지 않은 사람들이 빠져들기 쉬운 표현방식, 그 몇 가지 유형만 이야기해 볼게. 이것을 잘 알아두고 받아들이고 또 고쳐나갈 수 있기를. 그렇게 한다면 정말 튼튼하게 쓸 수 있으리라고 믿어. 자신의 표현이 시 창작 언어에 맞는지 그른지에 대한 분별력이 생기지. 점차 좋은 시를 쓸 수 있는 힘도 얻게 될 것이야.

좋은 표현, 그릇된 표현에 대한 잘잘못을 분별해내는 능력을 소유하게 됐다고 해. 그 다음에는 당연히 더 좋은 표현을 하기 위한 언어선택의 태도를 갖게 될 것이잖아? 창작된 시

작품의 가치는 더욱 향상될 것이 분명하고. 은연중에 자부심도 느끼게 될 테고. 생각만 해도 참 즐거운 상상이지?

　시 창작에서의 좋은 표현은 첫째, 추상적 표현을 철저히 배제하고 있어. 추상적이라는 표현은 구체성을 상실하고 있다는 뜻이거든? 표현에서 구체성을 보여주지 못하면 시의 세계는 막연하고 모호해. 깊이 접근해볼 방법이 없지.

　둘째, 감상적 표현을 삼가고 있어. 거기 젖어 있는 개인적 푸념과 넋두리는 엄밀한 의미에서 시가 아니지. 독자의 입장에서는 이런 개인의 감정풀이나 넋두리를 읽어줄 이유가 없단 말이야. 애써 참고 읽는다 한들 감상(感傷)표현이 시적 장치로서의 접근성 제시는 아니니까 어리둥절하기밖에 더하겠어? 워즈워드가 말한 것처럼 시적표현은 "감정의 자연스런 발로"라는 것에 동의하지? 그렇게 믿겠어. 감정의 자연스런 발로는 시적 장치를 통해서 여과되고 예술적 정서로 전이(轉移)된 감정표현을 말하는 것이야.

　셋째, 상투적이면서 장식적인 표현을 무의식적일지라도 쓰지 않는 것이야. 시인은 아름다운 언어표현에 익숙한 사람들이잖아? 거기에 대한 적극적 욕망을 갖고 있어. 때문에 장식적 표현을 자중하는 일이 쉬운 것은 아니거든? 산문을 읽다가도 아름다운 문장을 보면 시적이다, 라고 말하니까. 그러나 정말 조심할 것이 있어. 아름다운 표현을 위해서 시적대상을 꾸미고 장식하려는 태도를 반드시 버려야 한다는 것이야. 응? 여태껏 이를 염두에 두지 않고 썼다고? 그런 시 속에는 별 의미 없는 그럴듯한 언어만 나열된 것을 흔히 볼 수 있을 텐데? 사실은 내 경험으로도 이런 태도를 버리기는 쉽지 않았어. 그러다가 어느 날 튼튼하고 울림이 있는 시에는 이런 장식적 표현은 거의 들어가지 않더라는 깨달음을 얻게 됐지. 쓰기 시작한 지 한참이 지난 다음에 겨우 얻게 된 결실이야. 그대도 많이 읽고 쓰다 보면 알게 될 일.

넷째, 기계적이고 피상적인 표현을 사용하지 않는 것이지. 기계적이란 말은 맹목적이란 말과도 일치하잖아? 틀에 박힌 사고방식을 일컫기도 하고. 이런 태도를 시 창작에 적용시킨다면 대상에 대한 인식이 능동적, 의도적이 될 수 없겠지. 형식적인 관찰과 느낌을 언어로 옮겨놓는 무감각한 태도일 수도 있고. 그러면 피상적 표현은 무엇이라고 할 수 있을까? 그대도 '피상적'이란 단어의 뜻을 잘 알고 있지? 그러니까 여기에 대해서는 길게 이야기하지 않겠어. 한 가지만 말할 테야. 이 피상적 표현에는 체험적 요소가 전혀 들어 있지 않다는 것. 혹시 들어있는 척 해도 그것은 자기체험, 자기인식이 아니라는 것. 막연하게, 대상의 본질에 대한 치열한 사고와 인식도 없이 껍질의 부분만 쓰다듬어본 시늉에 불과하다는 것. 이 말을 듣고 무슨 생각이 떠올랐어? 대답하기 곤란하다고? 대답하지 않아도 괜찮아. 다 알고 있으니까. 다만 나는 이 피상적 표현은 시 창작에 있어서 책임감 있는 표현태도가 아니라고 말하고 싶어.

그 다음으로 시 창작에서 좋은 언어표현은 현학적, 철학적 내용을 직접적으로 나타내지 않아. 이 현학적 표현은 추상적 표현을 조금 세련되게 다듬은 것이라고 할까? 막연한 상념을 갖고 있으면서도 무슨 대단한 것을 깨달은 척, 아는 척 하는 태도의 표현법일 수 있어. 은연중에 허세가 담겨 있기도 하고. 추상적 표현과 현학적 표현이 뒤섞여서 만들어진 시에서는 허위의식이 불쑥 튀어나오기도 해. 딱한 일이지. 굳이 그러면서 시를 써야 하는 이유가 뭐람? 이런 시를 다시 말한다면 아직 미숙해서 문장표현이나 시적 장치의 사용이 좀 서툰, 덜 성숙한 시보다도 더 격(格)이 떨어지는 시라고 할 수 있어. 문제는, 이런 시들을 언뜻 보면 제법 그럴듯해 보인다는 것이야. 내 시가 바로 그 표본이 아니냐고? 참 내, 또 정곡을 찔러서 사람 난처하게 하는군. 그래도 할 말은 있어. 만약에 그런 시를 썼다면 지금은 거기에 대한 분명한 인식을 갖고 있다고 말하고 싶어. 아주 젊은 날, 어쩌면 아직 젊기도 전이었던 그 시절에 그런 시를 몇 편 쓴 적이 있었을까? 속에 뭐가 좀 들어있는 인간같이 보이고 싶어서? 그러나 사실은 아직 형상도 제대로 못 갖췄던 풋것이 원숙미를 나타내보여서 자기과시를 해보자던 것인지도 모르겠어. 그렇더라도 내 시 쓰는 태도에 허위의식 따위는 담기지 않았었다고 말할 수 있지. 아주 거리낌 없이.

----

　*부기(附記): 이 단원에서처럼, 처음에는 진지하게 쓰다가 마무리 부분에 우스갯소리 등을 넣어서 긴장을 흩어놓고 엉뚱한 결말을 연상케 하는 것이 돈강법(頓降法, bathos)이야. 아주 가끔 시에서도 볼 수 있지만 대부분 산문의 형식에서 활용하지.

11 시 언어의 본질

같은 공동체에 속한 사람들끼리 원활한 의사소통은 매우 중요해. 이 커뮤니케이션의 통로가 막혀 있다면 공동체 구성원들 사이에 단절감이 생길 수밖에 없어. 서로가 대단한 관계를 맺고 있는 것은 아니라는 인식이 생길 수 있지. 틈 벌어지는 것도 아랑곳 않게 돼. 이런 상태에서는 진정한 의미의 섬김과 나눔을 기대할 수 없어. 개인 가정 사회 각 구조 속에서 발생되는 문제 대부분이 여기서 발생하는 듯싶어. 사람과 사람 사이를 살펴보면서 생각하고 끌어낸 내 사유(思惟)의 결론이 그래.

언어는 소통을 위해서 사용하는 최우선의 도구지. 사회를 꾸며가는 구성원들끼리 통하도록 만든 시그널의 약속. 그러므로 언어에는 반드시 보편성과 객관성이 필요할 수밖에 없어.

시 또한 이런 언어를 표현수단으로 삼아. 이 문자언어가 대상을 형상화해내는 재료이기 때문이야. 흔히 시에서 사용되는 언어는 특별해야 한다고 하지? 반은 맞고 반은 틀린 말이야. 일반적으로 사용하는 말은 사물에 대한 설명을 주목적으로 해. 의사전달의 성격을 갖고 있어. 시 언어라고 해서 다를 것이 있을까? 시인의 내면인식을 언어로 독자에게 전달한다는 의미에서는 같아. 다만 시의 언어에는 시어로서의 독특성이 나타나지. 이는 시적 장치를 충실히 적용시킨 언어가 시 창작의 재료로 사용됐을 때 획득하게 되는 것이야.

일반적인 언어에 시적 장치를 적용시키면 시 언어가 돼. 구조적으로 튼튼한 시를 쓰려면 당연히 언어에 대한 정확한 습득이 있어야겠지.

하이데거(Martin Heidegger, 1889~1976)의 말은 다 알고 있을 것이야. 언어를 일컬어 존재의 집이라고 한 말. 이것을 조금 더 진전시켜서 언어가 존재를 건축한다고도 했어.

언어문제에 대한 책을 읽은 내 독서경험을 말한다면 움베르또 에코(Umberto Eco)를 빼놓을 수 없겠네. 누가 한 말을 인용한 것인지는 모르겠지만 내 선배시인도 말했어. 그가 '빌어먹을 기호학의 천재라는 말'은 맞는다고. 그대도 그의 책 중에서 『무엇을 믿을 것인가』 정도는 읽어두면 좋겠고.

이 외에도 여러 학자들의 언어에 대한 언급이 난무(亂舞)해. 그러나 하이데거의 말은 언어가 지닌 순수하고 본질적인 면을 꿰뚫어본 말로 여겨져. 이미 지나간 시대의 사람인데도 읽을 때면 새로운 의미가 느껴지기도 해. 그 무신론의 가치관에 동감한다는 뜻은 아니야. 언어는 인간의 소통을 위한 도구나 전달매체의 수단이라는 인식을 넘어설 수 있다고 한 그 통찰에 공감할 뿐이지.

이런 것에서 얻어진 결과가 시어(詩語)의 존재성이야. 이 세상의 세계를 정녕 아름답게 만들 수 있는 새로운 의미를 획득하고 있다는.

하이데거가 말한 것처럼 언어가 존재를 나타낸다는 표현의 의미를 한 번 더 살펴보기로 해.

여기에 담긴 뜻은 언어가 스스로를 존재로 인식하고 있다는 것이야. 사물 역시 스스로가 세계로서의 존재임을 나타내고 싶어 해. 하지만 이것은 언어가 그 존재성을 표현해서 확인시켜줄 때만 가능한 것이지. 이를 시 창작으로 확장시켜보면 다음과 같아.

시에서는 시인이 언어를 부리는 것이 아니야. 존재를 구현하는 일에 있어서 오히려 언어가 주도적 역할을 하고 있어.

이 부분을 이해하기가 좀 어려울까? 다시 이야기해줄게.

시에서는 언어가 사물의 존재를 드러내는 주체가 되고 있어. 이 언어가 사물을 명명(命名)해서 불러 모으지. 그런 다음 하나의 의미로 탄생시키는 역할을 해. 시 속에 살아서 표현되는 것(오브제)은 언어를 통해서만 스스로를 존재로 인식시킬 수 있어. 자신의 본질을 깨닫게 해. 그렇게 해서 존재성에 다가설 수 있다는 의미야.

여전히 명확하지 않다고? 이 부분에 대한 설명이 아직 미흡하다는 뜻인데, 좋아. 그대도 알고 있는 김춘수 선생의 꽃이라는 시를 예로 해서 조금 더 이야기해볼게.

이 세상의 세계에는 수많은 사물들이 있지? 이것들은 언어가 불러서 명명하기 전까지는 다 존재의 의미에 합당한 이름을 갖고 있는 것이 아니야.

우선 시의 첫 번째 연을 보기로 해.

내가 그의 이름을 불러주기 전에는
그는 다만
하나의 몸짓에 지나지 않았다

여기에 '그'라는 분명한 대상이 있어. 하지만 아직 존재의 의미로 인식된 이름은 부여받지 못한 상태야. 때문에 구체적 실체로서의 모습은 보여줄 수가 없지. 이때까지의 그는 시인의 인식 밖에 있는 사물, 즉 하나의 몸짓에 지나지 않아. 그러다가 두 번째 연에서 그는 '꽃'이라는 이름을 부여받게 돼.

내가 그의 이름을 불러주었을 때
그는 나에게로 와서
꽃이 되었다

꽃이라는 이름을 부여받는 순간, 이 세상의 세계에 그냥 존재하던 그는 본질이 달라져. 존재로서의 구체적 실체를 획득하게 됐어. 정체성이 분명해진 것이야.

여기까지의 설명으로 명확해졌는지.

이처럼 일상적인 언어와 시의 언어는 같은 것이야. 하지만 시의 언어가 존재를 명명하는 순간부터 이 언어는 존재에 대한 창조적인 인식으로서의 역할을 하게 되는 것이지.

덧붙이자면, 이 창조적 인식표현에 어긋남 없는 언어를 포착해내는 것이 바로 구체성을 획득하는 방법이야. 즉 시어(詩語)가 하는 일은 시적 재료로 삼은 대상이 시 안에서 꼭 필요한 존재로 살아나게 만드는 창조적 역할이지. 여기에 더 분명한 정체성을 제공하는 것이 바로 구체성이고.

12 함축적 언어는 상상력을 창조한다

언어는 의사소통의 시그널이야. 소통을 위한 일종의 사회현상이지. 말하는 사람이나 듣는 사람에게 동시 개념화된 약속. 이를테면 음식은 먹을거리라고 해. 옷은 입거리라 하고. 그 의미가 말하거나 듣는 사람에게 같은 뜻으로 전달돼. 이를 소통수단의 동시 개념화라고 일컫지.

이렇게 통용되는 언어를 사전적 언어라고 해. 이 설명적 언어로서의 역할만으로도 일상생활의 의사소통과 의미전달에는 혼란이 없어. 정확성과 객관성이 갖춰져 있기 때문이거든.

이 부분은 시 언어도 마찬가지야. 제일 먼저 요구되는 것이 정확성과 객관성이니까. 만약 이를 확보하고 있다는 확신이 없다면, 그렇게 만들어진 시는 허공에 뜬 시가 될 염려가 농후해.

또 한편으로는 고정된 의미의 언어이어야만 사물에 대한

정확성을 표현한다는 생각을 할 수 있어. 좁은 틀에 갇히게 된 것이지. 그렇게 해서 만들어진 언어의 조합이라면 좋은 시라고는 할 수 없을 것이야. 상상력 발휘의 부분에서 자유롭지 않거든. 그런 범위 안에 갇힌 언어라면 위축되고 제한돼 있겠지. 창의성도 나타나기 힘들 테고. 이런 까닭에 시에서 사용되는 언어를 특수하다고 말하는 것인지 몰라.

어떤 시인이 언어에 대한 분명한 인식이 있어. 언어가 사물을 설명하면 그 본질을 정확히 파악해내는 힘도 가졌고. 그러나 아직 좁은 틀을 벗어나지 못했어. 보편성과 고정성과 객관성을 갖고 있는 언어에만 매달려 있었지.

이를 기호학적으로 이야기한다면 기표(signifiant)보다는 아직 기의(signify)에 더 집착한다는 것이야. 그러다가 어느 순간 이를 넘어섰어. 시 언어의 본질을 분명히 파악했고 또 그 표현에서 자유로워졌다는 말이지. 그 다음부터는 그의 시 창작에서 어떤 일이 일어날 수 있을까?

이때부터 창작되는 시에는 사물의 감춰진 부분까지 시력이 확장된 모습이 나타나. 세계인식과 표현에 새로움이 등장하게 되지. 설명적 부분을 뛰어넘은 시어(詩語)를 시인이 등장시켰다면 이것은 여러 의미를 담고 있는 것이야. 사물의 세계가 새롭게 창조되어서 우리 앞에 제시됐다는 뜻이니까. 이런 기능을 가지고 등장한 언어를 함축적, 내포적 의미의 언어라고 말해. 즉 일상적 언어를 넘어선 시적 언어라는 것이야.

리처즈(Ivor Armstrong Richard, 1893~1979)는 언어의 용법을 과학적 용법과 정서적 용법으로 구분했어.

과학적 용법, 즉 설명적 용법의 언어는 전달이 목적이야. 때문에 이 용법의 언어가 갖는 의미는 객관적으로 검증돼 있어야 하지. 전달에 혼란이 없기 위해서.

물론 시의 언어는 정서적 용법의 범주에 속해 있어. 그렇더라도 과학적 용법을 무시하지는 않아. 전달의 의미가 분명치 않은 언어를 나열해 놓고 자기 정서표현이라고 우겨댄들 그것이 시는 아니기 때문이야. 시 언어표현에서도 객관성의 언어를 배제할 수 없어. 이 객관화를 위해서는 구체성 확보가 필수야. 그런데 전달을 분명하게 한다는 이유로 설명만 두드러지는 언어를 사용해서 쓴 시가 있다면? 이는 운문(韻文)언어의 특징이라고 할 수 있는 정서적 용법에 맞지 않는 시라고 해야겠지.

시어(詩語)는 언어가 갖게 되는 설명의 의미와 객관성을 초월해서 정서에 반응을 일으키는 것이야. 언어가 정서적 용법으로 표현될 때 거기에는 시인의 개성이 나타나. 주관적 인식이 표출되지. 여기에 구체성이 확보돼 있으면 독자로서도 그 주관에 공감하는 일이 어색하지 않아. 구체성이 부여하는 영향력 때문이야. 이를 분명히 하고 창작된 시의 언어는 과학적 용법에서 보이는 언어의 고정성을 초월하고 있어. 새로운 의미를 창조해내. 이렇게 만들어진 시 언어의 특징에는 함축성이 담겨있다는 것도 기억해둘 일이고. 시 세계에서 사용되는 언어는 이처럼 사물을 지시하거나 재현하는 평면성만 갖고 있는 것이 아니라는 이야기야.

함축적 언어는 세계 속에 담겨 있는 무한한 의미를 내포하는 것이거든? 독자의 상상력을 자극하는 깊고 풍부한 의미를 포함하고 있어. 시 쓰는 일의 골격과 체계가 더 튼튼해지려면 이 함축적 언어에 대한 분명한 인식이 필요해. 동시에 사용의 익숙함도 요구되고 있지.

"시의 뜻이 말 밖(言外)에 있고 함축미를 풍부하게 가진 것을 아름답게 여긴다. 시어의 의미가 겉으로 드러나고 숨긴 것이 없다면 아무리 사조가 굉장하고 아름답고 화려해도 시를 아는 사람이라면 이를 좋다 말하지 않는다."

조선 후기의 시평가(詩評家)였던 홍만종(1623~1725)이 엮은 『시화총림』의 한 구절이야. 이 부분을 가끔 생각해보도록 해.

13 시 언어의 암시성

그대도 느끼는 것이겠지? 아직 습작기에 있는 이들의 시에
는 대상(상황과 사물)과 자기 내면인식에 대한 설명이 너무
많다는 것.

반대로 설명을 모두 생략한 것도 있어. 이런 경우에는 그
시에서 무슨 말을 하려던 것인지 의미파악이 되지 않아. 쓴
사람 혼자만의 정서표현을 해놓았으니 이해도, 납득도 할 수
없는 경우지.

정서적 공감대를 얻기 위해서는 반드시 주관의 객관화가
필요해. 그렇다고 시인의 주관적 정서에 너무 설명을 붙이면
긴장감이 떨어진단 말이야. 시적 상상력에 대한 독자의 몫도
적어질 수밖에. 반면에 시인의 주관적 정서를 아예 생략해버
린 무미건조함이라면 공감대를 나눌 길이 처음부터 막혀버린
것이지. 이렇게 소통의 통로를 도외시한 시에 구체성 부여의

노력이 필요할까?

시 언어가 함축적, 내포적이라는 말에는 의미가 있어. 시에 담긴 뜻이 훤하게 노출되지 않고 반드시 암시성을 품고 있다는 이야기야.

언어표현장치로서의 비유와 상징, 역설(逆說, paradox) 등도 모두 암시성을 바탕에 두고 있어.

암시성이 강한 시는 읽기가 어려워. 나 같은 사람도 마찬가지야. 이는 설명을 거의 배제하고 있기 때문이지. 그러나 암시성이 강하게 나타났더라도 시적 장치가 충실하게 적용되어 있다면? 그 시는 독자에게 풍부한 상상력을 제공해주는 것이야. 이 암시성이 제시하는 새로운 의미 탄생에 동참하게 만들고.

시어에 담긴 암시성이 의미의 한 부분을 보여주면 독자는 이로 말미암아 전체를 상상하게 돼. 시인이 사용한 언어의 의미에 공감할 수 있지. 더 나아가서 주체적인 미적 체험을 맛보기도 해.

그렇다면 이것이 가능한 이유는 무엇일까? 응? 읽다 보면 저절로 알게 되는 것이라고? 그래, 그 말은 정말로 합당(合當)한 이야기야. 자연스럽게 그대와 나의 마음이 합쳐지는 일. 이것을 가리켜 공감대 형성이라고 해.

경물을 숨기면 경계가 더 커지고 경물을 드러내면 경계가 작아진다는 말이 있어. 암시적이면서도 시적 장치에 충실하고 모호하지 않은 언어표현이 담긴 시도 이와 같지. 독자에게 새로운 의미 발견의 세계로 이끌어주는 이정표를 제공하고 있다는 뜻이야.

　방금 모호하지 않은 언어표현이라는 말에는 암시성을 빙자한, 모호한 언어가 자리를 차지하고 있는 시들도 많이 발견할 수 있어서 언급해본 것이야. 그리고 시적 장치라는 말은 시 언어 표현법으로 사용된 이미지와 비유, 은유 등에 구체성이 튼튼하게 확보돼 있어야 한다는 것을 전제로 했어.

　다시 말해서 암시성을 지닌 언어표현이라도 거기에는 비유나 이미지로 사용된 대상의 특질이 고스란히 나타난 언어가 사용돼야 한다는 이야기지.

14 문맥과 운율

흔히 "발을 끊었다"는 말과 "어서 발길을 돌려라" 하는 소리를 들으면 어떤 의미가 느껴지는지.

여기에서 가장 중심의미는 발이야. 그런데 문맥의 구조가 바뀌면 그 의미가 달라지는 것을 알 수 있어. 위 문장의 예에서도 사람의 몸인 수족이 실행하는 역할과 뜻이 다르게 나타나고 있는 것처럼.

이렇게 의미전달을 일차적 목표로 하는 설명적 문장에서도 문맥에 따라서 의미는 상이하게 전달되고 있어. 시에서는 이런 부분이 더욱 두드러지지. 더구나 시 언어는 함축적, 내포적 의미를 지니고 있잖아? 때문에 시의 문장에서는 특히 이 문맥성이야말로 시어(詩語)가 시어로서의 구실을 하게 하는 밑바탕인 것이야. 문맥의 배치에 따라서는 설명적 언어들이 함축적 의미로 만들어지기도 해.

전달성을 지닌 언어가 함축적 언어의 역할을 수행하게 되면 그 때부터 이 언어는 시어로서의 특성을 나타내게 되는 것이야. 동시에 시어로서의 구실을 하지. 이것이 바로 문맥이 하는 역할이라는 말씀.

그렇다면 운율은 무엇일까?

어떤 시를 읽으면 자연스럽게 가락이 느껴지는 경우가 있어. 시가 지니고 있는 음악적 요소 때문이거든?

다시 말해서 운율은 문자언어에 가락이 생기게 하는 역할을 하고 있어. 특히 우리 모국어는 이런 특징이 강하게 나타나지. 또 풍부하고 풍성한 의태어, 의성어가 포함돼 있단 말이야. 흥이 들어가면 저절로 가락이 만들어지는 것을 그대도 느끼고 있지? 내 경험이기는 하지만 어쩌다 한 번씩 마음이 가라앉을 때 나오는 탄식과 한숨에서도 이것은 마찬가지였어.

이런 우리의 모국어를 사용하여 시를 쓸 수 있다는 사실은 참 고마운 일이 아닐까? 내 비록 완성된 시인이라고 할 수는 없겠지만 우리 언어가 갖고 있는 특징을 자주 생각해보곤 해. 그 표현의 범위가 얼마나 넓고 깊고 풍부하고 놀라운 것인지 아직 제대로 헤아리지 못하겠어.

다른 이야기 하나 할까?

요즘은 아이들 교육에서도 영어습득에 많이 치중하는 것 같아. 세계화 시대라는데 그것을 나무랄 생각은 없어. 그런데 순서가 바뀌었다는 것이지. 우리의 현실은 모국어를 아직 잘 익히기도 전에 학습을 강요하는 것이니까.

모든 언어교육은 일찍 시킬수록 좋다는 것이 교육학적 측면에서 볼 때도 설득력 있는 정설이야. 나도 동의해. 예로 들어서 영어를 습득하는 일도 마찬가지야. 첩경(捷徑)을 알려줄까? 첩경은 지름길이라는 뜻이야. 성경을 읽어본 이들은 그 뜻을 알지. 하여튼, 영어에 가장 익숙해지는 길은 상황을 만났을 때, 즉각 영어로 인식하게 만드는 것이야. 가능하다면 어렸을 때부터 그런 환경을 만들어주는 것도 좋겠지. 그렇지만 우리아이들은 대한민국 사람이야. 한글을 도외시할 수 없어. 어떤 사람들 중에는 우리말의 호칭이나 용어법, 한글의 철자법 등등에는 무심한 이도 있더라고. 혹시 오류나 착오를 일으켜도 태연하던데? 그런가보다 하다가 깜짝 놀란 일이 있어. 한글 틀려도, 존칭이 형편없어도 그러거나 말거나 신경 안 쓰던 아줌마(일부러 아주머니라고 호칭하지 않았음)였거든? 그런데 아이가 영어 알파벳의 단어착각이나 발음(talking), 청음(hearing)에 문제를 보인다고 하면 난리가 나는 것이야. 그런 상태의 닦달을 받으며 의식구조 형성훈련을 받은 아이가 염려됐지. 그 정체성이 나중에 어떻게 되려는지 모르겠어. 자기 정체성을 갖추기 위해서 무엇이 선행되어야 할지에 대한 제대로 된 균형감은 가질 수 있으려는지.

나는 시를 쓸 때마다 우리 모국어 생각을 하면 항상 감격하는 사람이지. 내 사랑하는 아이들에게도 늘 말해주고 있어.

"우리말의 아름다움은 이 세상의 세계에 존재하는 모든 언어들 중에서 으뜸이다. 물론 외국어를 배우는 것도 필요하다. 그러나 먼저 우리나라 언어를 잘 익혀두는 것은 더욱 중요하다."

우리말, 즉 한글은 정말 그 표현의 범위에서도 비할 수 없는 풍성함을 갖고 있어. 모든 사람들이 삶의 질을 풍요로움에서 찾고 있잖아? 그런데 그 내면의 인식태도에서 노출되는 것은 이렇게 풍요로운 우리 모국어를 다른 외국어보다 더 상위에 두지 않으려는 것이야. 가끔은 그런 인식태도를 갖게 된 동기에서 천박함을 발견할 수도 있으니 안타까운 일이지.

각설하고, 운율은 언어자체가 지닌 소리에 의해서 생겨. 시가 갖는 구조나 형식, 분위기와 어조(語調), 문장의 호흡, 음절(音節)의 수(數)와 음보(音譜)의 형식, 음운(音韻)의 감각이 반복되는 것에서 형성되기도 해.

이 부분을 길게 이야기하지 않을 테야. 모국어로 시를 쓰는 이는 누구나 다 이 부분에 익숙해 있잖아? 우리말로 대화를 나누며 생활에서의 소통문제를 해결할 테니까. 다만 그대는 시를 쓸 사람이야. 문맥의 구조형성과 운율을 발생시키는 방법을 더 잘 터득해둬야겠지? 이것을 분명히 인지하게 되면 정말 흥미 있는 시를 창작할 수 있음도 말하고 싶어. 그 가락(운율)이 견실한 언어는 저절로 사람을 들썩이게 만들거든.

15 압축된 언어 사용의 필요성

산문, 그중에서도 소설은 사건의 연속을 진술해. 줄거리 묘사가 중심이지.

이와는 다르게 시는 대상에 대한 통찰이 집중된 순간의 언어로 나타나. 언어 하나하나가 목적성을 지니고 있어. 그런 정서로 처리된 언어의 결정체가 되기를 지향하면서.

이 결정체 역시 사건이나 상황을 진술하는 것만은 아니야. 사건이나 상황의 중심인 대상에 대한 직관, 그 직관으로 느끼게 된 인식의 충분한 숙성을 표현하는 것이지. 이런 까닭의 결과로서도 시 언어는 간결성과 압축성을 특징으로 하고 있어.

김준오 선생의 『詩論』(삼지원, 1991)에도 "산문은 축적의 원리에 대한 설명이지만 시는 압축에 의한 암시성을 그 본질로 한다."고 쓰여 있더라고.

운문, 즉 시에서 차지하는 언어의 무게와 비중은 산문에 비할 수 없어. 매우 크고 깊고 무겁지. 때문에 시의 언어사용은 고도의 기술과 엄격한 태도가 요구되는 것이야. 덧붙여서 자기 시에 책임지는 자세와 충실한 인식태도는 여기서부터 시작되는 것이라고 이야기 하고 싶어.

"완성이란 덧붙일 것이 없을 때 이루어지는 것이 아니라 버려야 할 것이 아무것도 없을 때 이루어진다."

그대도 잘 알고 있을, 비행사이며 소설가였던 생텍쥐페리 (Antoine de Saint-Exupery 1900~1944)의 말이야. 이는 글 쓰는 부분만은 아닌 것 같아. 삶의 인식에서도 깊은 체험과 통찰이 느껴지는 이야기로 여겨져. 관념만으로는 할 수 없는 말이라는 느낌. 짧은 문장에서도 진정성이 느껴진다는 것은 이런 이야기일까? 마찬가지로 자기 글을 대하는 시인의 태도는 오히려 이것을 능가하는 부분이 있어야겠지.

우선 시 창작에서도 위의 글이 말하는 것을 그대로 따르도록 해봐. 속에 담겼던 것을 무조건 다 풀어 넣으려고 하지 말고. 군더더기도 다 잘라내. 그 다음 간결하고 압축된 문장을 만들어보라는 뜻이야.

스스로의 시 가운데서 속에 것을 다 풀어놓은 시가 있지? 또 군더더기 다 잘라내고 간결하게 압축해서 써놓은 것도 있을 테고. 그 두 편의 시를 한 번 비교해보지 않겠어? 언어를 압축해보려는 노력이 담겨진 시는 스스로에게도 의외의 울림을 줄 텐데. 그렇지 않아? 그렇다고? 그렇다면 왜? 무엇 때문에? 그렇게 많은 것을 그대의 시에 치장하려고 했었지?

이 책의 처음부터 여기까지 계속 말해온 것이야. 시 창작에서는 반드시 불필요한 장식을 버려야 해. 장식이 너무 눈에 띄면 본질이 희미해져. 풀어 놓고 싶은 의미들도 확장시키지 말아야 해. 까닭이 있어. 의미를 자꾸 확장시키다 보면 초점이 흐려지거든.

그럴듯하게 보이려고 불필요한 장식을 해놓은 시는 누더기야. 그렇다면 의미를 너무 확장시켜버린 시는 무엇일까? 그것은 넋두리라는 것을 명심해 두면 좋겠네.

통속적인 말로 시에서는 화장발을 지워버려야 해. 너무 많은 것을 한 편의 시에 담으려는 욕심을 버리는 연습도 해둬야겠지. 이는 반드시 시 쓰는 일에 유익을 가져올 것이야.

3

시는 뜻을
지니고 있다

01 시가 지니고 있는 뜻

대체적으로 사람들은 언어구사력만을 자기표현능력으로 알고 있어. 그대 역시 그렇게 좁게 생각하는 것은 아니겠지?

자기표현은 상대에게 나를 인식시키기 위한 것이야. 심리학적으로 말하면 자기존재성을 인정받기 위한 수단이지. 여기에는 내 의지를 상대에게 관철시켜보고 싶다는 욕망이 감춰져 있어. 그래서 언어에 포장을 하고 장식도 붙이는 경우가 생겨. 힘과 능력의 과시가 따라붙을 때도 종종 있고.

그러나 잊지 말아야 할 것이 있어. 관계성에서 인정과 공감대를 얻는 것은 포장이나 장식, 힘과 능력의 과시가 아니라 신뢰성이 최우선이야. 그대도 알고 있던 사실이지? 나도 알고 있는 사실이야. 가끔은 이 부분에 뒤뚱거려서 탈이지만.

어떤 일들은 말로 듣기보다 글로 읽었을 때 더 신실(信實)함을 느끼기도 해. 자신을 상대에게 제대로 인식시키고, 마찬가지로 상대를 올바르게 인지하는 일은 일회성의 언어보다 의미의 지속성을 지닌 문자가 훨씬 효과적인 것으로 여겨져.

자기표현이라는 말에는 여러 가지 뜻을 포함할 수 있어. 나는 여기에 대해서 한마디로 이야기해야겠네. 이는 자신이 지닌 가치관과 품은 포부와 재능을 상대에게 인식시키려는 노력이라고.

글(文字)은 즉각적인 면, 즉 개인의 의사를 즉각적으로 전달하는 면에서 언어의 순발력에 뒤떨어질 수밖에 없어. 그러나 그 전달내용의 지속성과 신뢰의 부분에서는 말(言語)이 따를 수 없는 장점을 지녔지.

사람은 누구나 다 고유의 언어습관을 가졌어. 이 언어태도나 표현방식은 속한 집단의 구성원들에게 보편화되는 특성을 나타내지. 유행을 따라가는 경향도 보이고.

그대와 내가 어떤 집단에 속하게 됐다고 해. 그 집단에서 추구하는 표현방식이 개인의 생각과 가치관에서 다른 점이 발견됐어. 그렇더라도 사물을 보는 방식과 초점은 이미 집단의 틀에 고착화된 현상이 노출될 경우가 많아. 물론 다르게 나타나기도 하겠지만, 그건 특별한 경우일 때가 대부분이지. 예로 들면 같은 집단에 속해 있는 또 다른 상대의 존재성을 무시하지는 않아. 그러나 그 초점이 나와 다르면 적대적 감정이 생기던 경험이 있을 것이야. 그래서 왕따 현상도 생기는지 모르겠고.

한 가지 사물을 상대가 다른 각도에서 보면 "아, 그렇게 볼수도 있구나, 기발한데?" 하기보다는 먼저 속이 불편해진단 말이야. 나이가 나보다 어리거나 생각이 모자란다고 느끼고 있었다면 아예 속이 뒤틀려버리기도 하지. 그건 그렇다 치자고. 여기에는 상대에게도 문제가 있을 수 있어. 이쪽에서 "왜 그렇게 보는 거지?" 하고 물었어. 그런데 성의 있게 이해시키기보다는 "내 맘이야!" 라고 말해버린단 말이야. 그걸 또 자기개성으로 알고 있으니 문제가 생기는 것이지.

관점이나 표현의 방법을 앞에 놓고 보면 저쪽은 이것이 '개성'이야. 그러나 이쪽은 그것이 '꼴불견'인 것이지. 결국 표현의 방식을 이해하지 못하고 상호불일치의 대립으로 치닫게 돼. 답답한 일이지. 서로가 상대에게 대해서 아, 저 사람은 저럴 수밖에 없나보다, 하고 여기면 될 것을.

응? 사람에 대해서 참 낭만적으로도 생각한다고? 당연한 것 아니겠어? 모든 사물 가운데서 가장 아름다운 존재성을 지닌 대상이니까. 또 그 '사람의 아들'이라는 이름으로 오신 그리스도께서 겟세마네에서 고민하며 피땀 흘리신 것도, 골고다에서 고통당하신 것도, 십자가에서 그 단절의 외로움을 맛보며 대속(代贖)의 생명을 던지신 것도 다 이 어처구니없는 본성을 이어받은 사람을 위한 것이니까.

각설하고, 사람이 부딪는 일은 어디서나 마찬가지야. 문자

표현을 예로 들어도 그래. 똑같은 기록을 하면서 성격이 차분한 쪽은 행서(行書)로 반듯이 써서 정리해. 그러나 성격이 활달하고 서체에 익숙한 쪽은 시원한 초서로 휘갈겨 써놓아. 그런 다음 표현의 방식에서 서로 일치하지 않는다고 등 돌리는 것도 흔한 일이지.

문자의 일차적인 목적은 기록하여 남기거나 뜻을 전달하는 수단의 부분에 있어. 물론 서예가 추구하는 것과 같은 특별한 경우도 있지. 기록, 전달의 용도를 넘어서서 문자의 기능을 예술로서 작품화하는 것 말이야.

필치나 표현의 기법이 어느 경지에 이르면 그때부터는 이를 문자의 흔적이라 하지 않고 예술작품이라고 해. 이 경지는 밖에서 남들이 인정해주는 것이지. 그러나 여기에서도 많은 이들이 일방성과 단절의 문제를 이야기하고 있어. 그 장(場, field)에서도 불소통의 문제는 넘치고 또 넘치더라고.

예를 들어서 제대로 익기도 전에 내놓고 작품으로 인정해주지 않는다며 어깃장 놓는 일도 있지. 이는 여러 가지 부분에서 미숙함의 증거일지도 몰라.

어떤 경우에는 이미 경지에 들어선 것이 등장할 수도 있거든? 하지만 친분과 인맥의 관계성에서 소외돼 있다는 이유로 도리질하는 태도는 또 무엇인지. 그 따위를 자기관록에서의 권위라고 착각하는 모습은 꼴불견이겠지. 그렇다 하더라도 내가 이렇게 말하는 것은 너무 무례한 것일까? 하여튼, 그러거나 말거나!

위 내용들의 예를 표현하자면 다음과 같아.

얼룩 자국에도 태연한 흑(黑)이 자기만의 입장에서 백(白)에게 따질 수 있다는 것이지. "왜 그렇게 허여멀끔해? 무슨 색깔을 지녔는데?"

아직 풋내 나는 과일이 숙성된 향기를 품는 과일에게 대들 수도 있어. "왜 내가 지닌 맛은 인정해주지 않지? 그렇게 잘났어?"

또 다른 모습의 권위적 착각이 하는 말은 이런 것이야. "네 향은 그럴 듯하지만 싸구려 같아." 또는 "익기도 전에 너무 주물려져서 곪아 터졌네?"와 같은 것들.

이렇게 상대의 존재성을 인정할 수 없게 되면 서로가 상처를 입히고 입어. 여기에는 미숙함이 함께하지. 또 다른 한 편에서는 그런 미숙함에서 나오는 착오를 헤아릴 안목과 쓰다듬음은 아예 필요치 않다는 인식의 같잖음이야. 그러다가 서로 아무렇지 않게 단절해버리면서 태연하지. 그런 내면의 정서에는 이미 황폐함이 자리 잡고 있을 수 있어. 자기본위의 소통 밖에는 할 줄 모르는 특징이 나타나지.

이 '안티 커뮤니케이션'의 문제를 어찌해야 할까?

이런 사실들은 오늘날 우리 모두가 대면하게 된 두려운 현상이라고 여겨져. 그래서 이를 어찌해야 할까, 물어본 것이었어.

앞 단락에서의 말을 잇다 보니 우울해지네. 이런 부분에서 예민하게 굴면 썩 즐거운 기분은 될 수 없는 것인가 봐. 그런 이야기는 그만 하기로 하고 서(書)의 부분을 한번 정리해볼게.

사람이 갖게 된 글씨체의 좋고 나쁨을 따져 품평할 수는 있어. 하지만 어느 경지에 이른 다음에 발휘되는 필체는 자기 소신과 재능과 개성의 표현이 되는 것이야.

물론 타고난 명필도 있지. 그러나 서체의 좋고 나쁨은 운필 (運筆)에서 판가름 날 수밖에 없는 것이야. 자연스럽고 익숙한 운필은 오랜 학습(단련) 끝에 얻어지는 것이고. 운필이 자유스러워졌을 때 개인의 특성이 필체에 묻어 나와. 여기에 나타나는 개성이야말로 개인만의 독특함과 참신함이라고 할 수 있어. 주변에 감탄과 상쾌함을 주는 독특함이야말로 진정한 의미의 개성이야. 여기에는 억지가 없거든. 자기 소신을 빙자한 고집이나 자기만 우뚝하다는 독선을 나타내지도 않고.

이는 시 창작의 태도에서도 다를 바 없어. 이번의 큰 단원 부분에서는 이런 것들을 생각해보기로 하자고. 시가 지니고 있는 뜻에 대한 이야기.

02 시 언어에서 구체성 확보의 이유

　추상적 표현의 대부분은 구체성을 상실하고 있어. 시에서는 이런 표현을 자중해야 한다고 앞에서 이야기했고. 구체성이 확립돼 있지 않은 시는 좀 차갑게 이야기해서 딱한 것이야. 그 표현하고자 하는 것이 무엇인지 헤아려볼 방법이 없어. 글 쓴이의 뜻이 무엇인지 헷갈려. 정확히 전달되지 않아. 독자는 상상력의 여지조차 지닐 수 없겠지. 더 직접적으로 이야기 하면 구체성 결핍은 어설픈 시의 특징이야. 이렇게 진술된 글을 다른 말로는 감상적 넋두리라고 해. 시적 장치로서의 압축과 함축의 내포도 없이 줄줄이 감상주의적 표현을 늘어놓고 있 거든. 밖에 내보일 가치를 지닌 글은 아니라는 생각이야. 하 물며 언어의 압축이라 할 수 있는 시적 표현에서 어설픈 감 상이 넋두리같이 나타났다면 이를 무엇이라 불러야 할지 난 처하지 않겠어?

시는 언어를 압축해서 표현해. 당연히, 명료한 구체성을 필요로 하지. 이것이 없다면 독자와 시인의 사이에 정서적 공감대를 형성할 방법이 없어. 감정의 소통과 이해도 생겨나지 않고.

어떤 시인이 말했대. 자기에게는 독자와의 공감대 형성이 필요 없다고. 시인이라는 사람이 어떻게 그런 말을 할 수 있담? 만약 그렇다면 혼자 써서, 혼자 쓰다듬으며 만족할 것이지 시인이랍시고 시를 써서 발표할 필요가 있을까?

모두 그런 것은 아닌데, 제법 그럴듯한 유행가 가사에도 구체적 표현이 나타날 때가 있어. 이런 것은 멜로디와 함께 귀에 들어와서 심금을 울리기도 해.

그대도 마음이 가라앉아 있을 때가 있지? 그때 애절한 멜로디, 애절한 가사의 노래를 들으면 마음이 더 울적해지지?

이런 경험은 누구나 다 갖고 있을 것이야. 이것을 일컬어 정서의 공유화가 발생했다고 말하지.

물론 유행가 가사에 담겨지는 내용과 시의 격은 달라. 그러나 시에서의 감동 역시 사람의 심금(心琴)을 건드리는 것에서는 마찬가지라고 할 수 있어.

흔히 시의 내용이 어렵고 고상해야 감동의 격이 달라진다고 생각하기 쉬워. 이는 착각이라는 것을 덧붙여서 이야기하고 싶네. 시를 읽으며 감동하게 되는 것은 오직 그 내용에 서로 공감하는 부분이 있을 때만 가능한 것이야.

대상에 대한 체험의 밀착감이 없으면 구체성은 얻어지지

않아. 관념에 의지하기 쉬워. 그러니까 구체성이 결여된 글에는 치명적 결함이 나타날 수밖에 없어. 그것이 기발한 언어표현이라 해보자고. 그러나 독자가 충분히 경험했거나 감각을 깨울 만한 인식 표현은 아니야. 시인의 표현내용에 동의하겠다는 밀착감은 생길 수 없어. 즉 시에서 체험적 인식을 도외시한 관념적 구체성의 제시는 정서의 공유화가 발생하지 않는다는 것이야.

시인은 한 편의 시에 자기의 주관을 담아서 내놓지. 그러나 이를 독자와 함께 나누기 위해서 자신의 주관을 객관적 표현으로 나타내고 있어. 표현에 구체성을 확보하려는 노력은 이 때문에 필요한 것이고.

어떤 시를 대했어. 그 내용이 너무 관념적이고 피상적이야. 과연 무엇을 말하고자 하는지 막연해. 그렇다면 이는 시인의 주관이 독자의 정서에 객관적으로 다가서는 데 실패했다는 뜻이지.

주관의 객관화. 이는 모든 관계성에 있어서도 소통의 중요한 통로가 되는 것이거든.

03 시 창작의 골격

언어는 소통과 전달의 역할을 해. 그렇게 하기 위해서 외부적으로 나타나는 설명적 용법이 사용되고 있어.

그러나 시는 어떤 대상, 즉 사물과 현상에 대해서 반응한 내면의 인식과 정서가 숙성되어져서 나타나는 것이야. 이를 가리켜 언어의 구체적 실체라고 해. 시인의 표현을 통해서 독자가 갖게 된 이미지(心象)를 뜻하기도 하고.

막연하고 추상적인 관념이 나열된 언어의 조직은 엄밀한 의미에서 시가 아니라고 이야기했지? 시에는 시적 장치에 충실한 언어가 사용돼야 한다는 의미였어. 이 언어 찾기에는 치열한 각성과 노력이 정말 필요해. 제대로 된 시를 쓰기 위해서는 언어와 치열한 사랑에 빠져들어야 한다는 것도 이런 뜻에서 한 이야기였고.

새삼스럽겠지만, 한 가지를 말해볼게. 그대는 삶의 태도와 시 쓰는 정신이 순수하고 튼튼한 사람이잖아? 그 인식세계가 충분히 숙성되고 있으리라 믿어져. 사실 이런 이야기는 필요 없는 말이지. 하지만 아직 그런 부분에서 미숙한 사람들도 있다는 것을 우리는 인정해야 돼. 혹시 누군가는 이 말의 의미를 선뜻 받아들이기가 힘들지도 모르거든. 여기에 무슨 뜻이 내포돼 있는지 짐작조차 못할 지도 몰라. 그러나 상관없다는 생각이야. 누구나 다 시인이 될 수 있지만, 누구나 다 시인은 아닐 테니까. 다만 이것만은 소홀히 하지 않았으면 좋겠어. 시인과 독자의 불특정한 관계성 속에서도 시는, 반드시 서로 교감할 수 있는 정서적 공감대를 갖춰야 한다는 것. 그렇게 하기 위해서는 쓰는 일에서의 진정성과 표현하는 일에서의 구체성을 꼭 갖고 있어야 한다는 것.

시 창작 방법에 특정한 법칙은 없어. 그러나 세워져야 할 골격은 있지. 여러 가지 형식과 표현의 기능을 먼저 인지하고 있어야 해. 이런 기능의 핵심은 비유(比喩)라는 것도 충분히 알아두어야 할 일이고. 시 창작에서 이는 매우 중요한 시적 장치이거든.

시에서의 비유는 수사적 기교가 아니야. 비유에서의 매체가 장식에 그쳐서도 안 돼. 시인이 발견해낸 대상은 비유를 통해서 자신이 지닌 의미와 이면(裏面)에 있던 새로운 세계를 나타내 보이기 때문이지.

이는 마치 기억의 어두운 방에 들어섰을 때와도 같아. 처음에는 침침하잖아. 그러다가 차츰 윤곽을 확인하게 되지. 그런다음에 어느 순간이라는 초점의 스위치를 누를 수 있어. 그렇게 침침한 기억의 방에 불 하나를 켜면, 거기에서 숙성되고있던 인식은 여태껏 숨기고 있던 자신의 새로운 모습을 드러내서 보여주게 되는 것이야.

이처럼 비유는 어떤 사물에 가서 닿는 불빛이라고 할 수있지.

광주대학교에서 문예창작을 가르치던 조태일 시인도 말했어. 비유는 "시인의 상상력과 직관에서 나오는 불꽃이며 빛"이라고. 이 빛을 통해서 보이는 사물의 새로운 모습은 우리가여태 갖고 있던 인지와 감각에 충격과 경이로움을 선사하는것이라고. 비유는 이렇게 숨어있던 세계의 진실을 발견하도록만들어 준대. 이는 그의 책『알기 쉬운 시 창작 강의』(나남출판, 1999)에서 말하고 있는 사실이야.

그러니까 누구나 할 수 있는 비유, 누구나 들여다볼 수 있는 것에 대한 표현은 참다운 비유라고 할 수 없어.

비유에 대한 정확한 인식이 없다면, 그래서 직유를 사용하려는 유혹에 그대로 적응하고 있다면 아직은 미숙함을 벗어나지 못한 상태라고 해야겠지. 더 직접적으로 말해볼까? 비유를 모르면 시인이라고 할 수 없어. 만약 여기에 대한 인식이없이 시 창작을 하고 있다면 그렇게 쓴 시는 엉터리일 수밖에 없다는 이야기야.

다시 말해두지만 비유 없는 시는 그 존재가치의 의미가 희미한 것이지. 이는 너무 지나친 말일까?

지금 이야기한 부분에 대해서 한 가지만 더 이야기하기로 해.
어떤 시인이 돋보이며 나타났어. 사람들이 관심을 갖게 됐거든? 왜 그럴까? 제일 먼저는 그 시인의 역량을 재보고 싶은 마음 때문이야. 그 기량을 가늠하고 난 다음에 응원해주려는 마음도 들고. 만약 그렇다면 이를 가늠해볼 기준에는 무엇이 있을까? 시인이 시에서 사용한 비유가 갖고 있는 힘의 정도, 또 그 비유의 독창성은 어디까지인가를 가늠해보는 것이 아닐까?
이 부분에 대한 내 생각은 크게 틀리지 않으리라고 여겨져.
누구나 시를 쓸 수 있지만, 그러나 누구나 쓴 글이 다 시라고는 할 수 없기 때문이지. 여기에 대한 언급은 이제 그만하기로 해. 그럼 다음 단원으로 넘어가도록 할까?

04 시의 본질과 핵심

시를 쓰기 위해서 어떤 대상을 포착했어. 시인은 그 대상의 모양과 특성과 상태를 살펴. 아직은 분명하게 설명할 수 없는 어떤 느낌을 받게 돼. 이로 말미암아 속에 있는 인식도 반응을 일으켜. 물론 대상에 대한 추상적 의미나 관념이 떠오를 때도 있어. 그러나 시인은 이런 내면의 정서에 어떻게 구체성을 부여하고, 어떻게 효과적으로 표현할 것인가에 대한 방법을 모색하기 시작하는 것이야.

대상에 대한 느낌이 여기까지 진전됐다면 시인의 내면 인식이 숙성되기 시작했다는 뜻이거든? 그러다가 겨우 건져낸 언어가 대상에 대한 표현에서 동떨어진 경우가 있어. 엉뚱한 기분이 들지. 이런 시어(詩語)로서는 구체성 확보가 어렵다는 고민을 끌어안기도 하면서. 시의 내용과 동떨어진 표현, 얼토당토않은 언어는 정서적 공감대를 얻어낼 수가 없다는 것을 알고 있기 때문이야. 그런 뒤뚱거리는 표현을 하지 않으려고 애쓰다 보면 직접적 표현, 설명적 언어를 사용하고 싶어져. 직유법을 사용하자는 유혹이 생겨. 여러 번 이야기했지? 시에서의 직유법 사용은 금지하는 것이 좋다고? 직유나 설명적 언어가 시의 언어로서 적당하지 않다는 것에는 까닭이 있어. 직유가 사용된 시에서는 울림(共鳴)이 생겨나지 않기 때문이야.

그래서 시 창작에서는 이미지와 함께 비유의 방법이 필요하다고 이야기하고 있거든? 이것이야말로 시 창작의 본질과 핵심이라고 할 수 있어.

비유의 캐릭터는 대상에 대해서 떠오른 정서를 그와 유사한 다른 대상에 비교, 대비해서 표현하는 언어적 방법이지. 서로 이질적인 사물을 비교라는 방법을 통해서 결합시키고 있어. 이는 공감대 확장에 충실한 역할을 하지. 더불어 시인의 새로운 인식을 충분히 이해하도록 만드는 언어적 표현이기도 해.

어떤 사물이 앞에 있다고 가정해보자고. 그런 다음 이 미지(未知)의 사물을 잘 이해하고 느끼고 알아내는 방법을 찾아보는 것이야. 여기에서 가장 효과적이며 필수적인 수단은 무엇일까? 다음 단락의 이야기를 듣는 동안 한번 생각해보도록 해.

세상의 직업 중에는 성직자(聖職者)라는 것이 있어. 이해타산의 범위를 벗어나서 거룩한 직분을 감당해내는 역할이야.

이를테면 목사님이나 신부님 같은 분들. 이들은 신학교나 대학교를 마치면 신학대학원에 들어가서 또 공부해야만 해. 그 과정에서 가장 힘들어하는 과목이 무엇일까에 대해서 설명해 주고 싶어졌어.

커리큘럼에는 실천신학이라는 과목이 있지. 장차 목회현장에 나갔을 때, 진정한 헌신(獻身)의 태도를 실천하며 복음을 증거 하는 훈련. 이를테면 현장실습 같은 것이야. 사람에 따라 다르겠지만 대부분 재미없어 하는 과목이기도 해. 행동으로 따라 하기가 힘들면서 또 한편으로는 학문적 성취도까지 낮게 여겨지는 경우도 있어. 신학도이라면 누구나 다 이런 고달픈 과정을 이수해야만 하거든? 이 과정에 게으르거나 소홀했던 사람은 나중에 자기 직분을 감당하기를 어려워하는 경우를 많이 보게 돼. 경건하고 정직하며 책임감 있는 실천적 자기훈련의 부족 때문일까? 만약 지금도 그런 사람이 있다면 그 분야에서 충실한 정예병은 될 수가 없을지 몰라. 겉으로는 번듯할 수 있겠지. 그러나 영적(靈的)인 부분에서는 틀려. 좀 세속적 냄새가 나는 것 같아. 바라보는 시선의 방향도 그런 것 같고. 그런 모습을 보면 나는 이런 생각을 떠올리기도 해. 만약 영적으로 어떤 전투적 상황을 맞닥뜨리면 그 보잘것없는 전투력이나마 제대로 발휘하지 못하는 경우가 생기지는 않을지에 대해서.

각설하고, 앞에서의 질문도 마찬가지야.

어떤 미지의 사물이, 그러니까 알기는 알 것 같은데 잘 알지 못하는 것이 앞에 놓였어. 이 사물을 잘 이해하고 느끼고 알아내는 가장 효과적이고 또 필수적인 수단이 무엇이냐는 물음이었지.

그 해답을 조금 말해본다면 다음과 같은 것이야.

대상에게 아주 가깝게 밀착해봐야 한다는 것. 지레짐작으로, 처음부터 객관적이어야 한다는 태도를 지니는 것이 이성적이란 생각이면 착각이지. 혼란을 자초하지 않겠다는 이기심일 수도 있고. 차츰 시간의 경륜이 쌓이면 그럴듯할 수는 있을까? 그러나 그 인식세계는 관념의 지배를 받게 되지. 어느 한계까지 이르면 늘 그뿐, 영향력의 확대는 기대할 수 없을지 몰라. 어느 시점부터는 누구에게든 비전(vision) 제시의 설득력도 떨어지게 될 테고.

그러니까 자기가 대하고 있는 대상에게는 늘 밀착해 있겠다는 마음을 지녀야겠지. 균형을 잃지 않은 상태에서 말이야. 그 다음에야 멀지도 가깝지도 않은 심리적 거리를 가질 필요가 있어. 철학적인 용어로는 이것을 본받아야 할 이지(理智)라고도 하는데 밀착했을 때 맛보게 된 주관성에 적당한 거리를 설정함으로써 객관성을 확보하는 것을 말해. 사람을 있는 그대로 보는 것이기도 하고. 이것을 따뜻한 지성, 혹은 사람에 대한 따뜻한 마음가짐이라 일컫는 것이야. 시인에게는 반드시 필요한 태도이고.

해답의 힌트는 여기까지. 나머지는 그대가 더 생각해보도록.

그대와 나는 이 책을 통해서 필자와 독자로 만나고 있어. 서로 대면할 수는 없지. 그러나 이런 것을 생각해본 다음 답변해보라고 요구한 것이 바로 실천적 학습이라는 것이야. 이 실천에 익숙해지면 시 창작 학습을 대하는 자신에게 실천적 진정성을 부여할 수 있게 돼. 점점 튼튼한 시를 쓸 수 있게 될 테고. 나는 그렇게 믿어. 이제 비유는 무엇인가에 대한 이야기를 들어볼 테야?

1) 비유의 기본구조

비유는 주지(主旨, the tenor)와 매체(媒體, a vehicle)의 결합구조로 이뤄져. 여기에서 주지(원관념)는 시인이 등장시킨 본래의 사물을 말해. 매체는 주지를 효과적으로 표현하기 위해서 불러들인 또 하나의 사물이고. 다른 용어로는 이것을 보조관념이라고도 하지.

이런 부분들이 어떻게 결합해서 비유를 만들어가고 있을까? 김동명의 시 「내 마음」은 다 알고 있지?

내 마음은 湖水요
그대 저어 오오
나는 그대의 흰 그림자를 안고
玉같이 그대의 뱃전에 부서지리라

그 시 1연에 담겨진 표현내용이야. 이 시에서 등장한 원관념(主旨)은 '내 마음'이거든? 그다음에 등장하는 '호수'가 보조관념(媒體)이고.

첫 행의 구조를 살펴보면 주지(원관념)로서의 내 마음에 호수라는 매체(보조관념)가 결합해서 비유를 형성하고 있어. 이 비유를 이룬 원관념과 보조관념은 각기 다른 이질적 대상이잖아? 이것들이 어떻게 결합할 수 있는지 알면 비유의 원리를 쉽게 발견해낼 수 있을 것이야.

이 대상들은 다른 시에서 사용되면 서로 역할이 달라지기도 해. 이 시에서의 보조관념이 다른 시에서는 원관념이 될 수도 있고 그 반대일 수도 있다는 이야기지.

이렇게 다른 성격을 지닌 것들이 서로 결합하여 비유를 만들 수 있는 근거가 있어. 그 대상들이 보여주는 성격의 동일성, 혹은 유사성 때문이야. 즉 각기 다른 사물로써 이질성을 지녔지만 그 본질이 내포하고 있는 의미 속에서 발견된 동일성, 유사성이 비유의 원리가 된다는 것이지.

이 시에서도 첫 행의 원관념인 내 마음과 보조관념인 호수는 전혀 형태가 다르잖아? 더 상세하게 이야기해볼까?

이 마음이란 것은 관념적이고 주관적이야. 고정된 틀에 갇혀 있지 않아. 때로는 불꽃같이 타오르기도 해. 때로는 가라앉지. 때로는 격랑을 일으켜. 때로는 잔잔한 파도가 되기도 하고. 마치 호수라는 사물에서 받는 인상과 닮아 있어. 호수 역시 때로는 출렁이고 때로는 잔잔한 것처럼. 말하자면 이 시에 등장한 주지(내 마음)와 매체(호수)가 형태는 다르지만 그 성격에 있어서 동일성을 나타내고 있다는 것이야. 이것들은 서로 다른 사물이지. 하지만 그 특질에서는 같은 점을 나타내고 있어. 이런 것들을 결합시켜서 그 동일성과 유사성을 찾아내는 것이 비유의 원리라는 말씀. 그런데 말이야. 이런 동일성의 발견은 객관적 논리에 기초하지 않거든? 시인이 자신의 상상력을 통해서 발견해내야 해. 이처럼 비유에도 상상력 전개가 요구되고 있어.

2) 비유의 방식과 종류

비유의 방식에는 직유가 있지? 문자 그대로 직접적인 비유 말이야. 시 창작에서 이 직유가 권장되지 않는 까닭이 있어. 원관념(主旨)과 보조관념(媒體)에 유사성, 동일성이 그대로 노출되기 때문이야. 그럴 경우 별다른 상상력은 필요치 않지.

예를 들어서 달덩이라는 원관념에 얼굴이라는 보조관념이 결합했어. 그 결과로 달덩이 같은 얼굴이라는 비유가 등장했고. 만약 이런 정도라면 어떻겠는지. 밋밋한 시가 되지 않을까? 신경 써서 들여다볼 필요가 있겠어? 정서가 움직여지는 흥미는 주지 않을 텐데?

한편으로는 직유가 적절하게 사용될 필요가 생겨나기도 해. 표현을 모호하지 않고 분명하게 즉각적으로 해야 할 시적 장치로서의 기능이 요청될 경우야. 이럴 때 직유를 사용할 수 있는 조건이 있어. 여지를 주지 않는 경쾌함이야. 명쾌한 확신에서 나오는 개성적인 시각의 언어표현이라면 직유를 따질 필요가 없다는 뜻이지. 밋밋하고 또 노골적인 직유표현은 권태로워. 하지만 참신하고 신선하면서 개성적 시각이 묻어나오는 직유는 명쾌하고 확신이 담긴 표현방법일 수 있거든? 이런 경우에는 정서적 공감대의 확장과 함께 표현방식에 대한 납득을 이끌어낼 수 있어.

비유는 원관념과 보조관념이 결합해서 새로운 의미를 창출해내는 것이야. 그러나 대부분의 직유 표현은 원관념과 보조관념이 결합해도 새로운 의미창출이 쉽지 않아.

이와 반대의 것으로 은유가 있어. 의미창출에 있어서 직유와 차원이 다르지. metaphor에서 meta는 초월, over, beyond의 의미야. 또 phor는 옮김, carrying을 의미하기도 해. 이 두 단어가 합성된 metaphor는 의미론적 전이(轉移)라는 뜻이지.

메타포에 대해서는 아리스토텔레스의 『詩學』에서도 언급하고 있어. 그 부분을 더 참조해보도록 해. 아직 읽지 않았다면 그대도 한번 읽어보기를 권하고 싶은데?

책의 내용 중에는 시인의 재능에 대해서 말하는 부분이 있어. 은유야말로 시인이 갖고 있는 독창성의 산물이라고. 그 말이 강조하는 부분은 다음과 같아.

"은유는 남에게 배울 수 없다. 이것을 얼마만큼 자기 독특성으로 나타낼 수 있는가에 따라서 천재의 표징이 가늠된다."

지금은 그대와 내게 익숙하게 인식돼 있는 것이야. 당시의 시인들도 은유가 사물을 새롭게 인식시킨다고, 새로운 의미로 표현해내는 것을 본질로 한다는 사실을 알고 있었어. 예나 지금이나 은유는 비유에서의 중심 역할이라는 이야기야.

은유는 지금 처해 있는 현실의 상황, 마주치는 사물과 또 속해 있는 세계에서의 자기존재성을 깊이 살펴보게 해. 이것들을 노골적으로 나타내지도 않아. 사물이 지니고 있는 존재성을 가치 있고 의미 있게 질서화 하고 있어. 은유는 그렇게 시 정신의 본질에 맞닿게 하는 역할을 하는 것이지.

이외에도 비유의 종류는 여러 가지야. "약주가 거나해지신 조부님께서" 등등의 비유는 제유(提喩)라고 해. 이것도 은유의 일종이지. "동네에 굿판이 벌어졌어." "골목에 백차가 떴어." 등의 예에도 익숙하지? 특별한 유추과정이나 상상력을 동원하지 않았는데 금방 연상 작용이 일어나는 비유는 환유(換喩)라 하고.

그대도 이 부분을 읽으면서 깨달았을 것이야. 제유와 환유는 개인의 독창성에서 만들어지는 비유가 아니라는 사실을. 이는 여러 사람의 경험과 습관, 알지 못하는 사이에 스며들어 있는 인식 등을 통해 만들어지는 비유라는 말씀.

특히 직유와 은유는 대상의 유사성(원관념과 보조관념)에 의해 생성되지만 제유와 환유는 대상의 인접성에 의해서 만들어진다는 것도 기억해두기를.

3) 비유의 힘과 효과

시에서 비유의 힘과 효과를 모르고서는 좋은 시를 이해하거나 창작할 수 없을 것이야. 시 창작에서의 비유는 대상을 장식하거나 수사적으로 꾸미기 위해서 사용되는 것이 아니거든?

시적 재료로 포착된 대상, 즉 시로 표현하고자 하는 사물과 상황에서 받는 느낌이 있어. 시인의 가치관과 정서 속에서 이 것들이 어떻게 숙성됐는지 가장 효과적으로 형상화해내기 위한 방법이 비유야. 즉 대상이 지닌 본질 이면(裏面)의 의미가 가장 구체적이고 선명하게 드러나는 영상이라는 뜻이지.

우리 생활 속에는 많은 비유가 있어. 종교적인 경전에서도 이것은 마찬가지야. 성서에는 그야말로 수많은 비유가 가득 차 있지. 내가 잘 알지 못하는 부분이지만 불경도 마찬가지가 아닐까? 철학이나, 어떤 심오한 의미와 진리를 나타내는 것들도 비유로 표현되는 것은 흔히 볼 수 있어.

문득 엉뚱한 생각이 떠오르네? 이런 비유적 표현을 '이해하는' 사람과 '이해할 수 없는' 사람이 대화를 하면 어떤 현상이 생길까? 우선 서로 답답하지 않겠어? 그 다음의 커뮤니케이션은 일방적인 통로가 돼버릴지도 모르고. 오해와 착각과 자기본위에 당위성을 부여하면서 말이지.

나는 기독교인이야. 그렇지만 비교종교학적 측면에서 본 불경강좌를 한 번 해야겠네. 이런 시도를 해보는 것도 시 창작

학습의 진보를 위한 부분이라고 인정해주기를 요청하는 것이 억지는 아니겠지?

내가 관찰한 불교의 가르침은 다음과 같은 것이더라고.

어떤 집착이나 망상에서 벗어나서 스스로 자기를 만들어가야 한다는 것!

이것을 창조적 삶의 모습이라고 강조하는 것 같았어(물론 주관적 느낌이야). 좀 전문적인 용어로 말하면 본질을 추구하는 태도에 있어서 자력본원(自力本源)의 자세를 강조하는 것이었지.

이 자력본원은 스스로의 힘으로 구원(해탈)의 경지에 이를 수 있다는 것이잖아? 구원의 문제에 있어서 기독교적인 입장과는 상이하더라고.

기독교적인 입장을 불교적 용어로 굳이 표현해본다면 타력본원(他力本源)이라고 할 수 있을까? 이 부분의 비유가 적절하다고 장담을 못하겠네. 구원의 문제를 이런 용어로 표현해본 것이 너무 외람된 일이지? 그래서 이를 다시 설명해야겠어. 타력본원이라는 단어를 예로해서 말하려던 내용은 다음과 같아.

인간이 아무리 노력해도 스스로는 구원의 경지에 도달할 수 없다는 것.

지금은 종교다원화 시대야. 또 구원에 관한 여러 학설이 등장해 있어. 앞으로 더 많아지겠지. 그러나 인간이 스스로 구원을 얻을 수 있는 길은 어디에도 없어. 불가능해. 그런 주장은 인본주의에 바탕을 둔 궤변일 뿐이야. 최고의 지성으로 무장했다는 이들의 착각일 수도 있고. 다시 말해서 이는 피조물의 터무니없는 교만의 한 방편으로 나타난 것이야. 역사 속에서 이런 형태의 주장은 끝없이 이어져 왔어. 거기에 대한 통찰을 지닌 이들이 누누이 설명하기도 지겨운 인간의 무지인 것이지.

구원에 이르는 길은 오직 한 가지 밖에 없어. 그리스도께서 내 본질의 문제, 즉 내 죄를 대속(代贖)하신 그 은혜를 힘입어야만 한다는 것.

성경 전체의 내용은 정말 심오하고 광대해. 나 역시도 평생을 읽어오고 있지만 여전히 헤아리지 못할 부분이 많지. 그러나 구원에 관한 이 문제에 대한 해답만은 그렇지 않아. 아주 단순하고 간단해. 이는 참 놀라운 사실이야. 성경을 통한 이 말씀의 선포를 믿는 사람들은 정말 자유롭게 되는 것이라니.

"사람이 마음에 믿어 의(義)에 이르고 입으로 시인(是認, 그리스도께서 내 구주가 되신다는 사실)하여 구원에 이르느니라" 로마서 10장 9 - 10절의 말씀이야.

이런 종교적인 언급은 여기까지만 할까?

비유는 종교에서 추구하는 핵심의 설파에도 흔히 사용되고 있거든. 시 창작에서 이 비유의 힘과 효과를 깊이 인식하고 있으면 좋겠다는 뜻에서 앞 단락의 이야기들을 해본 것이야.

그럼 아주 유명한, 그러나 그 본질이 내포하고 있는 의미는 간과한 채 읽기를 잘했던 시 한 편을 곱씹어보기로 하자고.

숫타니파라 2 중에서

물속의 고기가 그물을 찢듯
한 번 타버린 곳에는 다시 불이 붙지 않듯
모든 번뇌의 매듭을 끊어버리고
무소의 뿔처럼 혼자서 가라

소리에 놀라지 않는 사자와 같이
그물에 걸리지 않는 바람과 같이
흙탕물에 더럽히지 않는 연꽃과 같이
무소의 뿔처럼 혼자서 가라

이것을 읽으며 집착과 망상에서 벗어나는 의지, 그 의지에 대한 자력본원의 모습이 어떻게 비유로 표현되었는지 깊이 숙고해 보라고 권하고 싶어.

4) 창조적 인식을 바탕으로 한 생명력 있는 비유

비유는 시인만의 독창성과 상상력에 의해서 주지와 매체를 결합시켜. 그렇게 미지의 사물을 드러내고 있지. 이것은 시 창작에 있어서 가장 중요한 시적 원리이며 표현방법이야.

시의 무게를 헤아려볼 정도의 역량을 갖춘 사람이 있어. 그가 어떤 시 한 편을 앞에 놨다고 해. 무엇을 제일 먼저 살펴볼까?

우선 그 시에 사용된 비유와 그 발휘하는 힘을 가늠해본다고 하면 아마 틀림없을 것이야. 거기에 다음의 말을 덧붙이고 싶어.

좋은 시는 읽는 순간, 우리가 흔히 느끼며 알고 있던 의미에 특별한 새로움을 준다고. 그래서 놀라움이 느껴지게 한다고. 그것은 다 독특한 비유를 통해서 나타난다고.

시적 장치나 구조에 익숙해지면 무의식적으로라도 비유와 이미지를 사용하게 돼. 그렇다고 사용된 모든 비유가 다 창조적 역할을 하는 것은 아니야.

비유는 원관념(主旨)과 보조관념(媒體)의 결합으로 이뤄진다고 이야기했지? 그러나 상상력을 필요로 하지 않을 만큼 상식적이거나 진부하고 낯익은 것이라면 죽은 비유라고 할 수밖에. 이것은 비유로서의 생명력이 없다는 뜻이야.

사랑은 한 줄기 바람, 사랑은 잠시 타오르는 불꽃, 등등 이런 진부한 비유는 헤아리기 어려울 만큼 많지. 이 사랑이라는 주지(主旨, 원관념)에 한 줄기 바람이나 잠시 타오르는 불꽃이라는 매체(媒體, 보조관념)가 결합됐다 한들 이런 비유는 이미 습관화, 상투화되어 있어. 사물과 세계의 의미를 새롭게 보여줄 힘은 지니지 못했다는 뜻이야.

다시 말해서 시에 생명력을 줄 수 있어야 진정한 비유이지.

이는 창조적 인식을 바탕으로 한 시인의 독창성에서만 나타나. 진정한 의미에서의 비유는 이것을 말해. 한 편의 시가 힘을 발휘하게 되는 것도 여기서부터 출발하고 있지. 즉 시인의 상상력과 독창성의 힘은 '펄떡펄떡' 살아 있는 비유의 창조로부터 시작된다는 뜻이야.

5) 통찰력과 상상력을 바탕으로 한 비유

비유에서의 통찰력은 이질성 속에서 각 대상이 지닌 동일성과 유사성을 발견해내는 것이야. 이런 바탕에서 창작된 시는 그 표현에서 신선함과 경이감이 느껴져. 그 구조까지도 튼튼하다는 느낌을 갖게 해.

20세기 말쯤에도 많은 시들이 발표됐어. 그 중에는 사회로부터 하찮게 여겨지는 것들의 비애감과 별 볼일 없는 존재들의 소외감을 담은 내용이 많아. 하지만 이런 비애감이나 소외의 고통을 묘사하면서 '거품' 물기를 먼저 한 것들도 있었어. 물론 시의 형식을 빌리기는 했지. 그러나 자세히 들여다보면 시의 본질은 존중하지 않는 태도가 노출된 경우였거든.

지금 한 이야기는 전적으로 내 주관적 견해야. 그렇더라도 그런 것들은 시라는 감수성의 세계를 이용한 것인지도 몰라. 나는 그런 의구심을 버릴 수 없었어. 한편으로는 반성하기도 했지. 어쩌면 나 역시 그런 부류가 아니었을까 하는 부분에서.

또 안타까운 것이 있다면, 쓰면서 그렇게 거품 무는 태도에서 나온 시의 영향력이 괴상한 쪽으로 행사됐다는 것이야. 은연중에 이 영향을 받은 사람들이 쓰는 시가 천박해졌다는 것. 거기에 아무런 당위성이나 정서적 공감대가 느껴지지 않는 괴상한 언어가 난무하는 것도 볼 수 있고.

요즘도 시 가운데 무수하게 등장하는 테마는 삶과 죽음의 문제야.

삶의 태도에 대한 명확한 인식과 철학도 없이, 삶의 진정성에 대한 고민도 없고, 가치관조차 헐렁거리면서, 사는 일에 긴장감도 갖고 있지 않은 이들이, 마치 자신이야말로 삶의 모든 상황을 맛본 사람인 것처럼 삶과 죽음을 재단하고, 판단하고, 결정해버린 언어를 사용하는 것을 보면 기막힐 때가 있지.

시를 쓰려면 어떤 상황과 어떤 굴절된 가치관의 표현에서도 그 이면, 즉 자신이 감춰놓은 세계관을 은연중에라도 보여줄 수 있어야 하는 것이거늘.

깊은 통찰력과 성숙한 상상력을 소유했다면 대상들이 갖고 있는 차이성(이질성) 속에서도 동질성을 발견해낼 수 있어. 자기 내면인식 속에서 이것을 끄집어내고 언어로 표현해서 독자의 공감을 얻어내는 사람이 시인이야. 자기가 지닌 힘을 노출시킬 수 있는 방법도 이런 것이고.

이질성 속에서 유사성을 발견해내고, 그것을 동일성으로 전개하는 과정에서 비유를 창조해낼 수 있는 힘. 이야말로 시인이 갖춘 성숙한 정신과 제대로 된 상상력의 증거라고 할 수 있어.

이런 시인의 성숙한 정신과 풍부한 상상력이 발휘된 언어 표현이 시로 만들어졌어. 또 그것이 제대로 읽혀지게 됐다고 해. 그렇다면 그 시는 이 무질서한 정서의 세계를 새로운 질서로 나아가게 하는 이정표 역할을 하지. 갖가지 무가치한 사유로 말미암아 황폐해져서 삐꺽거리고 덜컥거리는 정서를 풍요롭고 반듯하게 만들 수 있어.

때문에 시인은 힘을 갖고 있어야 해. 권력이나 외부적인 힘을 말하는 것이 아니야. 자기가 하는 일에 대한 파워를 말해. 즉 비유에 대한 명확한 이해를 하는 것이지. 그로 인해서 사물에 대한 통찰력을 깊이 갖게 되는 것이고. 이렇게 된다면 시 창작에 있어서 사물과 세계를 새롭게 조명할 수 있는 힘을 시인은 더 많이 얻게 될 것이야.

이런 까닭에서라도 그대와 나는 시 창작에 있어서 인식을 새롭게 창조해내는 방법을 습득하고 있어야 해. 이런 힘을 얻는 방법 중 하나가 바로 비유에 대해서 익숙해지는 것이니까.

6) 비유가 발휘하는 에너지

음, 이런 이야기를 여기서 해도 괜찮을까? 내가 생업으로 하는 일에 관한 것. 응? 처음에 다 털어놓았으니까 수다스럽지 않게 하라고?

나는 작은 공장을 운영해왔어. 육체노동에 관련돼 있었지. 현장에 나가보는 일도 흔한 일이었고. 여기까지는 맨 처음에 읽어서 알고 있는 사실이지? 그럼 다음 이야기를 들어봐.

현장에 나가볼 때는 가끔 거기서 야릇한 일에 부딪기도 했어. 함께 일하던 작업자들 중에는 수많은 세월을 노동현장에서 지내온 숙련된 기능공이 몇 사람 됐거든? 이들의 개성은 다 틀려. 그러나 일관된 특징을 보여주지. 일과 관련된 부분에서는 절대적으로 자신의 관록을 인정받고 싶어 한다는 것. 이는 당연하지 않겠어? 자기존재성의 확인일 수 있으니까.

그런데 가끔은 문제가 발생할 때가 있었어. 이들 중에 어떤 사람은 자기 경험, 자기 숙련의 범위에서 벗어나는 일은 좀처럼 인정할 줄 몰랐다는 것이지.

혹시 그대도 그런 경우가 있다면 대처방법을 알려줄게.

먼저 상대의 의견을 충분히 들어주는 것이야. 그 입장에 대한 배려는 물론 아끼지 말아야 하고. 그래도 얼토당토않은 고집이 계속 나타나면 어찌 하느냐고? 그럴 경우에는 가차 없이 무찔러버리는 것도 한 방편임을 알고 있으면 좋겠네.

이런 내 태도를 보고 어떤 이가 말했어. 부르주아 노가다(이 말은 공사현장에서 흔히 쓰는, 일제의 잔재로 남은 용어인데 여기 인용한 것을 양해 바라며)의 태도가 역력하다고.

나는 사실 사람의 눈길을 많이 의식하는 편이야. 또 타인들의 관점도 존중하며 이해한다고 할 수 있지. 그러나 그런 때, 그런 경우, 그런 말을 들으면 그냥 무시해버릴 수 있는 작자이기도 해. 그런 투의 말과 태도는 명확한 인식의 바탕 위에서 나온 것이 아니니까. 담겨 있는 뜻은 자기들과 내가 계층이 다르다는 느낌으로 하는 말이라는 것도 알고 있었고.

사실 배움이나 소유에서 그들과 나는 큰 차이가 없었거든? 그런데도 내가 어딘가 모르게 고상 떨고 있다는 식의 야유가 담긴 그 강박관념은 헤아려줘야 했지. 그렇다 할지라도 나는 태연했어. 사람과 사람 사이에 계층이 있다는 생각은 전혀 하지 않았으니까. 사람들이 민감해지는 것은 상황의 차이인데, 이 상황은 언제든 바뀌는 것이라는 인식을 갖고 있으니까. 다만 하는 일의 기능성에서는 차이가 있을 수밖에 없다고 인정하는 사람이니까.

내 인식체계 속에 자리 이 가치관은 지금도 변함이 없어. 그리고 당시 그 분야에 있어서 나 역시 상당히 숙련된 기술자였거든? 일의 진행상황에 대한 정확한 감각도 지녔지. 균형감을 지니고 있었다는 이야기야. 그러니까 자기존재성을 드러내기 위한 억지인지, 일을 충실히 진행시키기 위한 주관의 주장인지에 대한 분별력이 확실하거든? 더구나 나는 답답하게 융통성이 없는 사람이 아니야. 그러면서도 원칙주의자에 가까운 사람이란 말이야. 본질에 대한 분명한 인식을 하는 습관을 지녔다는 것이지.

이야기가 엉뚱한 곳으로 흘렀네. 각설하고, 시 쓰는 일에서도 이와 비근한 예는 많이 있어. 앞에 한 말과 비교해서 한 가지를 더 보기로 들게.

공장에 새로운 공구나 기계를 들여왔어. 업무능률 확대를 위해서야. 그런데 여태껏 해온 작업자들의 습관에서는 이것을 다루는 것이 낯설 수 있단 말이야. 대충 다루거나 도외시하거나 거추장스러워하기도 해. 그럴 경우의 능률은 여전히 그저 그럴 수밖에. 말하자면 고비용, 저효율의 결과가 발생한다는 것이지.

시에서도 마찬가지야. 지금까지의 작업환경(시 창작)에서는 일상적이고 보편적인 생산방법만을 사용했어. 한쪽에 자리하게 된 새로운 공구(비유)의 진정한 힘과 효과를 모르고 있어. 그렇다면 더 튼튼하게 써보려는 일을 이해 할 수 없을 뿐더러 더 좋은 시를 써보겠다는 욕심은 어불성설(語不成說)이라는 이야기야. 어불성설이 무슨 뜻인지는 알지? 어? 표정이 변하네? 미안!

비유는 표현하고자 하는 대상을 곱게 꾸미거나 수사적인 기교를 부리기 위해 사용하는 것이 아니야. 시 창작에 있어서 시적 재료의 본질에 바짝 다가서기 위한 가장 효과적인 방법이지. 추상적이고 불투명한 관념 등, 눈에 보이지 않는 의미를 가장 구체적이고 선명하게 드러내는 첩경이기도 해.

이처럼 시에 담긴 좋은 비유는 새로운 의미를 만들어내는 힘이 되는 것이야. 시인이 관찰한 사물의 보이지 않는 부분, 즉 미지의 부분이 드러나는 통로의 역할을 하기도 하지.

시적 재료로 포착된 대상이 이 비유를 통해서 새로운 모습과 의미를 앞에 드러내면, 독자는 거기에 공감하는 경험을 통해서 자신의 삶과 세계를 넓혀갈 수 있는 것이야. 이것을 시가 지니고 있는 리얼리티(Reality)라고 해.

좋은 비유에는 시인의 독창성이 드러나게 돼. 당연한 것 아니냐고? 맞아. 그런데 이 힘은 대상에 대한 인식을 구체적으로 숙성시켜야 가시화돼서 나타나는 것이야.

시의 구성에서 제일 중요한 것이 구체성 확보라는 말은 잊지 않았지? 그래야 정서적 공감대가 생긴다는 것도 새겨뒀고?

좋은 비유도 마찬가지야. 대상에 대한 시인의 내면인식이 구체적으로 숙성된 다음에 독창성, 즉 독특함과 개성으로 나타나거든? 비유의 독창성이 특출하면 신선한 울림이 발생하는 시가 돼. 이는 흔들림 없는 사실이야. 명심해주면 좋겠어. 이것으로 시인의 비범성과 평범함이 구분되기도 하니까.

7) 의인법(personification)

시의 유형에는 여러 가지가 있어. 크게 서사시와 서정시로 나누지. 요즘은 오히려 서정시와 모더니즘 시로 구분하기도 해. 시에 이야기가 사라지고 또 내용이 짧아져서 그런지도 모르겠네. 호흡도 가빠진 듯싶고. 하여튼 이 모든 틀에서의 중심은 서정시라고 할 수 있어.

서정시의 본질을 가장 잘 구현해낼 수 있는 비유의 방법이

의인법(personification)이야. 이 부분을 잘 기억해두면 좋겠네.

서정시의 고유한 정신은 세계와의 일체감이야. 여기에 조화와 융화를 포함하지. 사물에는 인격(personality)을 부여해. 대상과 보다 분명한 소통을 하려는 때문이야. 서정시에서는 이것을 세계와 합일에 이르는 통로라고 말하고 있어.

시에서는 하나의 사물을 '이것'이나 '저것' 혹은 '그것'으로만 보지 않아. 하나의 인격인 '너'로 간주하는 경향이 있지. 어떤 것이든 그 존재성을 인정하려고 해. 이것이 뭇사람과는 구별되는 시인만의 심성이라고 할 수 있을까?

시인은 사물이나 대상에게 존재로서의 의미를 적극적으로 부여하고 있어. 세상에 있는 모든 것이 다 존재의 이유가 있다는 인식이지. 거기에 숨겨진 비밀을 자기 감수성의 통로(이미지化)로 다시 창출해내는 창조자이기도 해.

의인법에는 동화(同化, assimilation)와 투사(投射, projection)라는 것이 있어. 이는 모든 사물에 인격성을 부여해서 무생물까지도 살아있는 것으로 여긴다는 뜻이야. 즉 의인법의 특징은 모든 대상을 인격화한다는 것이지.

사물을 자신 속에 끌어들여서 세계를 자아(自我)화하는 것을 동화라고 해. 사물을 인격화해서 거기 스며들어가는 것이야. 자아를 세계화해서 사물 속에 투여시키는 것은 투사라 하고.

비유법에 한 가지를 덧붙여본다면 의성법(onomatopoeia)과 의태법(mimesis) 등이야. 이것들은 소리가 빚어내는 음악적 효과를 나타내면서 시의 운율 형성에 기여하고 있지. 예를 들

어서 따르릉, 쨍그랑, 땡땡 등과 같은 의성어라든가, 글썽, 총
총, 피식, 왈칵, 넘실넘실, 엎치락뒤치락, 곤드레만드레 등등의
의태어가 묘사된 시들의 장면을 연상시켜봐. 그 의미가 확실
해졌지? 이것들이 어떻게 청각과 시각에 호소하는지도 분명
해졌을 테고.

의성어는 청각에, 의태어는 시각에 더 강하게 호소해. 이
부분도 분명해졌으리라고 믿겠어.

비유에 관한 대강(大綱)을 말한 것 같아. 이제 이 단원을
마무리하면서 다른 이야기로 잠시 쉬었다 가기로 할까?

어디선가 아래의 옛글을 읽은 기억이 나네. 누구의 글인지
는 나도 모르겠어. 어떤 이가 거기 엉뚱한 토(討)를 달아놓았
더라고. 그때 픽, 웃었는데 그런 내 태도를 들여다보며 혼자
머쓱하고 미안한 기분이 들었지.

文以拙進 道以拙成 一拙字 有無限意味

如桃園犬吠 桑間鷄鳴 何等淳龐

至於寒潭至月 古木之雅 工巧中 便角有衰挿氣象矣

윗글에 대해서 이야기하기 전에 신세타령부터 해야겠네.

생각해보니 나는 한글을 배우면서 천자문도 같이 읽어야
하는 팔자였어. 조금 지나자 소학과 명심보감이 곁들여져서
먹여지더라고. 나중에는 사서오경과 다른 것까지 이것저것 들

취봐야 했는데, 내 선조부께서는 당신이 닳도록 읽으신 흔적
이 남은 주희는 용납하셨어. 그런데 이상하게 오경 중에서 춘
추와 주역 읽는 것은 썩 달가워하지 않으시더라고. 뭐, 어린
아이가 읽기에는 마땅치 않은 것이라나?

이 어른께서는 2대째 독자(獨子)로 혈통을 잇다가 당신의
대에 몇 남매를 생산(生産)하셨어. 그래서 안심하시던 시골
노인이었지. 나는 그 장손이라는 명분으로 모친의 젖도 다 빨
기 전에 선조모님의 품으로 끌려들어간 고달픈 신세였거든?

백부께서는 슬하에 어린 딸 하나만 남긴 채 일찍 세상을 버
리셨대. 우리 선친께서 그 장자의 역할을 이어받아야 했고. 묵
묵히 목수의 일을 하며 부모봉양과 자녀양육을 하시던 충실한
효자였어. 넉넉지 못한 시골선비의 살림에서 모든 배려와 교
육의 기회까지 형에게 빼앗긴 분이야. 또 나중에는 당신의 아
우에게도 양보해야 했지. 그 보람도 없이 형이라는 분은 포부
도 펼쳐보지 못하고 일찍 떠나셨단 말이야. 상당히 비범한 분
이셨다는데…. 덧없이 느껴졌을 것 같기도 해. 심지어는 당신
의 맏아들인 나에게까지 그 분의 뒤를 잇는 장손의 명분을 허
락해야 했으니. 그러나 전혀 내색하지 않으셨어. 숙부께서는
이런. 우리 선친이 생존해 계실 때 지극히 존경하며 섬겼어.
또 내 아버지는 그것으로 충분하다고 거기에 만족하셨던 기억
이 남았네. 나는 거기서 형제의 우애에 대한 모범을 배웠지.
그러나 나는 아버지에 대한 애증의 감정이 깊었어. 지금 생각
해보면 아주 깊이 사랑했던 까닭이라고 여겨져. 내 바로 밑의

아우도 늘 이런 말을 했지. "두 분이 그렇게 부딪는 것은 부자지간에 너무 안타깝게 사랑해서 그런 것 아니우?"

하여튼 나는 아직 출가 전의 막내고모님과 선조모께 많은 쓰다듬을 받았어. 그 품에서 자음모음의 문자조립도 배웠지. 이것저것 세심한 보살핌이었어. 하지만 잡다한 간섭 또한 많았으리라는 것은 그대도 상상할 수 있지? 그 배려는 고마운 것이었어. 그러나 솔직하게 이야기하자면, 갖가지 참견과 격식에 얽매었던 기억이 꼭 즐거웠다고는 말할 수 없단 말이야. 그렇다 한들 뭐, 어쩔 수 없었지. 다른 집안에서도 다 그렇게 하는 줄 알았으니까.

그 표의문자를 읽고 쓰던 일도 그래. 입장을 바꿔놓고 보자고. 지금의 꼬맹이들이 아메리카와 잉글랜드에서 사용하는 꼬부랑글자를 웅얼거리고 그려보고 하는 것과 같은 이치일지도 모르겠네.

어찌됐든, 내가 선조부 앞에서 글 읽을 때 하던 것처럼 그대도 상체를 설렁설렁 흔들어보라고 말하려니 웃음이 나오네?

각설하고, 위 첫 문장이 하는 이야기는 '글은 졸(拙)함에서부터 나아지고 도(道)는 졸함으로써 이뤄지나니, 이 졸(拙)이라는 글자 하나에 헤아리기 어려울 만큼의 뜻이 담겨져 있다'는 뜻이야.

그 옛날, 선비의 처신은 이런 것이 더 평가를 받았대. 내 선조부께서도 말씀하셨던 기억이 있어. 그렇다고 글과 도와 사람이 꾸밈도 없고 어수룩하게 보이는 것이 더 높은 경지라고 할 수 있을까? 나는 그 말에 동의 했던 것 같지는 않아. 선뜻 납득하지도 못했던 것 같고.

어쨌든 세월이 지나갔어. 그러면서 그 어른께서 경계하셨던 것을 알게 된 느낌은 갖게 됐지. 약간의 재능은 지닌 듯한 작자가 삼가지 못하면 재승박덕의 태도가 나타나지 않겠어? 이로 말미암아 천방지축 하게 될 것을 경계하신 것이라고 여겨져.

글과 도(道)와 사람이 졸(拙)한 것을 높게 쳐주는 까닭이 있어. 능(能)한 것은 속되기 쉽고 꾸민 것은 생기가 없기 때문이야. 이것은 내 경험 속에서 사실로 증명되기도 했으니 생각해 보면 참 이상하기도 하지? 옛 어른의 선견(先見)에는 반드시 따라야 할 부분이 있음을 느끼게도 하고.

우리말로 바꿔본 위 문장의 두 번째와 세 번째 행의 내용은 다음과 같아.

'복사꽃 핀 마을에 개가 짖는다. 또 뽕나무 사이에서는 닭이 운다니 이 얼마나 순박한가. 그러나 찬 연못에 달빛 비치고 고목에서는 까마귀가 우짖는다니 교묘하기는 하다. 그렇더라도 이는 쓸쓸하면서 가벼운 기상이 있음을 느끼게 하는 것이니.'

그대도 시인의 감수성으로 함께 이 표의문자(表意文字)들 속에 담긴 뜻을 헤아려볼 테야? 응? 그 전에 내가 먼저 풀어서 이야기해 달라고? 거 참, 정 그렇다면 미리 말해둬야겠어. 이는 엄살이 아니야. 내가 해보는 이 문장풀이를 가이드가 아

닌 힌트 정도로 여겨달라는 것이야. 왜냐고? 나는 이제 표의
문자에 익숙하지 않아. 감각도 흐릿해. 표음문자의 언어가 나
타내는 기표(signifiant)에만 신경 쓰고 있기 때문이지. 표의문
자의 책을 덮은 뒤 강산이 변하는 세월도 서너 번 지났으니
까. 하여튼 이런 범위 안에서만 설명해볼게.

앞에 제시된 문장에는 두 가지 형태의 표현이 등장해 있어. 꾸밈
이 없는 것과 도식적인 표현. 그래서인지 문장의 구조가 자연스럽
지 않아.

옛글들에 나오는 비유에서 도원(桃園)은 신선이 사는 곳을
일컫거든? 그런데 개와 닭은? 사람 사는 곳에 있는 것들이지?

흔히 깨끗하고 맑고 조용한 곳을 도원경이라고 해. 그런데
이 티끌 하나 묻어 있지 않을, 신선이 산다는 도원에서 여염
집처럼 개가 짖고 닭이 운다는 표현이 나타났어. 무슨 생각이
들어? 격의 없는 그 상상력과 표현이 참 진솔하고 순박하게
느껴지지 않아?

이에 비하여 그 다음의 표현은 찬 연못에 달빛이 비치는데
까마귀가 고목 위에서 우짖는다고 했단 말이야. 표의문자의
특징을 담은 아주 교묘하고 그럴듯한 표현이라는 느낌을 받
는단 말이야. 하지만 그 표현의 태도에서 너무 도식적인 모습
이 나타나고 있단 말이야. 그대도 그렇게 느끼고 있을지 궁금
하단 말이야.

위 마지막 단락에서는 '말이야'를 문장어미로 사용하면서

좀 유머러스하게 강조해봤어. 좀 명랑해진 기분이 들어? 좀 명랑한 기분이 들었느냐는 질문은 왜 했느냐고? 사실은 위 문장을 살펴보면서 이야기할 것이 있어서였지.

시 창작 태도에는 진솔함과 진정성을 담는 것과 함께 자기 과시나 현시욕에 사로잡혀 있지 않은 따뜻함과 지난 일의 고통이나 쓰라림 같은 것에도 얽매어 있지 않겠다는 활달한 마음가짐까지 담아보겠다고 결심하는 순간부터 시인의 내면인식은 더욱 숙성된다는, 튼튼하고 울림이 있는 시를 쓸 수 있게 진전돼 간다는 그 이야기를 하고 싶어서였어.

어때? 느낌이 왔어? 이 문장구조의 형식에 대해서도 덧붙여볼까? 물론 그대도 알고 있는 사실이지만 말이야.

방금 전의 단락처럼 종결어미를 사용하지 않고 길게 이어서 진술한 문장을 만연체(蔓衍體)라고 해. 이런 형식은 사양해야겠지? 독자가 읽으면서 지루해 하거든? 이것을 한 번 더 확인시키고 싶어서였어.

05 시 언어의 표현범위

시 언어표현에 있어서는 반드시 그 표현 범위에 대한 폭과
깊이가 설정돼 있어야 해. 절도 있는 내용을 담기 위해서야.

그대 역시 자신이 드러낸 언어에서 빛이 발휘되기를 바라
지? 그렇다면 이는 꼭 기억하고 있어야 할 부분이야. 이런 인
식을 갖게 되면 한 편의 시에 자신의 모든 것을 쏟아 부으려
는 태도를 버릴 수 있거든? 왜 이런 이야기를 하느냐고? 한
편의 시에 자신의 모든 것을 다 쏟아 부으려는 태도를 버리
지 못하면 쓰는 일에 곧 기진맥진하게 되거든? 나는 그것을
알고 있어. 아주 충분히 경험했기 때문이야.

이렇게 창작된 시는 맛을 가리기가 어려워. 마치 음식을 잔
뜩 내놓은 것이라고 할까? 그릇 하나에 여러 음식을 가득 담
아서 섞어버린 것과 같아. 그 음식의 특정한 맛은 이미 상실
돼 버렸을 테고.

또 한편으로는 언어표현의 태도가 감각(맛)만을 쫓는다면 대상에 대한 깊이와 통찰(영양분)이 미흡해질 수 있어. 이는 언어를 말초적으로 기교화(Instant)할 위험성을 내포하는 것이야.

이 방식을 절대화하는 인식을 갖는다면 어떤 일이 생길까? 아마 얼마 지나지 않아서 쓰는 일의 막다른 골목에 들어서게 되겠지. 여기에 매달려 있으면 더 이상의 진보를 기대할 수 없어. 그대가 이를 염두에 둘 수 있으면 좋겠는데. 나처럼 시행착오를 겪지 않을 테니까.

이런 부분은 서정주 선생의 책 『시 창작법』(예지각, 1990)에도 언급돼 있는 것이야. 언어감각에 탁월한 재능을 지녔다고 자부하는 이들이 명심하지 않으면 마주치게 될 한계라고 말해주고 싶어.

1) 시 언어의 감각

시적인 관점으로 사물을 살펴보는 것을 시적사고(詩的思考)라고 해. 여기에 충실하다 보면 생활태도까지 변화를 일으켜. 대상에 대한 감각(감수성)이 예민해져. 그에 따른 언어적 표현도 점점 능숙해지지. 대상에 대한 느낌도 보통 사람들과 틀려지고

시인의 개성적 감각과 참신하고 생생한 언어표현이 시에 나타나는 까닭이 여기에 있어.

감각이 돋보이는 시를 읽다 보면 관습적으로 느끼고 있던 대상에 대한 느낌이 새로워지지? 무디고 둔한 감각을 깨뜨리

는 언어적 표현에는 저절로 감탄이 나오고?

이처럼 감각에 호소해오는 언어는 그 표현의 새로움을 맛보여주는데 있어서 자타를 가리지 않아. 내가 쓴 시를 내가 읽어볼 때도 그런 경우가 있었어.

대상에 대한 참신한 감각과 그것을 표현해내는 능력은 시인으로서의 기본적 조건이야. 그 감각을 헤아려 읽어내는 것도 마찬가지겠지. 서정주 선생께서도 책에서 이 감각의 능력을 시인의 최초의 능력이라고 했어. 그렇지 않으면 시인도 아니라면서.

너무 심한 말로 들린다고? 그래, 심한 말일 수 있겠지. 그러나 시를 쓰고자 하는 이들에게는 이런 엄격한 자기 성찰이 필요하다는 의미가 거기 담겨있어. 시인은 그런 감수성을 키우는 데 게으르면 안 된다는 일침이라고도 여겨지고.

시인에게는 대상에 대한 감각, 자신의 내면인식에서 돋아나온 감수성, 이것들을 표현해내는 능력이 요구되고 있어. 이는 당연히 갖추고 있어야 할 기본이겠지.

이렇게 어려워서야 어디 시인 흉내나 내겠느냐고? 한 가지만 묻겠어. 그대가 만약 시를 쓰지 않겠다면 무엇으로 충족감을 얻을 수 있는데? 왜 묵묵부답이람? 응? 힘들어도 쓰는 일에 게으르지 않겠다는 대답을 속으로 했다고? 그러면서 투덜대고 있다고? 좋아, 아주 마음껏 투덜대기를. 그러나 힘들어도 쓰는 일에 게으르지 않겠다는 답변을 얻었으니 나는 기뻐. 기대가 돼. 그대는 곧 이 세상의 세계를 아름답게 변화시키는 도구로 사용될 테니까. 그런 또 한 사람이 늘어났으니까.

앞에서도 이야기했어. 언어감각에만 의존하려는 태도는 대상에 대한 깊이와 통찰력에서 소홀해지기 쉽다고. 그런 인식을 넘어서지 못하면 시적 깊이에 결여되는 것이 생기게 돼. '울림을 주는 시'를 창작해내기가 무척 힘들어. 때문에 이 부분을 다시 강조하는 것이야. 잘 새겨둘 수 있기를.

2) 시 언어에 담긴 정서

감각표현의 능력은 시인의 기본이잖아? 그렇다면 그 다음은 무엇일까? 바로 정서의 단계야.

사실 시 창작에 있어서 대상에 대한 감각보다 한 단계 앞서는 것이 정서의 부분이야. 물론 대상에 대한 감각(감수성)에 충실해진 다음에야 이를 가늠할 수 있는 것이기는 해.

감각은 순간적인 것이지. 그러나 감각하여 얻은 느낌이 마음속에서 오랫동안 숙성되면 충실하게 농익은 정서가 돼. 감각하여 얻은 느낌을 마음에 담아둘 수 있는 힘이지. 감수성에 넓고 깊게 반응하는 능력이라고도 해. 정서는 감각의 느낌이 시인의 내면에 오랫동안 자리 하게 되면서 발생되는 것이야. 이런 정서는 쉽게 사라지지 않아. 지속성을 지니고 있지.

혹시 누군가를 사랑한다면 그 감정이 감각적인지, 정서적인지를 가늠해서 대비해보면 분명히 알게 될 것이야.

만약 감각적인 사랑이라면, 순간순간 말초적으로 타오르며 화사한 모양을 보여줄 수는 있겠지. 그러다가 어느 순간부터는 이것이 지겨워지기도 해. 그 화사한 모습이 대수롭잖게 여겨지기도 하고. 반면에 정서적인 사랑은 그렇지 않거든? 잊으려 해보지만 잊히지 않아서 고달파하는 것과 같단 말이야. 잊고자 애쓰는 마음조차 견딜 수 없으니.

그렇다면 이런 상태를 극복하는 방법이 무엇일까? 응? 이런 마음은 그냥 혼자 간직해 놓는 것이 좋다고? 그래, 맞는 말이야. 어? 그런데 답변 뒤에 덧붙인 말은 또 무엇이람? 괜히 도사 앞에서 폼 잡은 것 같다고? 참 내.

정서적 상태에 잠기게 된 사랑은 닥친 상황에 순응하겠다는 것이야. 또 다른 결단의 모습일 수도 있겠지. 아주 오랜 기다림의 시작, 상사(相思)의 결과도 염두에 두지 않는 절절함의 각오까지 포함하고 있는 것을 말해.

예로 들었지만 이런 것들을 일컬어 정서적 반응이 일으킨 태도라고 해. 그 반응이 일으킨 태도에는 대상을 배려하고 깊이 감싸주려는 격조(格調)가 담겨져 있지. 결코 요란하지도 않으면서.

시를 쓰는 일도 이와 마찬가지야. 시인이 간직했던 것을 표현하지 않으면 견딜 수 없는 것. 이것을 '시인의 정서'라고 해.

정서와 감각은 당연히 차이가 있지. 대상에 대한 감각능력은 시인으로서 갖춰야 하는 기본이야. 그러므로 각 시인이 지닌 감각의 차이를 가늠하는 일은 별 의미가 없어. 그러나 정서의 문제는 다르지.

만약 황폐한 정서, 천박한 정서가 언어의 감각만으로 현혹하는 문자를 나열했다면? 엄밀한 의미에서 이것을 시라고 할 수 있을까?

혹시 그런 시를 읽은 누군가가 그 언어감각에 빠져들어서 그 시를 곁에 둘 경우는 있겠지. 그러나 가까이 하다 보면 곧 그 바닥을 들여다보게 될 것은 분명해. 그런 시의 정체에 대해서도 명확한 인식을 할 테고.

정서표현이 시 세계의 중심이 된다는 것은 사실이야. 많은 이들도 그렇게 말하고 있어. 시는 정서의 극화(劇化)라고 하면서. 이는 정서표현의 방법이 시의 본질에 맞닿아 있기 때문이야.

무슨 뜻이냐고? 시가 정서의 극화라면 이 정서는 시적 정서를 말하는 것이잖아? 다르게 표현하면 미적(美的)정서라고도 해. 이 미적정서는 속에서 갑자기 솟아오르는 것이 아니거든? 순간적인 감각에서 돌출하는 것도 아니겠지? 그대도 한번 이 부분을 신실(信實)하게 생각해볼 테야? 사람과 사물을 대하고 있는 자기 진정성에 대한 성찰이 생길 텐데?

시는 대상에게서 느껴진 감각이 오랫동안 숙성돼서 나타나는 정서를 표현하고 있어. 그렇기 때문에 정서를 가리켜 시 세계의 중심이라고 이야기하는 것이야.

갑자기 시상(詩想)이 떠올랐어. 순간적으로 어떤 언어표현을 썼다고 해. 그러할 때에 이것은 감각표현일까? 아니면 정서표현일까? 훤히 알고 있는 질문을 또 한다고? 그래, 그대도 알고 있는 사실이야. 그럴듯한 언어의 나열인데도 울림이 크지 않다면 감각표현이겠지. 그러나 기발한(돋보이는) 언어표현은 아닐지라도 읽을수록 여운이 남으면 정서표현이라고 할 수 있어. 거기 사용된 언어에 표현하지 않으면 견딜 수 없는 마음의 움직임이 담겼을까? 그렇다면 이는 찰나적 감각의 단계를 넘어선 것이거든? 바로 이것을 정서의 부분이라고 이야기해.

감각표현 능력은 시인이라면 누구나 갖춰야 하는 능력이지. 그러나 정서표현은 오랜 시간의 경험이야. 내면인식의 숙성이며 이것들의 축적이기도 해. 대상의 본질에 대한 집중이기도 하고.

이렇게 내면에서 대상에 집중하게 되면 어떤 일이 발생할까?

감각의 순간에 따라 붙었을지도 모르는 불순한 것들이 걸러지고 순화된 결정체(結晶體)가 만들어져. 이런 미적정서가 언어로 표현되면 시인의 개인적 경험세계와 주관적 감정을 넘어서게 돼. 주관의 객관화가 발생하는 것이지. 독자들과 공감대를 형성하고 울림을 확산시키게 되거든? 이것이 찰나적인 감각표현 능력과 정서표현 능력을 비교할 수 없는 까닭이야.

감각표현은 시인 자신이 지닌 언어감각을 보여주고 있어. 하지만 정서표현 능력은 개인이 갖고 있는 주관성과 일방성의 범위를 뛰어넘어서는 것이지.

시인의 이런 정서표현은 독자들과 공감대 형성을 더 넓고 깊게 그리고 쉽도록 만들어. 새롭지만, 그러나 보편성을 지닌 느낌이 공유(公有)되거든. 독자는 이 정서를 공유함으로써 오랫동안의 감동과 여운을 맛보게 돼. 그래서 정서표현에 충실한 시들은 그 생명력에 지속성을 갖게 되는 것이야.

3) 시 언어를 넘어서기까지

찰나적 감각표현의 단계를 넘어서서 숙성된 정서표현 능력에 탁월하게 된 사람이라면 정녕 시인이라고 할 수 있어.

시를 쓰는 사람은 누구나 다 감각표현 능력과 정서표현 능력을 지녔지. 물론 그 방법과 숙련의 정도에서는 차이가 있어. 그렇더라도 그 우월을 가늠하는 것은 의미가 없는 일이야. 혹시 누군가가 그 차이를 재보려는 태도를 지니고 있을까? 그렇다면 이것이야말로 시를, 사람을 사물로만 보려는 방자함 혹은 어리석음이겠지.

시에 있어서도 격(格)을 가늠하는 방법은 있어. 잘 쓴 시와 못 쓴 시를 따지는 것이 아니야. 좋은 시와 그렇지 않은 시를 구분해보는 것이지. 그러니까 나는 이렇게 이야기하고 싶어. 그대 역시 좋은 시를 쓸 수 있는 사람이 분명하다고.

이제 다음 이야기를 들어볼 테야?

서정주 선생의 말을 빌리자면 감각과 정서표현의 단계를

초월하는 것이 있어. '예지(叡智)의 단계'라는 것이야. 그가 쓴 책에도 그 경지에 도달한 사람은 아직 보지 못했대.

바둑을 아주 잘 두는 고수, 즉 바둑 9단이란 품계를 지닌 사람을 입신(入神)이라고 일컫지? 바둑의 모든 부분을 통달했다는 뜻이야. 사람이 도달할 수 있는 경지의 최고정점에 있다는 표시이기도 하고.

그렇다면 시에서 입신의 경지란 어떤 것일까? 만물의 이치를 보편적 진리의 경지에 이르도록 시로 표현하는 능력이라고 할 수 있을까? 누가 거기 닿아보았을까? 시선(詩仙)이라 불리는 이백이나 시성(詩聖)이라고 일컫는 두보 정도가 거기 근접해 봤을까? 아니면 인생의 우여곡절과 우주를 통치하는 섭리에 대해서 깊은 인식과 통찰력을 갖고 있던 다윗 정도일까? 그의 시가 성경 시편(詩篇)에서 많은 부분을 차지하고 있는 것은 누구나 알고 있을 테니까. 아니면 그의 아들 솔로몬일지도 모르겠네. 하나님께서 주신 지혜로 말미암아 그는 삼천 개의 잠언(箴言)과 일천오십 편의 노래(詩)를 남겼다고 알려져 있으니.

한 번 더 설명하자면 이 예지는 깨달음의 경지야. 삼라만상(森羅萬象)과 합일하는 것이지. 모든 사물의 본질을 구현할 수 있는 단계이기도 해. 이런 경지에 도달했다는 것은 이미 시를 초월한 것일지도 몰라.

세상에 존재하는 많은 사람들은 각양각색의 정체성을 갖고 있어. 그들 모두는 일을 통해서 자아실현의 방법을 찾지. 각자가 하는 일은 하나의 부분에 불과해. 그러나 이 작은 개체가 곧 전체를 이루어가는 것이야. 이것이 삶의 보편적 모습이고.

여기에 대해 깊은 인식을 갖게 되면 그대와 나는 우주 궁극의 원인과 섭리를 깨달을 수 있는 혜안을 얻을 수 있어. 내면에서 숙성된 모든 정서 또한 잘 발효된 누룩으로 만들어지게 돼. 그런 다음 표현되어져 나오는 언어의 모습은 참으로 넉넉하고 아름다워. 시에서 꼭 있을 자리에 있어야 할 언어로 창조될 것도 분명하겠지.

시 창작에 있어서 예지의 단계에 들어서는 일은 참으로 어렵다고 여겨져. 그렇더라도 그 길을 향해 꾸준히 걸어야 할 이유가 있어. 걷는 동안 시인의 삶이 변화되기 때문이야. 부분적인 개체에서 우주적인 존재로의 확장을 꿈꿀 수 있으니까.

그대에게 한 가지 묻고 싶은 것이 있어. 존재는 무엇이라는 인식을 갖고 있는지. 어떤 이는 그냥 '존재로 존재한다는 인식'만으로도 '존재는 존재의 의미'가 있다고 하던데? 그 대답은 말꼬리를 잇는 언어유희 같았어. 그러나 가만히 생각해보니 맞는 말이더라고. 다만 거기에 어떤 구체적 인식을 가지고 한 말인지는 궁금했어. 당연히, 자기가 '의미 있는 존재로써 존재하고 있다'는 분명한 느낌(認識)을 갖고서 한 말이었겠지?

마찬가지로 그대와 내가 시인으로서의 존재의식을 가지려면 언어에 대해서 아주 활달한 느낌을 갖고 있어야 해. 사물과 상황과 관계성까지 시적사고의 인식범위 안에 전환시켜 놓아야 한다는 이야기야.

06 화자와 어조

성악가는 늘 자신의 목소리가 청중에게 가까이 다가설 방법을 모색하고 있어. 때문에 가사가 잘 전달되는 발성법을 훈련하는 것이야. 음색이나 소리의 기교를 습득하는 일은 그 다음의 문제이지.

글도 마찬가지야. 독자가 적극적으로 귀 기울이게 하려면 여기에도 잘 공명된 발성이 살아나야 해. 말하는 사람(話者)의 전달이 공감대를 만들어야내야겠지. 산문, 운문을 구별할 것도 없어.

글 속에는 여러 가지 상황이 있어. 거기 등장한 대상은 반드시 언어를 통해서 자기존재성을 드러내고 있어. 이 언어로 나타난 대상이 자기존재성에 의미를 부여할 수 없다면 그 표현은, 특히 시에서는 있으나마나한 것이야. 군더더기지. 제법 그럴듯하고 화려한 언어가 수식됐더라도 그래. 좀 미안한 말이지만 너저분한 넋두리에 불과하다고 할 수 있어. 그러니까 그대는 아무 쓸데없는, 시 속에 존재할 의미가 없는 말로 시를 장식하려는 태도와 미련은 버렸으면 좋겠고.

대상에 대한 표현은 꼭 있어야 할 그 자리에, 꼭 있어야 할 모습으로 언어가 살아 있음을 보여줘야 해. 이를 위해서는 그 존재성에 대한 설득력 있는 호소가 필요하지. 이 언어들이 각자의 목적을 가지고 시 속에서 살아 있음을 증명하기 위해서야.

시에는 말하는 사람(사물)이 있어. 그것이 꼭 시인 당사자(시 속에서 말하는 주체가 스스로를 '나는' '내가'라고 표현하더라도 그것이 꼭 시인 당사자를 의미하는 것은 아니다)는 아닐지라도 누군가 말을 하고 있다는 이야기야. 이것을 시적 화자(話者)라고 해. 이 화자의 어투, 음성, 말솜씨 등은 같은 시인이 썼더라도 시에 따라서 다 틀리기도 하지.

시 안에서 말하는 이 화자의 어투를 어조(語調)라고 해.

화자와 어조는 시의 주제를 부각시켜. 시의 분위기를 형성하고 시인의 태도를 반영해. 그렇게 해서 독자들을 시 세계 속에 안내하고 이해시키는 역할을 수행하고 있어. 시의 구성 요소 중에서도 아주 중요한 장치이지.

"문학은 그냥 쓰인 채로 있는 글이 아니라, 특정한 인물이 특정한 어조로 특정한 사물에 대하여 특정한 사람에게 하는 말이다."

이상섭의『문학비평용어사전』(민음사, 1992) p. 197에 있는 말이야.

여기에서도 문학의 특징은 담화형식이라고 했어. 시 역시 표현의 구조에서는 담화형식을 취하고 있기는 마찬가지이고. 즉 문학은 말하는 사람과 듣는 사람이 서로의 존재성에 의지한다는 것이지.

시 속의 화자(話者, persona)는 시적 주인공이야. 이를 다른 용어로는 시적 자아(詩的自我)라고 해. 그 이야기를 듣는 이가 없으면 그 시는 시로써 존재할 수 없어.

밖에 보인 것이 아닐 경우에도 그러하냐고? 시인이 창작한 시를 아직 발표하지 않았다고 해볼까? 그런 시는 지은이 혼자 읽을 수밖에 없겠지? 그럴 때에도 시속의 화자가 하는 이야기를 시인은 듣고 있는 것이야. 비록 자기가 창작한 시이지만.

무슨 뜻인지 이해했어? 그래서 문학은 담화형식을 취한다고 하는 것이야.

어떤 시를 한 편 앞에 놓았어. 이 시 속에 등장한 시적 화자가 지금 무슨 말을 해. 섣부른 감상주의나 덜 여문 관념주의 같은 그런 내용이 아니야. 아주 기발한 상상력과 여태껏 알지 못하던 인식세계를 맛본 사람만 할 수 있는 표현이 등장했어. 여기에 분명한 구체성까지 부여돼 있어서 독자가 정서적 공감대를 일으켰다면?

당연히! 이 화자는 독자에게 직접적 영향을 행사하게 돼. 한 편의 시를 이해시키고 공감대를 형성시켜주는 직접적 당사자가 된다는 말이지.

시인은 시의 바깥 공간에 있어. 그렇지만 시인이 내세운 화자는 시 속에서 직접 독자에게 이야기하는 존재거든? 시의 주제나 의미, 분위기와 상황, 정서적 태도 등은 모두 이 화자의 목소리를 통해서 독자에게 감지되지.

한편의 영화를 감상했다고 해보자고 영화에서 일어난 사건이나 내용 못지않게 관심을 불러일으킨 것이 무엇이겠어? 등장인물이겠지? 괜찮은 내용과 주제를 지닌 영화란 말이야. 그러나 등장인물이 역할을 잘 소화해내지 못했어. 그 작품이 성공했다고 말할 수 있을까? 그가 극중의 사건과 잘 어울리지 않았는데? 주제와 동떨어진 개성과 정체성 밖에는 보여준 것이 없었고? 그렇다면 그 영화가 어떠할지는 충분히 상상할 수 있겠지?

시의 화자 역시 영화의 등장인물과 같은 것이야. 시 속에서 다른 요소들과 긴밀하게 어울려 일체가 돼야 해. 그러면 시의 골격이 반듯해져. 또 거기 살을 입히고 윤기가 돌게 하면 참신하고 독특한 개성을 나타나겠지? 이것은 화자가 사용하는 어조(語調)의 일이야.

사실 화자는 시인 자신이라고 할 수 있어. 시는 어떤 문학 장르보다 더 쓰는 이의 주관적 개성이 강하게 드러나기 때문이지. 시 창작은 자기표현(self-expression)과 직결돼 있어. 시 속에 자신의 감정과 태도를 담아내는 것이니까. 시인이 느끼고 발견한 사물의 의미를 제시하는 것이기도 하고. 이처럼 시인과 시적화자를 동일시하는 것은 지극히 자연스러운 것이야.

독자들 역시 시 속에 등장하는 화자의 목소리를 시인의 것으로 여기거든? 시인도 마찬가지야. 시에서 내세운 화자의 말이 자신의 목소리라는 인식이 있어. 화자의 목소리에는 시인의 개성이 들어날 수밖에 없으니까. 이것을 가리켜 시에는 시인의 개성이 포함된다고 하는 것이지.

동양의 시론(詩論)에도 시인의 개성을 강조한 글들이 많이 등장해. 맹자께서도 말했어.

"그 사람이 지은 시를 낭송하고 그 사람이 쓴 책을 읽고서도 그의 사람됨을 모른대서야 되겠는가."

여기에는 시가 시인의 성정(性情)을 써내는 것이라는 의미가 담겨 있어.

이와는 반대로 시에서 시인의 개입이 화자와 동일시돼 있지 않다는 것도 있어. 시인의 개성과 시적화자가 동일시되는 것과는 반대의 개념이야. 시인과 화자를 별개의 것으로 여기는 것에는 근거가 있거든? 현실적으로 시인은 시의 '밖'에 있잖아? 그런데 화자는 시의 '안'에서 존재해. 때문에 시 속에 존재하는 화자의 인격적 요소(말하고 듣고 움직이며 행동하는)가 시 작품의 의미를 규정하는 속성일 뿐이라는 것이야. 말하자면 허구적 요소로 여긴다는 뜻이지.

화자(persona)라는 단어의 어원은 라틴어 퍼스난도(personando)에서 유래했어. 연극 용어로 쓰이던 것이야. 라틴어가 널리 쓰이기 이전의 그리스어, 즉 헬라어에서 찾아봐도 의미는 같

아. 배우의 가면이나 탈, 혹은 그 역할을 규정하는 용어이지. 시에서는 이 단어의 의미가 역할이라는 부분으로 더 주목을 받아.

연극이나 영화에서 역할을 담당한 배우가 합당한 분장을 하고 등장했어. 분장이 그럴듯하니 역할의 개성은 더욱 뚜렷해지겠지? 개성에 구체성을 부여된 것이니까. 즉 제대로 된 분장은 극의 주제나 작품의 효과에 더 많이 기여할 수 있다는 이야기지.

시 창작에 있어서는 사실, 시인의 개입 정도를 살펴보는 개성이나 몰개성에 구애받을 필요는 없어. 시에서 화자가 시인과 동일시되는 개성을 지녔다고 여겨도 괜찮아. 시인과 화자가 별개의 존재라는 몰개성(沒個性)의 부분에 동의해도 상관없고.

더욱 중요한 것은 지금 쓰려는 시의 세계에서 가장 어울리는 효과적 화자를 선택하려는 시인의 태도인 것이지. 그대 역시 시를 대할 때는 화자가 시 속에서 어떤 역할을 해 나가는지 유심히 살펴보도록 해봐. 이 부분의 중요성을 더욱 새롭게 인식할 수 있으리니.

아무래도 부연설명을 조금 더 해야겠네. 그대가 이 부분을 더욱 세심하게 인지해두면 좋겠다는 생각이 들어서야.

화자와 시인이 동일시되지 않고 나타난 것을 몰개성이라고 해. 시 속에 시인의 개성이 등장하지 않았다는 뜻이지. 그렇다할지라도 시인은 시 속에 가면을 쓰고 등장해 있는 것이야.

그렇게 이해하기를. 다시 이야기하자면 이런 시에서의 화자는 시인이 가면을 쓴 모습이지. 역할에 맞는 분장을 하고 독자 앞에 등장했다는 뜻이야. 이런 면에서 보더라도 화자와 시인은 떨어지려야 떨어질 수가 없지 않겠어? 내 생각은 그런데 그대는 어찌 생각하는지. 즉 시인의 자아(自我)와 상상력의 세계를 확대시키는 역할을 화자가 한다는 것이지. 화자를 통해서 다양한 인물로 변환하고 있는 것이라고. 시적효과의 극대화를 위해서. 그가 지닌 경험과 동시에 실제적으로 숙성된 자아세계는 화자를 통해서 폭넓게 표현될 수 있으니까.

소설에는 이야기의 진행상황을 설명하는 서술자가 있어. 상황이나 사건을 알려주는 역할을 감당하기 위해서야. 또 시 속에서는 화자가 등장해. 일관된 목소리를 내서 작품에 통일성을 부여하는 것이 화자의 몫이지.

이 부분에서 그대가 잊지 말아야 할 것이 있어. 시에 내세운 화자에게 중언부언을 시키지 말라는 것이야. 이리저리 들쑥날쑥해서도 안 돼. 즉 진술과 묘사에 안정감이 있어야 한다는 뜻이기도 해. 이 안정감은 표현의 범위가 일정 궤도에 올라섰다는 튼튼함이거든. 시 속에 나타난 화자의 정서와 가치관, 세계관 등이 하나의 동일성으로 나타나면 독자는 그 시에서 안정감을 느껴. 이것을 작품에 드러나는 통일성이라고 하지.

이런 경우에도 어떤 시에서는 때로 황폐함이나 결핍이 감지될 경우가 있어. 거기에 감각적 언어라도 사용되었다면 읽으며 마음이 철렁할 때도 있지. 이것까지 고상한 통일성이라며 의미를 부여할 수 있을까?

물론 어쩔 수 없이 마음이 철렁할 상황의 표현을 써야 할 때도 있어. 그러나 격에 맞는 구체성은 갖춰야겠지. 따뜻함과 넉넉함을 포함시킬 수 있으면 더 좋겠고. 그래야 정서적 공감대형성에 설득력을 지닐 테니까.

화자는 배경묘사의 기능도 지니고 있어. 시간적, 공간적 배경을 선명하게 나타내면 현실감이나 현장감, 사실감 등이 더욱 구체적이고 생생해지지.

반복해서 이야기하자면 시 속에는 말하는 이가 있어. 들어주는 이도 있고. 시를 읽다 보면 이 화자와 청자가 존재하는 것은 분명하거든? 그런데 이들이 선명하게 앞에 나서지 않는 경우도 있단 말이야. 시적구조장치에서는 작품의 호소력을 높이기 위한 방법으로 이런 기법도 사용해.

확대해서 이야기해볼까? 화자의 말은 시인의 음성이고 청자의 귀는 독자의 귀야. 작품(text)의 밖에는 실제로 시를 쓴 시인이 있어. 그런데 시 안에 들어가면 함축적 시인(화자)과 청자(함축적 독자)가 있단 말이지. 즉 시의 안에서는 화자와 청자가 만나. 그리고 시의 밖에서는 시인과 독자의 공감대가 요청된다는 이야기야.

시 속에서 말하는 화자와 듣는 독자가 모두 드러나는 경우에서는 화자의 말투와 태도가 금방 드러나. 청자 역시 화자와의 관계성과 그 정체성이 선명하게 보이지. 독자들에게는 그 시에 대한 이해와 감상에 쉽게 접근할 수 있는 길이 제공되기도 하고.

이제 이 단원의 마무리를 해보자고.

시에서는 화자만 표면에 드러나는 경우가 있어. 이럴 경우
는 화자에게 무게비중이 실릴 수밖에 없지. 화자지향적(話者
指向的) 창작법이야.

서정시는 주관성이 강하다고 이야기했지? 그런데 여기에
화자까지 표면에 나타나면 감정, 정서가 무엇보다 잘 나타나
지 않겠어? 화자가 표면에 나타났다는 것은 화자가 주도적으
로 자신을 표현하고 있다는 뜻이잖아? 이 일인칭 화자의 내
면이 강조되다 보면 어떤 일이 발생할 수 있을까? 만약 상대
를 의식하지 않고 혼자 말하고 있다고 상상해보자고. 어떤 일
이 생기겠어? 대상에 대한 심리적 거리를 조절하기 힘들어지
지 않을까? 어떤 경우에는 감정의 과잉노출이 일어날 수도
있겠고.

반면에 청자지향적(聽者指向的)의 창작법이 될 때는 화자
의 정체가 분명하게 드러나지 않아. 그러면서도 그 어조에는
명령과 요청, 애원과 권면 등이 강하게 나타나지. 예를 들면
신동엽의 「껍데기는 가라」 같은 시가 이런 경우에 속해 있는
것이야.

화자도 청자도 표면에 드러나지 않는 시의 경우에는 그 초
점이 화자나 청자가 아니라 '화제'에 있어. 화제지향적(話題指
向的, 메시지 지향적)이라고도 해. 늘 대상에 대한 일정한 거

리를 유지하지. 때문에 객관적 태도를 지향하게 돼. 일인칭 화자로서의 나(話者)가 표면에 드러나는 시는 다분히 고백적이야. 주관성의 요소가 두드러져. 그러나 이 화제지향적의 시는 반대의 양상을 보이고 있어.

시 창작에서 사용하는 몇 가지 유형을 제시해봤는데 잘 살펴봤는지. 그대가 시 창작에서 이를 잘 활용하기를 바라는 마음이야. 그렇더라도 효용성에서 우열을 규정하는 것은 무리겠지? 다만 작품의 주제나 상황, 시적 의미, 시인의 태도나 의도, 어조와 분위기 등등 시의 총체적 의미 형성에서는 어떠어떠한 방식이 최선이겠다는 차이는 있지 않을까? 각 상황에 맞춰 유형을 선택하는 것은 그대의 몫이고.

시 역시 하나의 담화형식(화자와 청자가 있는)이라고는 앞에서도 이야기했어. 어떤 형태이든 화자가 개입되어 있다는 뜻이지.

이 화자가 말하는 목소리, 말투와 말씨가 어조(語調)야. 즉 이는 개성의 부분이거든. 듣는 이(讀者)는 이 어조를 통해서 화자의 태도나 시의 분위기뿐 아니라 시인의 창작 의도는 물론 독자를 대하는 태도까지 추측하게 돼. 상대를 대할 때는 그 언어태도에 따라서 현재 처해 있는 상황과 의식세계까지 엿볼 수 있어. 마찬가지로 시의 어조는 궁극적으로 시인의 개성을 반영하는 것이지. 시를 구성하는 두 개의 중요한 요소가 있다면 은유와 함께 바로 이 어조라고 할 수 있어. 시에서의 감정, 의도와 함께 어조는 시의 총체적 의미를 나타내고 있기 때문이야.

이 단원을 조금 길게 이야기했는데, 지루했을까? 시 창작에서 이 화자와 어조가 차지하는 비중을 그대도 잘 가늠해두면 좋겠다는 생각 때문이었어.

07 대상에 대한 관찰

강조할 필요도 없겠지. 시적 재료로서의 대상은 이 세상의 세계에 존재하는 모든 사물이며 상황과 현상이라는 것을.

이 대상을 찾는 일에 아직 익숙지 않을지는 모르겠어. 그러나 또 은연중에 알고 있는 사실일 것이야. 분명한 인식이 없을 뿐이지. 굳이 이런 언급을 하면서 대상에 대한 부분을 별도로 다루는 까닭이 있어. 여기에 대한 인식의 폭과 깊이가 좀 더 확장되면 정녕 '힘 있는 시'를 쓸 수 있기 때문이지.

시를 쓴다는 것은 사실 무척 어렵다거나 힘든 일이라고는 할 수 없어. 어떤 대상에 대한 느낌과 발견을 자기만의 언어로 정직하게 표현해서 나타내는 것일 뿐이니까. 즉 어떤 대상에 대한 인식을 진정성의 바탕에서 구체적으로 형상화해내는 작업이야.

인간은 세상에 존재하는 사물에 대한 감각을 오감을 통해서 뇌리에 반영(反映)시키고 있어. 감각으로 얻어진 이 지각(知覺)이 뇌리에 반영되면 사물이 지닌 본질의 형태와 성향을 인식하게 되거든? 이것을 일컬어 감각하며 얻는 지각을 구체적으로 인식하는 과정이라고 말해. 사물과 세계를 통한 이 구체적인 인식이야말로 시 창작의 출발점이라고 할 수 있어. 이러한 인식의 바탕이 없이는 제대로 된 시를 쓸 수 없지. 이를 강조하고 싶어서 위 이야기를 했어.

오랫동안 시를 써왔거나 쓰는 일을 가르치는 사람들의 관점에도 부분적으로 상이한 점이 나타나기는 해. 그러나 핵심에서는 통일성이 있지. 영국 시인 흄(David Hume, 1711~1776)의 말처럼 "사물을 있는 그대로 보라"는 것. 이 말에는 사물의 외형에만 시각과 사고를 고정시키지 말라는 뜻이 담겨 있어. 사물을 있는 그대로 보는 태도는 외형만 보지 않아. 우선 여기에는 왜곡이나 선입견이 없어. 그냥 순수하게 그 내면에 담겨진 본질을 파악하려고 하지. 이것이야말로 사물을 있는 그대로 본다는 뜻이거든? 말하자면 때 묻지 않은 관점에서 사물을 관찰해서 느낌을 얻고 인식한다는 의미야. 혹시 여태껏 이 내용의 뜻을 오해하고 있었다면 어서 바로잡아 놓기를.

사물의 외형만 본다는 것은 피상적 인식이잖아? 자칫하면 왜곡되어 있는 사물의 거짓된 외형이 본질인양 착각할 수 있지.

그대가 시를 쓰는 동안 늘 기억해둬야 돼. 사물이 지니고 있는 존재성의 참모습을 보여주는 일이야말로 시의 진정한 모습이라는 것을. 이를 잊지 않고 있기를.

대상의 본질에 대한 인식이 깊을수록 그 대상을 표현해내는 시의 내용도 충실하게 깊어져. 이런 과정을 겪고 만들어지면 울림이 있는 시가 되지. 대상을 향한 인식의 깊이는 그 사물이 지닌 고유의 모습과 본질에 정확하게 도달해보려는 노력으로 얻어지는 것이야. 거기 접근하는 방법은 여러 가지겠지. 이것을 먼저 말하고 싶어. 삶 속에서 사물과 현상에 대해 일상적으로 해왔던 인식태도를 버려야 한다고. 습관화된 인식태도를 뛰어 넘어서야 한다고. 사물을 새롭고 넓게 또 깊이 통찰할 수 있는 세심한 눈과 마음을 갖도록 애써야 한다고.

대상의 표피에만 향해 있던 시선을 내부에까지 옮겨보면 그 인식의 영역이 더욱 확장돼. 감수성이 충실해지지. 그 세계가 새로워지는 것을 체험할 수 있을 것이야. 나는 그렇게 믿어.

시를 쓰기 위해서는 대상에 대한 구체적 인식이 선행되어야 해. 이를 바탕으로 대상의 참모습과 의미를 발견해낼 수 있어야지. 그런 다음 이것을 미적으로 형상화(언어화)하는 작업에 익숙해져야 할 테고. 이것이 시 창작에서의 진보(進步)야. 서두르지 않지만 멈추지도 않는.

이 내용은 앞 단원에서 다 말한 것이지? 하지만 그대도 사물과 대상을 바라보는 스스로의 인식태도를 살펴봐. 그 범위와 깊이가 어디까지인지 확인하는 시간도 가져보고. 그럴 수 있기를 바라면서 다시해본 이야기야. 너무 강제성을 지닌 말이라고? 그래도 강요하고 싶은데?

08 대상에 대한 인식체계

시 쓰기는 사물에 대한 구체적인 인식에서부터 출발해. 시인이 사물을 어떤 시각으로 보고 또 어떻게 생각하느냐가 대단히 중요하지. 시의 발상 차원에서 이는 큰 의미를 지니고 있어.

듣고 보니 뜻은 알겠는데 그 내용은 막연하지? 이는 아마 너무 관념적 문자의 나열이어서 그럴 것이야. 누구나 알고 있는 말인데 눈에 선명하게 그려지지 않는 뜻. 여러 번 이야기했지만 시에서는 이런 언어표현을 삼가시라. 그렇게 하기 위해서는 이미지 창출에 익숙해져야 할 테고. 이미지 창출을 위해서는 표현의 구체성 확보 방법에 숙련돼 있어야 해.

이 부분을 좀 다르게 이야기해봐야겠네. 그대의 이해를 돕기 위해서.

길을 가다가 꽤 근사하게 지어진 어떤 빌딩 앞에 섰다고 해. 거리에서 흔히 볼 수 없는 건물이야. 이때 나타나는 인식 과정을 살펴보자고.

처음에는 아, 멋있구나, 하면서도 그냥 있는 그대로의 건축물로만 볼 수 있겠지. 그 다음이 무의식적일지언정 그 용도나 형태를 분간해보는 것일 테고. 이것이 대부분의 사람들이 갖고 있는 사물에 대한 시각태도야. 그러다가 이 부분에 대해서 호기심을 갖게 만드는 매개체를 만날 수도 있어. 거기 투자하면 어떤 이익이 발생하는지 설명해주는 부동산 중개인이거나 자기 노력의 대가가 투자의 기회를 만났다는 의식이 작동하는 경우. 물론 행동으로 옮겨지는 것은 삶의 태도나 생활방식과 이제껏 축적해온 자산의 영향을 받을 수 있을 것이야.

이처럼 익숙하고 낯익은 상황은 습관화된 인식으로 지각돼. 살아온 방식으로 나타나기도 하지. 그러나 부의 축적, 혹은 그런 부분에 강박관념을 지닌 이들에게는 그렇지 않아. 호기심이나 궁금증이 생겼는데 투자를 즉각 실행해보겠다는 마음은 생기지 않는 것과 같지.

엉뚱한 예가 되고 말았네. 그런데 이와 같은 의식작용이라면 시적사고의 방법에서는 가장 거리가 먼 태도야. 모험심과 활달한 도전정신의 상실일 수도 있고. 물론 자중하는 태도겠지. 하지만 새로운 세계를 구축해보겠다는 생각이 일반적인 생활태도가 갖고 있는 범위를 넘어서지 못하고 있어.

그 다음의 인식태도를 살펴보자고. 이 건물이 어떻게 사용되고 또 어느 정도의 규모이며 편의시설은 무엇이 있는지 등등을 세밀하게 관찰하는 것 말이야. 이 단계에서는 관심이 적극적이 돼. 좀 더 의도적이고 구체적인 관찰이 시작됐다는 뜻이지.

시는 눈에 보이는 형상을 통해서 보이지 않는 세계의 의미를 발견해내는 것이잖아? 그래서 시 창작을 위해서는 사물을 주의 깊게 살펴보는 것이 요구되지? 뭘 또 물어보냐고? 이때부터는 상식이나 습관적인 시각에서 벗어날 수 있게 된다는 것을 말하려는 것인데 왜 그렇게 뾰족하게 발성한담? 계속 들어봐.

길거리에서 마주치게 된 건물 그 내부세계를 마음속에서 상상해보다가 직접 들어가서 살펴보기도 했어. 호기심이 생겼다는 뜻이지. 그러나 아직 정확한 관찰이 이루어진 것은 아니야. 이는 대상을 구체적으로 파악하고 인식하기 위한 기초단계라고 할 수 있어.

그런 다음의 단계가 이 건물이 획득하고 있는 의미와 사용자들에게 제공할 수 있는 기능성을 살펴보는 것이야. 그 건물의 존재성과 그 안에서 발생하는 상관관계들의 파악. 동시에 자신이 건물에 입주하거나 소유하게 될 때 나타날 의미도 감지해 내지. 그러나 이 단계에서도 여전히 대상은 어떤 건축물이라는 것에 머물러 있어. 상상력을 바탕으로 한 창조적인 인식은 아직 부족할 수밖에 없다는 뜻이야.

그대와 내가 길거리에서 흔히 마주칠 수 있는 대상에 대한 인식 태도를 살펴봤어. 제대로 된 시를 쓰기 위해서는 이런 사물(대상)에 대한 시각도 점점 확장시켜 나가야만 해. 그것을 말하고 싶어서 위의 보기를 들었어.

보이지 않는 건물 내부 저쪽세계에도 분명 존재하는 것들이 있어. 그 의미도 헤아려볼 수 있는 단계까지 인식이 자유스러워지면 우리의 상상력은 놀라운 비약을 할 것이 분명하니까. 대상에 대한 시각을 더 넓힐 수 있고 사고의 폭과 깊이를 충실히 할 수 있다면 창조적 상상력의 단계에 도달할 수 있는 길이 열리거든.

한 번 더 말해두지만 사물을 향한 인식의 초점, 그 인식의 단계를 어느 깊이까지 확대시키느냐에 따라서 그대와 내게 다가오는 대상의 모습과 의미는 확연히 달라진다는 것이야. 깊이 새겨두시라.

09 대상에 대한 인식태도

시적대상을 대하는 인식의 유형은 여러 가지야. 이 중에서 시 창작에 권하고 싶지 않은 것이 있어. 피상적, 추상적 인식 태도와 습관적, 기계적 인식태도를 말해.

(1) 피상적 인식이란 대상의 외형만을 단순하게 바라보는 인식태도야. 이런 상태에서 만들어진 시는 대상을 향한 관찰 과 인식이 수박 겉핥기식처럼 나타나. 그 대상의 안에 담겨진 의미와 존재성의 가치에 대한 새로운 발견을 제시하지 못하 지. 자칫하다가는 그 표현내용이 인식주체자의 중언부언(重言 復言)으로 끝나는 경우도 있어. 혹시 외형을 잘 묘사한 내용 이 나타날 수는 있을까? 어떤 구체성 확보의 모습을 조금 보 여주기도 하고? 그러나 맛을 실감하기는 어려워. 이것은 본질 파악의 흉내(Imitation)에 불과하니까. 피상성은 내용의 막연함

과 통하는 것이야. 이를 해소하지 못한 시는 설득력과 공감대를 이끌어내기가 힘들지. 화자(話者)의 넋두리에 빠져버릴 위험성도 크고.

피상성은 또 추상적인 것과 연결돼 있어. 추상적이란 말을 문학에서는 결코 바람직한 것으로 여기지 않거든?

시는 어떤 대상에 대해서 감각하고 생각하게 된 인식의 총체야. 이를 언어라는 수단을 통해서 구체적 형상으로 가시화시키는 것이지.

추상적 인식은 대상에 대한 관찰과 사고와 인식의 방법에서 구체성을 확보하지 못했다는 의미이기도 해. 이런 인식태도로 쓴 시는 당연히 내용이 모호하고 불투명할 수밖에. 그 막연함에서 의미파악의 통로를 제공받을 수는 없으니까.

(2) 습관적 인식은 사물을 바라보는 시각이 지극히 고정된 틀에 묶여 있어. 다시 말해서 자동화된 인식이지. 이 인식범위 안에서의 진술과 묘사되는 내용은 누구나 다 알고 있는 사실이야. 진부해. 어떤 통찰이나 새로운 정서를 발견할 수도 없을 테고.

'시는 세계의 감추어진 부분의 베일을 벗겨낸다. 눈에 익숙한 사물을 마치 처음 보는 것'처럼 느끼게 한다는 셸리(Shelly)의 말은 앞에서도 들려준 이야기지? 시를 써야겠다면 우선 이 습관적 인식태도에서 탈피해야 한다고 강조하기 위해서 다시 불러왔어. 쉽게 떠올리는 상념의 대부분은 이 습관적 인식태도의 범주에 갇혀 있다는 이야기를 하려고. 눈에도 생각에도 익숙한 것을 당사자는 물론 제삼자에게도 마치 처음 보는 것처럼 느끼게 하는 일이 쉽지 않기 때문에.

내가 이 말을 강조하는 이유가 있어. 시적대상을 대하는 사고방식에서도 습관적인 것을 당연히 여길 수 있거든? 익숙함에서 벗어나기는 쉽지 않을 테니까. 삶의 태도까지 견고해져버렸다면 이 습관적 인식태도를 벗어나기는 정말 쉽지 않아. 그 속에서 새로운 언어가 태어날 수 있겠느냐고 묻고 싶어.

어쩌면 그대와 나의 사고조차 이제껏 살아온 습관적 방식에 반응하는 것을 당연시하고 있었을지도 몰라. 응? 그대는 아니라고? 그렇군. 그러니까 내가 문제로군.

사실 이질적 정서, 낯선 감각은 받아들이기 힘든 것이야. 그러나 시인이 이런 인식 태도에서 벗어나지 못한다면 어떻게 새로운 존재를 만들어낼 수 있겠느냐는 질문을 하고 싶었어. 그래서 위의 이야기를 해본 것이야. 고정관념의 틀(습관적 인식 태도)을 벗지 못하고 외부에서 오는 갖가지의 감각(내 정서에 맞든, 안 맞든)도 낯설어한다면 대상의 이면에 감춰진 새로운 세계를 발견해내서 언어로 형상화하는 일은 꿈꿀 수 없음을 이야기해야겠기에.

대상에 대해서 피해야 할 인식태도 중에 기계적 인식태도라는 것도 있어. 좀 낯선 단어이지? 대상에 대한 치열하고 적극적인 사유(思惟)도 없이 형식적인 관찰만 가지고 대상을 시적공간으로 옮겨놓는 태도야. 쓰는 데 좀 익숙해져 있는 사람들이 빠지기 쉬운 함정이라고 할까? 이 인식태도의 치명적 결함은 피상적, 습관적 인식과 마찬가지로 대상을 소홀히 바라본다는 것이지. 또 이런 인식태도의 바탕에서 쓴 시는 분명한 메시지를 포착해내기가 난처해. 시적 깊이를 갖지 못한 경우도 많고.

그대에게도 이런 경험이 있을 것이야. 한편의 시를 읽어봤을 때 그럴듯하기는 한데, 어떤 CF의 문구처럼 뭔가 2% 부족한 느낌. 무슨 뜻인지 알고 있지? 보충 설명을 해보라고? 그럼 한 가지 물어볼까? 시는 일반적 개념이나 사실을 객관적으로 진술하는 문장이 아니라는 것을 그대는 알고 있지? 대상에 대해서는 아주 구체적인 진술과 묘사를 토대로 삼아야 한다는 것도? 그런 까닭에서라도 표현에 있어서는 피상성이나 막연함을 배제해야 하는 것이야. 이는 구체성 확보와도 밀접한 관련이 있어.

이성의 판단과 분별로 얻은 것을 과학적 · 논리적 진실이라고 해. 머리에서 발견한 진실이라는 뜻이지.

그러나 시는 주관적 감성, 즉 가슴으로 새로운 세계의 의미를, 가치를 발견해서 표현한 것이야. 이런 시인의 통찰은 독특한 마음의 눈을 열어서 얻은 인생의 진실이기도 해. 때문에 여기에는 자연스럽게 시인이 지닌 삶의 태도와 인식의 깊이, 그리고 개성이 표출될 수밖에 없는 것이지.

시 창작에 있어서 최우선의 과제는 그 표현에서 시적 진실성을 획득하는 것이야. 대상에 대한 구체적 인식이 선행되어야만 해. 이 구체적 인식은 대상에 대한 외형적 관찰만으로는 얻어지지 않아. 보이지 않는 내면까지 꿰뚫어볼 수 있는 통찰에 의해서만 생겨나지. 이런 통찰의 힘을 얻기 위해서는 부단한 노력이 요구되지 않겠어? 또 이런 힘을 얻었을 때에야 비로소 사물에게 부여된 숨겨진 의미와 세계를 만나게 돼. 아울러 삶의 넓이와 깊이까지 더욱 확대하고 심화시킬 수 있지.

삶을 넓고 깊게 보는 것이야말로 인생의 정수(精髓)라고 할 수 있어. 인생의 가장 가치 있는 진실에 접근하는 길이기도 해.

워즈워드는 시를 일컬어 "인생의 내면적 진실을 묘사하는 것"이라고 했어. 또 "사람으로서 시를 공부하지 않으면 마치 담벼락에 맞대고 서있는 것"이라는 이야기는 공자의 말인데 여기에 내포된 뜻은 다음과 같은 것이야.

'사람에게는 마땅히 사람으로서 행하고 가야 할 길이 있다. 그런데 시를 이해할 수 없는 마음으로는 그 행하는 길이나 추구하는 가치관에 진보가 있을 수 없다. 시를 이해하는 감수성과 시가 어떻게 이루어진다는 올바른 인식이 없다면 그 가고자 하는 길은 마치 담에 막힌 것처럼 진전이 어렵지 않겠는가.'

10 대상에 대한 심리적 거리

　대상을 인식하고 받아들이는 마음의 넓이는 환경과 처지에 따라서 달라지더라고. 감정의 개입도 마찬가지였어. 이런 상태를 경험하면서 인식하게 된 것이 있지. 사건과 상황에 대한 밀착도(密着度)에 따라서 마음의 거리에도 차이가 난다는 것. 즉 어떤 상황에 마주쳤을 때의 마음상태와 태도는 각자의 입장에 따라 다른 반응이 일어난다는 이야기야.

　그렇다면 대상에 대한 거리를 어떻게 유지하고 있어야 균형을 잃지 않은 글을 쓸 수 있을까?

　이 부분에 대해서 선배시인 중의 누가 알려준 것이 있어. 오르테가(Jose Ortega Y Gasset, 1883~1955)가 쓴 『예술의 비인간화』라는 책. 세심히 읽었는데 마침 조태일 시인이 쓴 『알기 쉬운 시 창작 강의』(나남출판, 1991) p.135에도 인용된 부분이 있었어. 여기서 한 번 더 이야기해볼게.

한 저명인사가 있었대. 오랜 투병을 하다가 임종을 맞이하게 됐대. 그 자리에는 이 사람의 아내와 치료하던 의사, 신문기자, 그리고 같은 동네에 살던 화가까지 네 사람이 있었대.

이 죽음은 그 아내에게 너무 커다란 충격일 수밖에 없었대. 그녀에게 있어서 남편의 죽음은 자기 '밖'의 사건이 아니라 그녀의 '속'에 있는, 그녀의 '일부'였기 때문이래. 그녀는 그 사건에 너무 깊숙이 들어가 있기 때문에 사건의 일부가 될 수밖에 없었대. 그리하여 남편의 죽음과 그녀의 인격(personality)은 일체가 됐대. 그러나 의사의 입장은 달랐대. 저명인사의 아내처럼 깊은 슬픔에 빠져 있는 것이 아니었대. 다만 모든 의사가 다 그렇듯이 직업적 양심의 면과 인격의 심정 면에서 감정이 움직이는 것이었대. 그래서 거기 반응할 수밖에 없었대. 한편으로는 그렇기 때문에 이 슬픈 사건에 생명을 부여하고 있는 것이래. 그렇다면 신문기자는? 이 사람 역시 직업상의 의무 때문에 그 죽음의 장소를 취재하려고 나와 있는 것이었대.

여기서 살펴볼 것이 의사의 직업은 사건에 '개입'을 요구당하고 있어. 반면에 기자의 직업은 사건의 '관찰'을 필요로 하지. 그러니까 기자는 사건에 감정적으로 관여하지 않고 방관할 수 있는 위치이기도 해. 만약 그렇다면 또 한 사람, 화가는 어떠했을까? 화가의 입장은 한 인간의 죽음에는 무관심한 채 죽음의 '장면'만을 노려보고 있는 것이래. 그곳에서 일어나는 '사건'은 화가에게 중요한 관심사가 아니지. 그 사건의 비극적 의미는 그의 '지각' 밖에 있다는 것이야. 그러니까 이 사람은 단지 외재적인 것, 즉 방의 분위기와 사람들의 슬픔에 반응하는 모습만 주목하는 입장인 것이지.

위의 예에서 보듯이 네 사람은 한 사람의 죽음이라는 똑같은 상황 앞에 놓여있어. 자신의 입장에 따라서 상이한 마음의 상태를 보여주면서. 가장 감정적으로 밀착되어 있는 것이 아내야. 가장 심리적 거리가 먼 사람은 화가이고.

이처럼 하나의 대상이나 상황을 어떻게 바라보느냐에 따라서, 또 감정의 개입이 어느 정도이냐에 따라서 심리적 거리에는 차이가 생기는 것이야.

이는 시 창작에서도 마찬가지일 수밖에.

대상에 대한 인식 주체자로서의 시인은 대상에게 심리적 거리를 갖기 마련이거든? 이는 대상을 어떻게 미적으로 형상화 하느냐는 문제와 직결되기도 해. 대상에 대한 거리가 너무 멀어도, 혹은 너무 가까워도 예술적 형상화에 실패할 우려를 염두에 두어야 해. 이 부분은 시 창작에 있어서 그대가 늘 기억해둬야겠지.

창작이나 감상에 있어서 대상에 대한 미적 관조, 즉 심리적 거리는 매우 중요한 개념으로 사용되고 있어. 이 심리적 거리란 개인적 목적의식이나 실용적 목적에서도 벗어나 있는 것이야. 순수하게 대상의 아름다움을 지각할 수 있는 마음의 상태를 말해. 이런 정도의 심리적 거리를 유지할 수 있을까? 그렇다면 바로 이것이야말로 창작이나 감상을 위한 대상에 대한 '미적 거리'라고 할 수 있지. 이는 시간적, 공간적 개념이 아니야. 본질상 오히려 마음과 관계가 있어.

이를 더 풀어서 이야기한다면 개인이 자신에 대한 사적이고 실제적인 관심에서 벗어난 상태에서 대상을 관조하는 태도나 투시화법이라고 할까? 즉 대상을 미적으로 인식할 수 있는 마음의 상태를 말해. 아무런 선입견 없이.

시인은 누구나 다 대상에 대해 심리적 거리를 갖고 있어. 그렇다고 늘 시 창작에 알맞은 심리적 거리를 확보하고 있는 것은 아니야. 인식주체자의 태도와 관점 등 여러 조건에 따라 거리조정은 달라지기 때문이지.

좋은 시를 쓰기 위해서는 또 부단히 많은 삶의 체험을 쌓아야 해. 이것이 속에서 잘 숙성되고, 잘 발효된 향기로운 인식으로 열매 맺게 하기 위해서야. 균형 잡힌 시각을 갖도록 애쓰는 것도 한 방편이고.

시인의 어떤 정서가 시로 표현되었는데 대상에 대한 거리가 너무 밀착됐거나 너무 멀리 떨어져 있다면 시 작품으로서는 실패했다고 말할 수밖에 없겠지.

시에서 대상에 대한 심리적 거리가 너무 짧으면(가깝다면) 시인의 감정은 직접적으로 노출될 수밖에 없거든? 이는 감정의 과잉노출 상태야. 이를 대하는 독자의 마음은 시적 감동을 느끼기보다는 '시인의 넋두리나 질퍽한 감정표출'을 눈치 채겠지.

이처럼 창작대상물에 대한 시인(인식주체자)의 심리적 거리는 상당히 중요한 의미를 갖고 있어.

정서가 심하게 표출된 시를 감상적(感傷的)인 시라고 해. 글쓴이의 감정을 예술적 정서로 숙성시키지 못한 어쭙잖은 글이라고 할까? 엘리어트(Thomas Stearns Eliot, 1888~1965)는 말했어. "시는 감정의 표출이 아니라 감정의 도피"라고.

어떤 대상(사물, 상황)을 시로 표현하려고 할 때는 시인의 감정이 걸러지고 다듬어져서 숙성된 인식으로 바뀌어 있어야 한다는 뜻이야. 그때 대상에 대한 인식 주체자로서의 시인과 대상 사이에 알맞은 심리적 거리가 생겨난다는 것이지. 시인의 인식이 미적 정서로 형상화되면서 평온해질 수 있으려면 말이야.

대상에 대한 심리적 거리가 적당하지 않은 또 하나가 있어. 대상에 대한 너무 먼 거리조정(over-distancing)이야. 이런 창작태도를 지닌 이들은 착오를 일으킬 염려가 있어. 이는 시인의 지성적이며 이성적 태도, 아니면 대상을 향한 냉철하면서도 객관화된 태도라고 할 수 있겠지. 문제는, 자칫하다가는 이런 태도에서 참 같잖은 자기인식이 노출될 수 있다는 것이야. 자신의 태도가 이성적이라는 자의식 때문에 어떤 규범이 됐으면 좋겠다는 생각이 스며들어 있어. 그런데 주위의 많은 관찰자들은 웃기고 있네, 하는 마음이 들지. 정서적으로 아무런 다가섬을 만들 수 없어.

짧은 거리조정이 감정노출의 과잉상태라면 지나친 거리조정은 대상에 대한 심리적 거리가 너무 멀리 있는 것이야. 이

둘 사이에는 감정의 넘침이 아니면 결핍과 억제가 나타나. 대상을 대하는 심리가 너무 젖어있거나 아니면 건조해져 있다는 뜻이기도 해.

오규원 시인은 대상에게서 너무 먼 심리적 상태를 "대상을 싸안는 정서의 결핍에 의한 대상과 작가 사이의 이완현상"이라고 했어. 인식주체자로서의 시인과 대상 사이에 심리적 거리가 멀면 그 시는 대상을 관념적이고 추상적이거나 또는 건조하게만 파악할 염려가 있다는 것을 말한 것이야.

과도한 감정노출이 미적 형상화에 실패하듯 대상과 거리가 너무 먼 인식표현의 시에서는 정서적인 감동을 기대할 수 없지.

이를 다시 정리해보면 다음과 같아.

시 창작의 시작은 대상에 대해서 갖게 된 정서를 언어로 표현해보고자 하는 것에서 비롯되는 것. 이 표현해보고자 하는, 즉 시적 대상에 대한 감정이 소위 말해서 너무 '오버'했다거나 '드라이'하다면 결코 알맞은 심리적 거리를 확보했다고 말할 수 없다는 것. 이런 현상은 간격조절에 실패했을 때 나타난다는 것. 이럴 경우 느껴지는 감각이 생소하고 어색하다면 결코 미적 거리가 확보된 것이 아니라는 것.

지금 그대가 시를 습작하고 있다면 위의 내용들을 꼭 마음에 담아두어야 할 것이야. 이를 깊이 숙성시킬 수만 있다면, 이를 바탕으로 해서 쓰는 일을 게을리 하지 않는다면, 한참이 지난 어느 날 자신이 아주 튼튼한 시인이 되어 있다는 사실을 발견할 수 있으리.

11 균형감각으로 얻는 심리적 거리

일상생활에서의 소통은 그것이 정서의 부분이든 현실의 부분이든 상관없어. 서로의 뜻을 전달하는 것이 목적이니까. 그러나 이것이 시라는 형식을 빌려 언어로 표현되는 것일 때는 틀려. 시적 장치(화자와 어조, 이미지와 비유, 그리고 운율)라는 양식을 통해야만 해.

사람이 지닌 정서나 관념을 시적 장치로 용해시키는 일이 쉬운 일은 아니야. 발레리(Paul Valery, 1871~1945)가 말했어. "시 속에 들어 있는 사상(관념)은 과일의 영양분처럼 숨어 있지 않으면 안 되는 것"이라고. 시에서의 정서는 산문처럼 직접적으로 노출되면 안 된다는 뜻이야. 어떤 정서와 사색의 결과를 시로 써보려고 할 때 직설적인 표현은 피해야 한다고 단순히 받아들여도 좋겠네.

예를 들어서 기쁜 일이 생기면 마음까지 즐거워지잖아? 그렇다고 시에서 "아, 나는 지금 무척 신난다."라는 식의 여과되지 않은, 직접적인 표현은 치졸하고 설득력이 없다는 이야기야.

써놓은 것을 보니 비유가 너무 가소롭고 유치하지? 그냥 웃어넘겨줘. 그러나 나중에는 이런 유치한 직유법으로 예를 든 뜻이 생각날 것을 확신해. 왜냐고? 그렇게 묻는다면 그냥 웃을 수밖에. 내 경험을 설명하기가 난처해서. 대답하려면 또 설명문을 써야 하잖아.

시인의 주관적 의식과 정서를 지배하고 있는 관념은 시의 전체적 내용이나 요소, 형식들과 유기적으로 결합돼 있어야 해. 시에서는 당연히 시인의 주관을 존중하지. 그러나 정서와 감정이 직접적이고 노골적으로 표출되는 것까지 좋다고 하지는 않아. 시는 시인의 일방적 감정표현 도구로 사용되는 것이 아니기 때문이야. 여기에 대한 분명한 인식을 해야 돼. 그렇지 않으면 대상을 표현하는 일에 있어서 절대로 균형 잡힌 심리적 거리감각은 가질 수 없을 테니까.

워즈워드는 말했어. 모든 좋은 시는 강한 감정의 자연발생적인 표현이라고. 그러면서 덧붙였지.

"시는 조용히 회상된 정서에서 기원하는 것이다. 이 회상된 정서를 한동안 묵상하고 나면 반사작용으로 처음의 정서와 닮은 제2의 정서가 생겨서 실제로 마음에 자리 잡게 된다. 이런 상태에서 훌륭한 창작이 시작되는 것이 보통이다."

이 말의 핵심은 시에서 가장 중심요소가 정서라는 뜻이야. 그렇다고 시인의 여과되지 않은 감정까지 요구하지는 않는다는 것이지. 순화되고 숙성된 정서를 필요로 한다는 이야기일 뿐.

그대가 이런 분명한 인식을 하게 되면 자신의 감정과도 일정한 거리를 갖게 되겠지. 당연히, 대상에 대해서도 일정한 심리적 거리를 만들 수 있을 테고. 때문에 자신의 주관적이고 원초적인 감정을 노출시키지 않는 방편에 익숙해질 필요가 있어. 주관적인 감정을 객관적인 정서로 전이, 변형시키는 방법을 습득하는 것도 한 방법이겠지. 이것을 시인의 주관적 감정의 객관화, 감정의 양식화(형식화)라고 하는 것이야. 시적 장치를 통한 감정의 객관화가 이뤄지면 시인은 대상에 대한 알맞은 미적 거리를 확보하게 되거든? 독자는 작품 감상에 필요한 알맞은 심리적 거리를 마련할 수 있고. 이를 가리켜 창작과 감상에 있어서 균형 잡힌 태도의 확보라고 해.

4

시가 향하고
있는 길

01 시인은 무엇을 얻고 싶은 것일까

　판단력은 어떤 상황을 맞이해서 거기 대처하는 방법의 옳고 그름, 경중완급(輕重緩急), 실행의 방향을 가늠하는 것을 이야기해.

　사람은 살아가는 동안 자기고집, 자기의지에서 벗어나지 못하고 판단을 그르치는 일이 많아. 미숙함 때문이라고 할까? 나 역시 마찬가지였어. 여기에서 비껴가지 못했지. 특히 자기통제의 훈련이나 자중의 결핍에서 발생한 일이 많았거든.

　요즘 그대와 내가 살고 있는 이 세상의 세계에서도 이 판단 미숙의 경우를 많이 보게 돼. 원칙보다 융통성에 비중을 두는 처신이 더 환영받기 때문인지도 몰라. 불편함을 감수하지 않겠다는, 편함과 이득에 더 염두를 두고 있다는 뜻이기도 하고.

　그대도 알고 있었을 것이야. 이 책 큰 단원 제목들의 주제로 삼았던 것이 신언서판의 각 부분이었음을. 이제 단원의 끝으로 판(判)의 부분을 조금 확장시켜보려고 해.

신언서판에서의 판(判)은 통찰력의 부분이라고 할 수 있어. 입신출세와 경세(經世)의 포부를 펼칠 기회를 기다리던 인재에 대한 품평기준이었잖아? 이 부분의 강조는 당연한 것이었지. 오늘날에도 이는 다를 바 없어. 오히려 더 강조될 필요가 있다고 할까?

살아가는 동안 그대와 내가 갖게 되는 인식은 자동적이 되기 쉬워. 습관화되기 일쑤고. 사물과 상황에 대해서 그냥 스쳐지나가는 것에도 익숙해.

이것은 인간에 대해서도 마찬가지가 아닐까? 어떤 이에게서 어긋난 사고방식과 행동이 표출되더라도 그냥, 그러려니 하고 지나가며 스스로를 대범한 척 기만하지는 않았는지. 이는 무관심에 다름 아니야. 어쩌면 인간으로서의 치명적 게으름일지도 몰라. 오늘날 많은 사람이 지니게 된 공허감과 결핍현상의 발생 원인이 다 여기서 비롯된 것일 수도 있고.

또 한편으로는 이런 인식에서 이를 개선해보려는 이들의 노력도 사실은 별 설득력을 지닌 것 같지는 않아. 가끔 그런 노력의 모습을 볼 수는 있어. 하지만 거기에 정직한 자기분별력이나 진정성은 지니지 않은 태도가 노출되는 경우가 많아서이겠지.

무관심은 대상에 대한 무책임이야. 신학자이며 사회학자인

하비 콕스(Harvey Cox, 1929~)는 그의 저서『The Secular city』
에서 '무관심은 죄'라고까지 말했지.

문득 이런 생각이 드네? 내가 존재로서의 기도를 한다면,
마음에 스며들어 안주해버린 이 조용한 무관심을 깨뜨려버릴
수 있도록 구해야 한다고.

대상에 대한 관심의 표출이 설득력을 갖추려면 정직한 분
별력이 선행돼야 해. 이 정직한 분별력이 '판'이야. 사물의 본
질을 꿰뚫어 볼 수 있는 통찰력으로 이어지는 힘이기도 하지.

인간의 존재성은 유한한 것이잖아? 이 존재가 본질을 회복
하는 길이 자력으로는 불가능할 수밖에 없어. 기독교적 입장
에서는 죄(罪)된 본성이 유전된 까닭에 그렇다고 해. 그러므
로 생각하는 사람은 자신을 움직이게 하는 것(생명을 부여받
은 것과 이 생명을 유지하는 수단)에 대한 깊은 인식을 해야
하는 것이지. 심지어는 고정되어 있는 무생물적 사물에 대해
서도 마찬가지야. 이것들도 인간의 존재성을 확립하는 데 기
여하고 있거든.

인간은 세상에 존재하는 피조물 중에서 가장 우월한 존재
성을 지니고 있어. 그러므로 삶에 대해서 더 깊은 통찰력을
지닐 수 있어야겠지. 통찰력은 존재의 본질과 성향을 헤아릴
수 있는 능력이니까. 그렇게 함으로써 존재는 유한한 것일 수
밖에 없다는 사실을 깨닫게 하는 혜안(慧眼)이기도 하고.

내 입장에서 말해본다면, 삶의 본질을 회복할 수 있는 길은

오직 사람의 아들이라는 이름을 가지고 오신 분, 그리스도 예수를 통해서만 가능하다고 믿는 것이야. 내게는 이것이 통찰력이지. 그런 깨달음과 은혜를 체험 하는 길이기도 하고. 그대도 이런 확신과 체험을 맛볼 수 있다면 참 좋겠는데.

  신언서판의 기준은 결국 사람으로서의 그릇, 즉 그 기량(器量)과 바탕을 보고자 했던 의도였어. 그 귀결점이 통찰력에 모아지는 것이고 통찰력은 존재성의 본질을 꿰뚫어보는 힘이니까. 여기에 대한 바른 인식을 갖게 되면 자신의 몸가짐과 말과 의지를 사용하는 일이 더욱 조심스럽고 진지할 수밖에 없겠지. 이는 오늘 날 하나님과 사람을 두려워하지 않는 지도층 인사들에게도 적용되는 것이라고 여겨져.

  덧붙여 본다면 신언서판의 의미는 처신에 있어서 염치를 지키라는 것이야. 언어에는 품격을 갖추라는 뜻이지. 글(學文)에는 자기소신과 의지를 담을 수 있을 때까지 오랜 학습과 단련을 쌓으라는 것이고. 그리해야 세상을 움직이는 섭리와 인지상정(人之常情)을 살펴볼 수 있는 통찰력이 얻어진다는, 그 다음에야 치국경세(治國經世)의 능력을 조금 얻게 되리라는, 그런 의도가 사람평가기준으로서의 신언서판에 담겨 있었다고 생각해. 여기에 예로 들면 낯설겠지만, 성경에 등장하는 인물들 가운데서 요셉과 다윗의 경우가 그런 정도의 함량을 지녔던 것 같아.

신언서판이 지닌 목적은 어떤 인재가 지닌 기능이나 재능보다는 먼저 성품의 부분을 살피는 것이었어. 선현들의 이런 인식은 대단한 지혜의 결실물로 여겨져. 세상을 움직이게 하는 최우선의 도구는 사람이니까. 그런 까닭에서라도 신언서판을 인격의 바탕을 재는 잣대로 삼은 것은 매우 현명했다는 생각이야.

지금도 남들 앞에 서게 된 Leader들의 재능과 열정에는 감탄할 때가 있어. 그 헌신에는 박수를 보내주고 싶지. 그러나 혹시 그 사람의 인격에 보이지 않는 장애가 있다면 이로 말미암아 뭇사람이 절망할 경우가 많다는 것도 잊지 말아야 할 일이야. 이런 부분을 헤아릴 수 있는 세심한 안목을 지니는 것도 그대와 내게는 필요하겠지. 꼭 그럴 수 있으면 좋겠어.

시를 쓰는 일도 이와 마찬가지라고 할 수 있어. 먼저 우리는 시 쓰는 정신을 반듯하게 만들어야 해. 시는 의미 없이 글자를 끼적이는 허영심이 아니야. 시에 꼭 필요한 언어를 찾아내겠다는 치열함과 이 언어를 깊이 사랑하는 품격이 선행(先行)되기를 요구하지. 아주 많이 읽고 또 많이 쓰다가 보면 언어에 대한 이 사랑은 더욱 깊어지고 풍성해지리라고 믿어. 그렇다고 이 사랑이 방자하게 노출되지는 않을 것이야. 시 언어는 꼭 있어야 할 그 자리에, 꼭 나타내 보여야 할 모습으로 가만히 자리할 것이거든.

우리의 시 언어에 대한 사랑이 이런 모습으로 나타나면 시

에 담긴 뜻이 감동의 울림으로 공명하게 돼. 오랫동안 그대와
내 마음속에 영향력을 행사하게 될 것도 분명하고.

02 언어건축물의 골격형성

1) 시에 이름 붙이기

사물은 모두 다 고유한 자기만의 이름을 갖고 있어. 이름은 타자(他者)에게 자신의 존재와 의미를 알리는 것이니까. 자기 존재성을 밖으로 내보이는 통로이기도 하고.

마찬가지로 시에 이름이 붙여지면 이것이 제목이야. 독자에게 자기가 시로써 존재한다는 것을 나타내는 통로가 되지. 시에 제목을 붙이는 일은 시의 구성(골격)과도 관계가 있어. 거기에 담아놓은 것이 무엇인지 보여준다는 뜻을 포함해. 즉 시의 형식과 내용에 있어서도 매우 중요한 부분이라는 것이지. 한 편의 시를 읽을 때도 그래. 제목이 제일 먼저 시선을 잡아당기잖아? 제목이 신선하면서 기발하고, 또 고유성과 절대성을 지니고 있으면 마음이 끌려들어가. 그런 경험은 누구나 하는 것이야. 예를 들어서 최영미 시집의 표제시 「서른, 잔치는 끝났다」는 어때? 다들 읽어봤겠지? 이제 내용은 잘 생각나지 않을 수도 있어. 그러나 서른 즈음의 고민하던 시간을 보낸 이들이라면 그 제목만은 여전히 선명하게 남아 있지 않을까?

시에 대해서 이야기할 때에는 제목이 언제나 맨 앞에 거론할 수밖에 없어. 시의 성공 여부를 가름하는 데 있어서도 결정적 작용을 하고 있지.

그대가 알고 있는 것처럼 문자로 된 창작물 즉 시 소설 수필 희곡(시나리오)을 언어예술이라고 해. 시나리오 중에서는 영상(연기)보다 문학성의 의미에 더 무게를 두는 레제 시나리오(Lese Scenario)를 포함해서 말이야.

이 중에서 가장 압축되고 정제된 언어형태를 지니고 있는 것이 시야. 언어 하나하나와 구절, 심지어는 문장의 어미나 조사, 사용된 문장부호까지 한 편의 시를 이루는 데 있어서 결정적으로 중요한 역할을 해. 이처럼 시는 아주 세심한 특징을 지니고 있어. 어느 한 부분도 소홀히 다루어지지 않아.

그런데 만약 시의 내용에는 고민하면서도 제목 짓는 일을 쉽게 생각한다면 어떤 결과가 나올까?

제대로 붙여진 시의 제목은 시에서의 극적구조를 더욱 탄력 있게 만들어. 시적정서를 계속 증폭시키는 역할도 해.

어떤 시가 좋은 내용(메시지)과 제대로 된 구조, 정확한 표현 등등 흠잡을 곳이 없어. 이런 상태일지언정 제목이 동떨어져 있다면 그 시의 의미는 절감돼 버리는 것이야. 시의 내용은 평면적인 것이 되고 말아. 긴장감이 떨어지게 돼. 심지어는 시가 지니고 있어야 할 극적구조를 허물어뜨리기도 하지.

시의 제목은 이만큼 중요해. 단순히 시의 내용을 암시해주거나 설명해주는 것이 아니거든? 주제나 소재를 반영하는 것뿐 아니라 시의 구조를 형성하는 데 있어서도 매우 중요한 부분이야. 말 그대로 Title이라는 것이지.

한 편의 시에서 사용된 시어(詩語)들은 작품의 내용을 결정하는 데 있어서 역동적으로 작용하고 있어. 그 시 안에서 절대고유성을 부여받고 있지.

제목 역시 한 편의 시에서 다른 것으로는 대치할 수 없는 절대성과 고유성을 지녀야 해. 시 내용과도 조화와 통일성을 갖춰야 하고.

어떤 시가 상당히 좋은 내용과 구조를 지녔어. 그렇더라도 제목과 내용이 동떨어져 있다면 완성도에서 모자라는 미흡한 작품이라고 할 수밖에 없을 것이야.

이처럼 시는 모든 언어예술 중에서도 가장 치열한 완성도를 요구하고 있어. 완벽에 가까운 미적장치를 요구하지. 이렇게 까다로운 시를 완성시키는 미적장치의 원리가 조화와 통일성이야. 이것이 갖춰졌을 때, 시는 언어의 튼튼한 구조물이 되는 것이지.

지금 한 편의 좋은 시를 앞에 펼쳐놨다고 해. 그것을 언어 전체의 부분에서 살펴보자고. 지금 펼쳐놓은 시의 구조는 어떻게 되어 있는지. 각 부분(행과 연)의 요소들이 어떻게 서로 연결되어 있는지. 그 연결된 것들이 응집되면서 구조는 어떻게 형성되고 있는지.

시의 구조에는 반드시 조화로움과 통일성이 부여돼야 한다고 이야기했지? 이것은 시적 구조를 완성시키는 중요한 원리야.

건축물의 구조를 정하는 데 있어서도 조화와 통일성은 매우 중요해. 이 구조 형성은 집합체수집이 아니거든? 구조물을 만든답시고 엉뚱한 것을 이것저것 끌어 모았어. 여기저기 끼워 넣었어. 그것으로 전체의 구조가 완성됐다고 할 수 있을까?

구조 형성은 집합체 수집이 아니야. 전체 연결로 이뤄지는 것이지. 아무 관련이 없는 것들이 모여 있는 것을 집합체라고 해. 그러나 조화를 바탕으로 한 전체는 필연적으로 관련성이 있는 부분들로 연결돼 있어. 그렇게 하나의 총체적인 모습으로 나타나는 것이지.

그렇다면 시의 구조는 어떻게 형성되어 있는 것일까?

제대로 된 한 편의 시에는 언어와 언어, 행과 행, 연과 연이 마치 생명체처럼 연결돼 있어. 이것을 일컬어 시 언어의 유기적 결합이라고 하거든? 그런데 여기에 통일성이 부여되지 않았거나 엉뚱하게 부여됐다면? 그렇지, 지금 그대의 지적처럼 이것을 기형적 구조의 시라고 하는 것이야.

방금 이야기했듯이 제목도 시의 주제와 의미, 정서와 분위기, 이미지 등에 부합되어야 해. 그렇지 않으면 시의 유기적

구조는 깨지게 돼. 제목이 동떨어지면 그 시의 조화로움과 통일성은 실종되는 것이야. 더 심하게 말한다면 시로서의 의미가 상실된 글이 될 지도 모르겠고. 또 제목은 새롭고 참신해야 독자의 관심과 호기심을 불러일으킬 수 있다는 것도 염두에 두면 좋겠네.

매일의 삶 속에서 겪는 정서나 감각에는 그대도 집중력을 유지하기가 어렵지? 그러다가 이를 일깨우는 참신성을 맛보게 되면 감각도 더불어 새로워지던 경험이 있지?

시의 참신성에 우리의 무뎌진 감각과 정서가 충격을 받으면 시에 대한 집중력이 발휘돼. 시의 제목에도 이런 참신성이 요구되고 있지. 또 시의 제목에 상상력을 발동(發動)시키면 내용에 대한 궁금증이 생겨. 기대 하게 돼. 이 역시 시에 집중하게 만드는 것이야. 이처럼 시인이 자기 시의 제목을 통해서 독자에게 궁금증이 생기게 했다면 성공한 제목이야. 이 궁금증이란 다름 아닌 시인의 상상력에 대한 궁금증이거든? 시에 그런 제목을 붙일 수 있다면 이는 독자의 상상력을 유발시키는 계기가 되지.

시는 구체적인 제목도 좋아. 독자의 집중력을 끌어들이는 힘이 있어. 추상적이고 한정범위가 넓은 제목을 능가해. 구체적인 제목을 통해서 시인과 독자는 훨씬 빠르고 강하게 서로의 경험 감각에 파고들게 되지. 시에 대한 의식이 초점화(焦點化)되면 그 시는 응집성이 강해지는 것이야.

제목이 구체적이어서 집중력을 갖게 했던 시 중에서 김정

환의 「純金의 기억」이라는 시가 생각나네. 기억이라는 단어는 시 언어로 사용하기에는 추상적일 수 있어. 관념어이기도 해. 그 한정범위도 넓어. 그런데 시인은 기억을 '순금의 기억'이라고 구체화시켰단 말이야. 결과는 무엇일까? 시에 강한 흡인력이 생겼다는 것! 독자의 시선을 잡아끄는 제목이 됐어. 이처럼 시의 제목은 특정한 구체성을 지니고 있어야 하는 것이야.

시의 제목은 "막이 오르기 전 무대에 드리워진 반투명의 장막"과 같은 역할을 한다는 글을 읽은 기억이 있어. 직접 겉에 나타나는 제목은 썩 좋은 것이 아니라는 뜻이야. 설명문이나 논설문처럼 독자가 아예 궁금증을 느끼지 않게 훤히 들여다보이는 제목은 썩 좋은 것이라고 할 수 없다는 이야기지.

제목은 그 자체로써 의미를 증폭시켜주는 것이어야 해. 시어(詩語)들은 제각기 자기 존재(언어) 속에 함축성을 지녔거든. 독자는 거기에서 각기 새로운 의미를 끄집어내고 있단 말이야. 제목에 다양한 의미를 함축할 수만 있다면, 그만큼 독자에게는 매혹적인 것이 될 수 있어.

시의 제목은 주제나 내용과 조화되는 것이 매우 중요해. 독자는 처음에 시의 제목을 읽어. 그런 다음 그 여운을 되짚어 헤아리며 시의 내용을 읽지. 이때부터 제목은 독자의 의식 속에서 계속 다양한 의미망을 형성하며 탄력적으로 작용하는 것이야.

2) 시에서의 첫 행 만들기

흔히 첫 단추를 잘 끼워야 한다고 하지? 무엇이든 처음이 중요함을 강조하는 말이야. 엉뚱한 이야기이겠지만, 삶의 태도에서도 나는 이 부분을 심각하게 생각하는 사람이기도 해.

시 창작에서 첫 단추는 바로 첫 행을 만들어내는 일이야.

시를 대할 때 이 첫 행에서 흥미가 생기지 않는다면 시 전체를 읽으면서도 긴장감이 풀어지게 돼. 시는 처음 읽는 첫 행에서 대부분의 관심과 호기심이 유발되거든? 이는 다음으로 이어지는 행과 연을 끌어당기는 힘이라고 할 수 있어. 그러니까 첫 행은 시 전체의 내용을 품도록 길을 열어주는 이정표가 되는 것이야. 이정표가 어설프면 목적지에 도착할 때까지 제대로 길을 찾을 수 없어. 우왕좌왕하게 되지. 끝에 도착하기까지 고달픈 길을 걸어야만 해. 남겨진 발자국(시 내용의 상관성과 필연성)도 어지럽혀져서 대수롭지 않은 것이 될 수도 있고. 다시 말해서 시의 첫 행을 어떻게 시작하느냐에 따라서 그 시의 성격과 느낌에 차이가 생긴다는 뜻이야.

한 편의 시 창작을 위한 설계(구상)를 했어. 시인은 첫 단추(행)를 어떻게 끼워볼 것인가 고민해. 그러다가 드디어 원하는 첫 행을 꿸 수 있게 됐어. 그 다음은 비교적 수월해지는 경우가 많아. 첫 행이 뚫리면 다음 행이 쉽게 이어지더라고. 첫 행이 갖는 강력한 힘이라고 할까?

이렇게 강한 흡인력을 지닌 첫 행의 시작에 정답이나 모범

답안은 없어. 다만 앞으로 제시할 여러 유형을 숙지한 다음, 거기에 독창성을 얹어서 찾아보는 것이 가장 이상적이라고 말해야겠네.

건축 시공을 할 때는 바탕(基礎)작업을 해. 언어건축(시 창작)에서도 이 기초 작업은 필요하지 않겠어?

대상을 향한 시적 상념이 떠올랐다면 아마 설계라고 할 수 있겠지. 어떻게 언어를 건축할까, 구상하고 구체화시키는 단계.

건축물의 용도가 결정되고 구상(Conception)이 끝나면 설계와 바탕작업이 진행돼. 그 다음 구조물로서의 기본골격이 세워져. 여러 층이 올라갈 경우에는 건축물의 특성, 사용되는 자재, 새로 개발된 건축기법에 따라서 바탕과 골격의 시공순서가 바뀌기도 해. 그럴 경우에는 숙련된 공사 진행책임자에게 그 권한을 위임(委任)하기도 하고.

시에서도 마찬가지야. 다만 시인은 언어건축에 있어서 설계(시의 구상)와 시공(시적구조에 따른 장치 사용과 제자리에 있어야 할 최상의 언어 배치)과 마무리(수정 보완 퇴고)까지 책임진다는 것이 다를 뿐.

건축물의 바탕작업이 끝나면 골격을 세우기 시작해. 이 골격재료는 용도에 따라서 철근 빔일 수도, 목재일 수도, 콘크리트 타설 벽일 수도 있어.

언어건축물(詩)에 있어서의 골격은 행과 연이야. 작은 마디의 가락 의미 이미지 강조는 행이 되고 그 다음 큰 마디의 가락 의미 이미지 강조는 연이 되지. 이것이 겉으로 드러난 시의 모습이야.

좋은 재료를 사용했더라도 구조와 형태가 온전하지 못하면 아름답고 튼튼하고 실용적인 건축물은 아니야. 시에서도 이는 마찬가지이고. 행과 연의 구분이 온전하지 못하면 그 언어건축물의 형태는 부실한 것이 되겠지. 필연성도 없이 행과 연을 구분하고 있다면 기형적 형태의 시가 될 수밖에.

시(韻文)의 구조는 워낙 치밀한 것이야. 그래서 유기적 생물체로 비유하기도 해. 행과 연은 시 구조의 골격이야. 여기서도 긴밀함과 필연성은 당연히 요구되지.

모든 아름다움을 표현하고자 하는 것(詩 書 畵 音 韻律 刻像)들의 본질은 미(美)를 추구하는 것이거든? 그렇다면 이 미학의 표현이 완성될 전제조건은 무엇일까? 형식과 내용의 일치라고? 그래, 맞아. 그러나 쓰는 일에 있어서는 형식보다 내용을 어찌 나타낼까 하는 것에 집중하기 쉽지? 아니라고? 형식의 반듯함에도 소홀하지 않다고? 아, 참 좋은 대답이네. 그렇다면 그대는 정말 튼튼한 시인이야. 시에서 행과 연이 갖는 긴밀함과 필연성에 대한 명확한 인식을 갖고 있다는 뜻이잖아? 그렇다면 형식(균형 잡힌 골격과 구조)에서도 튼튼한 언어건축물로서의 시를 창조해 낼 수 있겠지? 나는 그렇게 믿어.

그럼 이제 첫 행의 시작에 대해서 이야기해보자고.

우선 질문해볼게. 시에서 비유가 갖는 힘과 특성은 뭘까?

응? 흔히 갖고 있는 일상적 관념을 깨뜨리는 것이라고? 그래, 맞았어. 계속 만족스러운 답변을 할 수 있어서 그대도 즐겁지?

첫 행에서부터 이질성을 지닌 주지(主旨)와 매체(媒體)가 그 본질 속에 지니고 있는 동일성으로 결합하는 모습이 제시됐어. 그러면 독자의 일상적 관념은 처음부터 깨뜨려지게 돼. 놀라움과 새로움이 생기지. 관심이 집중되면서 시에 상당한 힘이 발휘된다는 이야기야. 그렇기 때문에 비유로 첫 행을 시작하는 것은 아주 좋은 시도라고 할 수 있어.

관념어로 시작하는 첫 행도 있어. 아직 습작기에 있거나 시 창작의 연륜이 짧은 시인들 중에 흔히 이런 방식을 선호하는 이들이 많아. 조심할 것은, 거기에 반드시 구체성이 나타나야 한다는 것이야. 이어지는 그 다음의 행에는 보다 분명한 암시를 포함시켜야 하고. 지금 이 부분의 이야기를 잘 기억해두도록 해.

모든 생명체(피조물)는 또 시간성에 제약을 받아. 계절성에도 민감하게 반응할 수밖에 없지. 시 창작의 재료 중에서 시간성은 주지(主旨, the tenor)와 매체(媒體, a vehicle)로도 많이 사용되고 있어. 이 단어가 관념적이기는 하지? 그 한정범위가 너무 광범위하고? 그러나 시인의 인식이 거기에 구체성을 부여할 수만 있다면 아주 깊은 의미를 담을 수 있는 시적 재료이기도 해. 시간과 계절은 인간에게 호기심과 기대를 주기 때문이야. 특정한 분위기와 정서를 만들어내기도 하고. 시간과 계절이 지니고 있는 의미가 생명의 생성과 성장, 성숙과 결실, 또 소멸 등에 관계하는 것이어서 그런지는 모르지만. 이처럼 시간성은 시의 첫 행에도 흔히 등장하고 있어. 시 창작에서 다루어질 때는 독특한 분위기를 제공하기도 해. 그런데 이것은 별다른 긴장감을 줄 수 없다는 문제가 생길 수 있어. 낮 밤 아침저녁과 봄 여름 가을 겨울 등등은 누구에게나 낯익고 익숙하잖아? 때문에 시간성을 첫 행으로 삼을 때는 상투적인 표현을 조심해야 하는 것이야. 시간성을 지닌 계절이 첫 행으로 등장하는 경우도 흔하게 볼 수 있지? 그러나 시 창작에서 사용할 때는 시간의 바뀜이나 흐름만을 나타내는 것이 아니야. 그보다는 어떤 상황이나 현상을 나타내는 하나의 원형일 수 있지. 예를 들어서 봄은 시작이고 여름은 성장을 위한 모든 에너지의 발산, 그리고 가을은 결실의 때이며 겨울은 침잠의 시간. 그런 보편적 의미를 갖고 있다는 것으로 이해해두면 좋겠네.

또 첫 행에서는 어떤 공간이 제시될 경우도 많아. 예를 들면 버스터미널이나 역전 같은 곳. 그러면 독자 역시 쉽게 호기심을 발동시킬 수 있어. 그런 장소의 체험은 누구나 갖고 있으니까. 쉽게 공감과 친숙함이 느껴지겠지. 첫 행에 이런 공간이 제시되면 묘한 분위기를 풍겨. 화자가 전하고자 하는 것의 정체는 아직 확연하게 나타나 있지 않아. 하지만 미지의 세계가 우선 제시되었단 말이야. 이는 독자에게 호기심을 주는 것이지. 그런데 이처럼 첫 행에 공간이 제시된 시는 다음 행에서 이를 충족시켜줘야 해. 독자가 긴장감과 호기심을 놓지 않게 하기 위해서야. 다음 행이 탄력적으로 받쳐주지 못하면 첫 행의 공간제시에서 만들어진 호기심과 시적 분위기, 또 상상력과 여운 등등이 사라지면서 싱거워지거든? 첫 행에 어떤 공간을 제시하면서 의욕적으로 시 창작을 시작했지만 결국 무덤덤한 시가 되고 마는 까닭이 여기에 있어. 첫 행에 제시된 공간을 그 다음 이어지는 행이 튼튼하게 받쳐주지 못해서 그렇다는 것.

시에 긴장감을 부여하려고 첫 행에서부터 시인의 개성적 시각을 돋보이게 하는 방법도 있지. 낯설게 느껴지는 상황을 제시하거나 참신한 이미지를 제시하는 것 말이야. 이것은 독자의 시선을 집중시켜. 상상력도 크게 자극하게 돼. 그러나 시의 첫 행에 대단한 의미를 부어넣으려고 하다 보면 자칫 어색한 상황(억지 문장)이 나타날 수도 있어. 물론 시인의 개성이나 재능 등에 따라 다를 수는 있겠지만.

이처럼 시 창작에서는 첫 행을 어떻게 시작하느냐가 매우 중요해. 첫 행이 중요하다는 인식을 하고 있으면 그 만드는 방법에서 자연스러움을 습득할 수 있게 되지. 그런 다음 그 첫 행에 흡인력을 만들어내는 것은 시 창작 공부를 포함한 시인의 노력과 재능, 사물과 대상을 관찰해서 담아놓는 내면 인식 등등에 달려 있는 것이야.

여기서도 잊지 말아야 할 것이 있어. 기발한 첫 행을 만들겠다는 것을 빌미로 억지는 부리지 말아야 한다는 것.

이런 균형 잡힌 태도를 지니기 위해서는 평서형 문장으로 첫 행 만드는 연습을 해보는 것도 좋겠지. 평서형 문장에서는 시에 담는 의미에 따라서 약간의 형태변화가 나타나기도 해. 주어가 일인칭으로 시작되거나 혹은 생략되는 경우도 있어. 특히 일인칭 주어 '나'가 등장하면 화자의 태도나 시적 분위기가 달라지기도 해. 인식주체자가 다른 대상과 차별성을 갖기 때문이야. 여기에 거짓 없는 진술, 독백 등이 사용되면 호소력을 갖게 되지. 다만 이런 평서형 문장의 시는 형태상 완결된 구조를 갖게 돼. 때문에 시를 시작하는 데 있어서 부담이 되는 경우가 있어. 그대가 아주 많이 써본 다음에는 담담한 문장표현이라도 독자의 마음에 울림을 줄 수 있는 경지에 이를 수 있다고 나는 믿어. 그러니 그대는 이것을 충분히 극복해낼 수 있겠지?

평서형 문장으로 첫 행을 시작하는 것보다 조금 자유로운 형태가 있어. 수식어와 수식을 받는 중심단어로 시작하는 것이지. 약간 어려운 부분인데, 시는 개념이 아니야. 정서를 증폭시키는 것을 더 중요하게 여겨. 수식어가 한 단어만 치장하기보다는 수식받는 언어를 의미에서 육화(肉化, Incarnation)시키는 일이 더 중요한 것이야. 이 부분의 설명이 너무 관념적인가? 아니면 지금까지 해오던 이야기 형태와는 다르게 너무 학술적일지도 모르겠네. 그래서 좀 막연하다면, 그대의 독해력 부족이라기보다는 내 설득력 부족을 탓하고 싶어. 이 부분의 설명이 미진하다면 뒤에 이야기할 이미지의 특질에 대한 부분을 참조하면 좋겠고.

흔한 경우는 아니지만 의태어나 의성어 등으로 첫 행을 시작하기도 하지. 의성어나 의태어 등의 낱말 하나로 첫 행을 시작하는 것에는 시인의 감춰진 의도가 있어. 그 언어의 기표 (signifiant)를 강조한다는 의미도 있지만 운율의 효과를 살리기 위해서 사용하는 것이기도 해. 아직 시창작의 기법에 숙련이 모자라는 경우의 시인들은 잘 염두에 두지 않는 것이기는 하지만.

한두 가지를 더 말한다면, 명사와 동사를 사용해서 첫 행을 시작할 경우야. 명사에 호격조사(呼格助辭)를 붙여서 첫 행을 시작하면 이것은 독자들의 청각을 자극하는 것이거든? 누가 (시인, 화자) 독자를 불러주는 느낌을 받게 되니 당연히 친근감이 생겨. 그리고 첫 행에 사용되는 동사(~하다) 역시 행위에 대한 강조와 함께 특히 시의 운율 형성에 기여하고 있다는 것을 알아두면 좋겠어. 그대의 시 창작에도 적용시켜 보면 더욱 좋겠고.

개인적으로는 형용사나 부사를 첫 행에 사용하라고 권하고 싶지 않아. 긴장감이 떨어진다는 생각을 갖고 있기 때문이지. 감탄사를 첫 행으로 사용할 경우에는 자칫 감상주의로 흐를 염려가 있어. 또 의성어, 의태어를 첫 행으로 잘못 사용할 경우에는 말장난이 되기 쉽거든? 응? 이 부분을 읽다 보니 별 걱정 다 하는 사람이라 핀잔하고 싶다고? 알았어. 다음으로 넘어갈게.

시의 첫 행은 여러 방법으로 만들 수 있어. 한 번 더 이야기해야 한다면, 첫 행은 반드시 호기심과 함께 다음 행에 대한 궁금증을 부여할 수 있어야 해. 이를 일컬어 첫 행에서 독자를 끌어들이는 힘이라고 하지. 또 이렇게 시작한 첫 행과 다음 행, 마지막 행은 긴밀하게 이어져야 되는 것이야. 그래서 시의 각 행들은 서로 유기적 관계성을 맺는다고 하거든?

지금까지 설명한 것은 첫 행에 대한 이야기의 대강(大綱)이었어. 아래에 이어질 이야기는 조금 더 전문성을 포함한 부분이니 바짝 귀 기울여야 할 것이야. 그러나 이것만 잘 숙지(熟知)해도 충분해. 여기 익숙해지면 자연히 그쪽으로 진전될 것이거든. 다만 이 바탕에 착오를 일으키지 않아야겠지. 그때부터 첫 행에서 호기심을 일으키고 다음 행으로 궁금증을 이어가는 시를 쓸 수 있을 테니까. 그대는 이를 마지막 행까지 밀고 나갈 호흡을 갖췄겠지? 그렇다면 시에서 큰 공명을 낼 수 있는 발성법을 터득한 것이야. 아직 거기 미치지는 못한 것 같다고? 무슨 걱정이람? 곧 그렇게 될 텐데. 나는 그대를 믿어.

여기에 대해서 한 가지 더 이야기해줄게. 시는 사실 잘 쓴 시, 못쓴 시로 구분하는 것이 아니야. 좋은 시와 그렇지 않은 시를 가려낼 뿐이지. 좋은 시를 쓰기 위해서는 먼저 제대로 쓸 수 있는 훈련이 필요해. 그러니 첫 행에서부터 긴장감과 집중력을 이끌어내는 방법을 습득해두라는 말씀.

"행은 리듬의 한 단락이거나, 의미의 한 단락이거나, 이미지의 한 단락이다."

김춘수 선생의 말이야. 이처럼 리듬을 중요하게 여기면 리듬의 단락이 행을 만들어내는 근거가 돼. 의미를 중요시하면 의미의 단락이 행을 만드는 근거이지. 또 이미지를 중시하면 이미지의 단락이 행을 만드는 근거가 되기도 해. 여기에 강조의 단락이 행을 만드는 근거가 된다는 것을 덧붙여볼 수 있겠지.

습작기에 있는 사람이라도 리듬의 단락으로 행을 만드는 법은 은연중에 익숙해 있는 것으로 여겨져. 그래서인지 무심히 사용하지. 리듬의 단락에 의지해서 행을 구분했을 경우에는 보다 분명하고 뚜렷한 운율이 형성되거든? 시는 운문이라고 하잖아? 산문(散文)과 운문(韻文)의 구분은 이 운율에 의해서 영향을 받는 것이야.

속에 것을 다 표현해내기 위해서 의미를 강조하는 경우가 많지만, 사실은 운율 자체만으로도 의미는 강조될 수 있는 것이야. 또 의미의 단락으로 행을 만들 때도 염두에 둬야 할 부분이 있어. 의미가 중심이 되면 자칫 리듬의 부분이 느슨해질 수 있다는 것이지. 의미를 강조하려다 보니 노골적 직유가 사용될 수도 있고.

시를 써온 연륜이 많은 이들은 이미지로 첫 행을 시작하는 경우가 많아. 이미지로 행을 만들면 나타나는 특징이 있어. 첫 행에서부터 선명한 인상이나 감각이 두드러지거든? 그대도 사용된 시어(詩語)의 이미지가 살아나도록 그 단락을 행으로 배치해보지 않겠어? 그 신선함에 많이 놀라게 될 텐데?

시의 행을 만드는 부분에 있어서 리듬의 단락이나 의미의 단락, 이미지의 단락으로 행을 만드는 방법에서 어긋나지 않았다면 시 내용의 흐름에는 자연스러움이 나타나. 그렇게 자연스럽게 흘러내리다가 돌연 어떤 행을 마주치면 긴장감과 낯섦이 느껴질 때가 있어. 자연스럽게 흐르던 시의 행에 예기치 않던 낯선 행이 등장했으니 어떤 현상이 발생할까? 그대가 시에 집중해 있다가 낯선 행에 마주쳤다면 당연히 긴장감이 생기지 않겠어? 긴장해서 더 집중하겠지? 이런 효과를 내는 것이 강조의 단락이야. 시를 읽어오던 평범한 흐름을 의도적으로 거역해서 독자를 긴장하게 만드는 것. 이처럼 역설, 낯섦, 돌출 등의 단락이 어떤 행에 등장하면 시가 팽팽해져. 이는 독자의 의식을 집중시키는 뛰어난 창작 기법이라고 할 수 있어. 그러나 조심해야 돼. 긴장감을 유발하기 위한 방법으로 이 강조의 단락을 자주 사용하다 보면 억지가 개입할 수 있다는 것이야. 내 아는 이들 중에서 활달하고 기발한 상상력을 지녔다고 여겨지는 이들이 있어. 그들의 시에서도 이런 현상이 자주 목격되더라고. 이런 부분을 잘 새겨둘 수만 있다면 시 창작에 있어서 이 강조의 단락으로 행을 만드는 일은 꼭 필요하다는 생각이야. 시적 긴장감과 탄력을 가져오는 데는 더없는 효율성을 지니고 있으니까. 그렇더라도 이를 너무 지나치게 사용하면 곤란해. 강조의 정도에서 시적 흐름을 도외시한 지나친 돌출을 삼가라는 뜻이야. 이것이 지나칠 경우에는 시적 긴장감을 주기보다는 오히려 시에서의 통일성이 깨지거든? 특유의 힘이 사라진다는 이야기야. 역효과가 발생할 수 있어. 독자를 당황하게 만들지. 시인의 억지와 작위(作爲)가 노출된 것이니까. 시인으로서 만약 독자에게 억지를 부린다면, 그것은 시 쓰는 사람의 태도는 아니잖아? 또 다른 부분에서 이야기하자면, 강조의 단락을 너무 많이 사용할 때 의미의 흐름이나 이미지의 연결이 끊기는 경우가 생겨. 시의 호흡에 방해가 되기도 해. 뿐만 아니라 방금 전에도 이야기했지만 작위적인 기교가 너무 쉽게 노출될 염려도 있지. 이는 독자를 식상하게 만드는 것이야. 다시는 그가 쓴 시를 거들떠보지도 않게 할 수 있고. 그따위 잔재주는 속된 말로 밥맛없는 것이잖아?

3) 연은 어떻게 구성되는가

악보의 구성이 어떻게 형성되는지는 그대도 알고 있지? 두 마디는 한 동기가 되고, 두 동기는 작은악절이 되고, 두 작은악절은 큰악절이 되고, 이것이 다시 한 도막 형식, 두 도막 형식, 세 도막 형식으로 진전되는 형태 말이야.

시의 행과 연도 마찬가지야. 행은 시의 작은 단락이고 이 작은 단락들이 모여서 큰 단락을 이룬 것이 연이라는 사실.

운율에 맞춰진 작은 단락이 행을 이룬 것을 리듬에 초점을 맞춘 작은 단락이라고 해. 이 작은 단락들이 모여서 연을 이루게 되면 리듬의 큰 단락, 즉 리듬에 초점이 맞춰진 연이 되는 것이야. 이렇게 구성된 단락의 행과 연은 운율, 즉 음악적인 부분에 중심을 두고 있지. 다른 관점에서 살펴보면 청각적 요소를 강조한 것이고.

혹시 그대는 지금 메시지 중심이나 의미를 중시하는 시를 쓰고 있어? 그렇더라도 사용되는 언어에는 반드시 운율이 배려되어야 해. 시를 운문(韻文)이라고 하기 때문이지. 어떤 형태의 시를 창작하더라도 리듬을 창조하는 언어를 사용할 필요가 있어. 거기에 의미의 통일성 부여를 잊지 않을 수 있다면 그 시는 아주 빛을 반짝일 수 있을 텐데.

그대와 내가 독자로서 어떤 시를 읽게 됐어. 그러다가 이 시가 도대체 지금 무슨 말을 하고 있는 것일까, 하는 의문이 생겼어. 그 의미가 뒤죽박죽인 느낌을 받는 경우야. 까닭이 무엇일까? 한 번 같이 생각해볼 테야? 왜 그런 의문이 생기는지 까닭을 알고 나면 읽는 일에서도 즐거움이 생겨. 즉 고급독자가 될지 가늠해볼 수 있다는 것. 쓰는 일에서 뿐만 아니라 독자로서의 안목도 아주 고급으로 매우, 많이 높아진다는 것.

앞에서 이야기한 것처럼 의미 중심의 시, 의미 중심의 연으로 구성된 시를 읽으려면 당연히 그 의미의 집합체 속을 들여다봐야 하지 않겠어? 그런데 어떤 시에는 그 의미가 정돈되어 있지 않아. 제자리에 있어야 할 의미가 헝클어져 있어. 어리둥절할 수밖에. 시 속에서 화자가 무슨 말을 하는데 알아들을 수 없다는 뜻이지. 낯설기만 하고.

물론 시 창작의 표현 방식 중에 경우는 다르지만, 방금 말한 것과 같이 '낯설게 하기'라는 기법이 있어. 그런데 의미의 한 덩어리(연)에 통일성 부여되지 않았다면 이 낯설게 하기의 기발함은 의미의 통일성과는 동떨어져 있는 어처구니없음이 되겠지.

의미의 큰 단락으로 연을 만들면 시적 내용이나 의미가 각각 한 단위로 나타나게 돼. 때문에 여기에는 반드시 의미의 통일성이 부여돼 있어야 하는 것이야. 시적내용에 담고 있는 의미가 한 연을 이루면, 그 연은 '의미의 큰 집합체'가 되는 것이지.

다음은 이미지로 큰 단락을 만드는 이야기야.

이미지는 무엇보다도 그대와 나의 감각에 호소하는 것이거든? 이것들이 모여서 연이 형성되면 그 감각의 특성이 독자를 주목하게 만들어. 시각 청각 후각 촉각 미각 등 오감에 직접적 호소를 하기 때문이지. 이 중에서 특히 시각적(회화적) 이미지 사용에 익숙해지면 다른 이미지 사용도 쉽게 돼. 습작의 기간에 이를 충분히 훈련해두면 시 창작의 방법이 더욱 충실해질 수 있어. 시각적 이미지 표현은 시에서 구체성 부여를 좀 더 수월하게 할 수 있기 때문이야. 이는 내 경험이기도 해. 시에 담는 메시지를 보다 분명하게 전달하려면 이 구체성 확보는 필수잖아? 내 개인의 주관적 견해에 불과할 수도 있다고? 하긴, 그렇게 생각할 수도 있겠지. 구체성 확보의 부분에서는 그대가 더 효율적인 방법을 지니고 있다고 여기면 될 테니까. 그러나 내가 이야기한 방법도 습작기의 창작훈련에는 많은 도움이 될 것이야. 나는 그렇게 믿어. 쓰는 방법의 효율성을 습득하기 위해서 혼자 애쓰다가 깨닫게 된 내 경험의 한 부분이니까. 그대도 이 방법을 창작훈련에 적용시켜보면 참 좋겠다는 생각에서 들려준 이야기야.

03 시인의 편지

전에 누가 김다연의 시집 『바늘귀를 통과한 여자』(시선사, 2005)를 건네주더군. 거기에서 「자반고등어」라는 시를 읽은 적이 있어.

그때 이 한 편의 詩를 읽으며 어른거린 상념을 누구에게 털어놓기가 힘들었지. 그러나 오늘은 그대에게 말해볼 테야. 앞으로 어떤 상념에 시달리게 되던 읽고 쓰는 태도가 여전할 것이라면, 정녕 그렇다면 내 말을 한번 들어주기를 바라면서.

생각해보니 나는 쓰는 일에만 매달리는 사람이야. 일하는 시간을 벗어나면 별다른 흥밋거리가 없었어. 엉뚱한 것에 관심이 생기지도 않았고. 왜 그런 것들이 다 덧없는 일이라는 인식을 갖게 됐을까?

오랫동안 나를 지켜본 어떤 사람이 말해준 적이 있어. 내 마음 깊은 곳에는 사람에게 절망한 경험의 상처가 자리 잡은 까닭일 수 있다고. 터무니없었어. 나는 명랑하면서도 거침없는 기질을 지녔거든? 이런 사람을 관찰한 시각의 초점은 빗나간 것이었지. 듣고 웃었어. 혹시 자신의 입장을 빗대어 나를 동일시한 것일지도 몰라서. 그냥, 그러려니 했지. 나 역시 그이를 관찰한 바에 따르면 일종의 일렉트라 컴프렉스(Electra complex)에 시달리는 사람이었단 말이야. 그런 이유로 나를 대리충족의 대상으로 삼는 것 같았어. 그러나 내가 이미 그 '사람의 아들'로 오신 분, 그리스도 예수의 손을 붙들고 있음은 모르는 듯했어. 몇 가지 뒤뚱거리던 일들은 벌써 오래 전에 치유된 사람인 것도. 이 치유의 과정은 점진적으로 이어졌다는 것에 대해서도 마찬가지였어. 아주 오래 전부터 내게 밀착된 감정을 갖고 있는 사람이야. 내가 글을 쓰는 것은 다만 자가 치유의 한 방편이라고만 인식하는 사람이지. 흔히 쓰는 말로, 나를 혼자서도 잘 지내는 사람으로 여겨. 이것만은 사실이기도 해. 글 쓰고 있는 동안에는 별 잡념이 생기지 않거든? 아쉬운 것도 없고.

그런데 말이야. 때로는 시 쓰는 일이 벽에 부딪힌 느낌을 받을 때도 있어. 혼자서만 끙끙거릴 뿐, 그렇다고 앞으로 나아가지지 않는 까닭은 누구에게 물어보지도 않지. 그럴 때면 전에 써놨던 글들을 들여다보거나, 탈고랍시고 고쳐보며 끼적거리는 일이 전부야. 그 대신 미처 읽어 내리지 못했던 것들을 다시 읽는 일에 집중하지. 시집 『바늘귀를 통과한 여자』도 그중 하나야.

시에서 화자가 털어놓는 진술은 상당한 긴장감과 절박함을 호소하고 있었어. 그러면서도 나름대로 관조의 태도가 보여서 덩달아 편안해졌지. 그러다가 마지막 행을 읽는 순간 나는 자신도 모르게 "빌어먹을"이라는 말을 뱉고 말았거든? 왜 그랬는지는 그 시를 함께 읽은 다음 말해보도록 할게.

자반고등어
詩/ 김다연

이제 떠나야겠다
너도 되지 못하고 나도 되지 못했던 몸뚱이를 데리고
숨을 곳 하나 없는 너의 바다를 떠나야겠다

밴댕이처럼 속없어도 살 수 있는 곳
썩어 문드러질
창자 같은 것은 모조리 훑어서
낯가죽 두꺼운 짐승들에게 먹이로 던져주고
한 물 간 여자의 고쟁이 속 같은 시장으로 들어가
소금 맛을 잃었다는 사람들에게
절여진 요부처럼 행세나 해야겠다

복잡함이 지워진 뇌 없는 머리와
시신경이 죽은 두 개의 푸른 눈알로

담백한 친구도 되어주고
달짝지근한 친구도 되어주며
가시발린 입으로는 야들야들한 회를 떠서
부담 없이 사는 맛을 전해주어야겠다

이제 보호막인 비늘이 없어도 부끄럽지 않다
내 귀에 파도소리 들리지 않는다
등 푸른 속 다 파내고 나서야 날 닮은 너를 가슴에 둔
다
생의 좌판에서 한 손이면 충분했을 우리 사랑

　행과 행이 이어지고, 연과 연이 나뉘는 동안 화자는 아주
태연스럽게 이야기 하고 있지? 자기 삶을 관조하는 듯해. 그
렇게 진술하고 있어. 그런데, 그러다가 마지막 행에, 생의 좌
판에서 한손이면 충분했을 우리 사랑이라니!

　처음을 읽으며 느낀 심정은 이런 것이었어. '능청스럽게 잘
도 끌고 가는구나.' 그러나 마지막에 와서 그런 심정을, 저렇
게 흔히 쓸 수 있는 말로 단번에 무찔러버리다니. 시집을 탁,
하고 놔버렸지. 한참을 생각해야 했어.
　시인의 참다운 정서는 무엇일까? 그 내면인식이 어떠해야
이렇게 사람 가슴을 덜컥하게 만드는 언어를 꼭 있어야 할

그 자리에 넣을 수 있을까? 혹시 나는 눈 간질거리고 귀에 살랑거릴 언어 찾기에 몰두하고 있던 것은 아니었을까? 아니면 너무 훤하게 보이고 낯간지러운 얘기만 늘어놓았을까? 과연 내가 사는 날 동안 몇 행의 절창(絕唱)이라도 엮어낼 수는 있을까? 이 삶의 태도는, 쓰는 일에 대해서 정녕 그런 진정성을 확보하고 있는 것일까?

이런 상념에 붙들릴 때마다 쓰는 일에 최고의 가치를 부여하고 있다는 이들을 떠올리게 돼. 이 상황을 극복하는 방법이 어떤 것인지 탐색기를 들이대 보고 싶은 마음도 들고.

이 관념의 정서가 사실은 어쭙잖지? 그러나 이것이 시를 사랑하기 때문이라는 당위(當爲)를 부여하면 많이 부끄럽지는 않아.

이 마음을 비울 수 없고 쓰는 일도 멈출 수 없으니 연필 던져버리기는 차마 못하고 있어. 정말 그래. 사람을 묶어버리는, 시 쓰는 일 따위는 내려놓아야만 한다고 부딪혀오는 의지에 반응하지 않는 것도 마찬가지고.

이제는 정직하게 속을 들여다봐야겠어. 마음 움직이는 것에 순응하는 습관도 다시 배워야겠지. 삶의 태도가 견고해져 버렸으니 새로운 습관을 배우기는 힘들지 몰라. 어쩌면 이미 늦었을지도. 그렇다한들 아직 감당해야 할 일은 남았다고 생각해. 벌써 포기할 필요가 없다는 사실을 잊지 않고 있지. 또한 가지는, 욕심으로 헐떡이던 이 삶의 시간 속에서 쓰는 일보다 더한 가치와 충족감을 주는 일을 나는 맛보지 못했어.

그러니 어찌 쓰는 일에 손 놓을 수 있으리. 이것은 이제 내 살아가는 시간 동안의 의미 부여가 되어버린 것을.

04 시 언어의 절대성

일상적으로 쓰는 언어는 의사전달이나 개념을 설명해. 전달 수단으로서의 목적을 갖고 있지. 의사전달만 된다면 여러 가지의 언어형식의 사용도 가능하고. 부모님을 꼭 어머니, 아버지가 아니라 엄마, 아빠라는 다른 언어형식으로 대체해도 이 의사전달에는 지장이 없어. 불편이나 혼란하지도 않아. 그런데 시의 언어는 달라. 형식을 바꿀 수 없어. 비슷한 의미를 지닌 다른 언어로 대체할 수도 없지. 그 본질에서 절대적 존재로서의 고유성을 갖고 있기 때문이야. 한 편의 시는 이 고유성을 지닌 언어들이 유기적으로 결합해야만 만들어질 수 있어. 다시 말해서 일상어는 의미전달의 수단이야. 그러나 시 언어는 그 자체가 목적적인 존재이지.

시 속에 어떤 언어가 사용되었어. 이것이 시어(詩語)로서 존재하는 이유는 한 가지뿐이야. 그 자리에, 그 언어가 아니면 표현과 의미가 왜곡될 수밖에 없는, 그래서 오로지 그 언어가 사용되어져야 하는 필연성과 유일성 때문이지.

"시는 무용의 언어이고 산문은 보행의 언어이다."

발레리의 말은 시어가 갖는 존재로서의 목적에 대해서 꿰뚫고 있어. 보행은 목적지를 향한 수단이야. 닿기까지 걷는 것이지. 그러나 무용은 동작 하나하나가 목적이고 표현이거든? 그 동작 하나하나는 자체로서의 고유성을 갖고 있지. 시의 언어도 마찬가지야. 언어 하나하나가 발레에서의 동작 하나하나와 같은 성격의 목적성을 지녔어.

언젠가, 라틴댄스를 배우고 싶었던 적이 있어. 왜 그랬는지는 여전히 까닭을 모르겠네. 하여튼 이상한 호기심이었지.

TV에서 발레라든가, 심지어는 젊은이들의 힙합댄스 장면 같은 것이 나와도 유심히 들여다봤어. 그러다가 어느 순간부터는 기막힌데? 아니면, 어설프군! 하는 느낌을 받게 되더라고. 언뜻 보기에는 상당히 괜찮다가도 어설픈 부분이 노출되는 이유를 처음에는 몰랐지. 그냥, 그런가보다 했거든? 그런데 나중에 이 까닭을 알아냈단 말이야. 그 방면의 문외한에게도 어설픈 느낌을 주는 댄스나 발레의 결함은 뭐였겠어? 바로 동작의 정확성에 문제가 있다는 것이었지.

이 책과 어울리지 않는 이야기를 늘어놓은 까닭이 무슨 뜻이었는지 감지(感知)했어?

한 번 더 말해두지만, 시어(詩語)는 그 자체로써 절대적 존재라는 고유성을 갖고 있어. 무용의 동작 하나하나가 목적인 것처럼 시어 하나하나도 존재로서의 고유성을 지녀. 그러니까 이 시어가 있어야 할 그 자리에서 사용되는 유일어가 아니라면 어설픈 시가 될 수밖에 없어. 마치 동작의 정확성에 문제가 생긴 어설픈 댄스처럼.

이와 같이 시어는 자신만의 고유성을 지니는 것이야. 꼭 있어야 할 그 자리에 사용된 유일어(唯一語)로 존재하지.

일상 언어에서 이것을 찾아내는 역할은 시인에게 맡겨져 있어. 때문에 먼저 시어에 대한 정확성을 확보하는 시력을 지녀야 해. 이 시력(視力)은 대상을 제대로 살펴보는 힘이야. 관찰하는 각도에 왜곡이 없는 분별력과 확신이기도 하고.

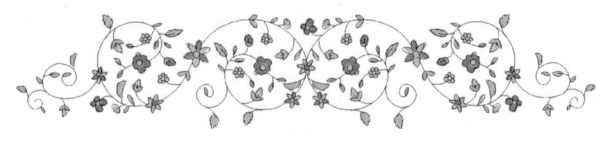

05 시 언어의 고유한 속성

언어는 소통을 위한 하나의 기호(記號, sign)라고 배웠지? 응? 여기에 인간의 사고를 개입시키면 이 기호를 통해서 언어와 사물의 존재성이 서로 연결된다고? 정답! 그런데 시의 언어는 조금 다르기도 해. 이 기호를 벗어나서 원래의 사물이 되려는 성질을 갖고 있거든? 본질에 대한 분명한 인식을 획득하기 위해서야. 이것을 자기존재성이라고 여겨. 그러니까 시어는 스스로 언어이면서도 사물의 껍질만 나타내는 언어이기를 거부해. 사물과 일체감 지향을 스스로의 존재성이라고 여겨. 시 언어가 갖는 가장 고유한 속성이 그래. 언어 다루는 이들이 힘든 것은 아랑곳 않지. 시의 형체는 이런 언어를 통해서 사물이 지닌 본질의 모습과 내면의 정서를 나타내. 또 이 본질은 언어를 통해서만 자신의 존재를 드러내지. 또 한편으로는 그 언어로부터 해방되려고 하는, 불가능하고 모순된

논리를 당연하게 여기니 그 고삐를 틀어쥐기가 무척 힘들어.

지금의 이야기는 너무 학술적인 내용일까? 하지만 시의 속성에는 이런 부분이 있다는 것도 알아두기를 바라는 마음이야. 시의 본질에는 이런 것들도 포함돼 있어. 또 이를 헤아리는 데 게으르지 않다면 그대는 사유(思惟)하는 시인으로서 차별화된 인식체계를 가질 수 있을 것이 분명해.

언어구성은 기의(記意, signify)와 기표(記標, signifiant)로 이루어지는 것이야. 기의는 기호(記號, sign)의 내용이지. 의미를 표시해. 기표는 또 기호를 표현하는 성질을 갖지. 언어를 나타내는 형식, 혹은 음성(소리)을 말해. 그리고 이 기표는 언어의 구성 가운데서 의미 있는 음성과 형식(문자의 표기 등등)으로 표현돼.

언어가 소통을 위해서 사용될 때 의사전달의 방식에서는 기의에 더 관심이 쏠려. 의미전달만 되면 형식에는 구애받지 않으니까.

누구에게 어떤 흥미 있는 이야기를 들었어. 나중에 생각해보면 그 언어표현의 방법(형식)보다 그 말의 내용과 의미가 훨씬 더 가깝게 남아 있게 되거든? 일상 언어에서는 이렇게 기의(記意)가 우월한 힘을 발휘해. 그러나 시의 언어는 오히려 기표(記標)가 관심과 주의력을 갖게 만들지. 이것들은 시인이 찾아낸 최상의, 최고의, 최적의 언어형식이기 때문이야.

반복해서 하는 이야기이지만 시의 언어는 그 자체가 고유성을 지니고 있어. 똑같은 의미일지라도 최적의 언어형식으로 표현되기를 요구한단 말이야. 자기가 있어야 할 그 자리에 유일하고 고유한 존재로 있기를 원해. 시어(詩語)에서의 기표는 의미를 나타내는 단순한 도구가 아니야. 때문에 그 자체가 절대적이고 목적적인 존재로서의 고유성을 확보하고 있어야 해. 그래야 독자의 시에 대한 관심과 집중을 불러일으킬 수 있지. 만약 이런 상태에 어설픈 장식이나 쓸데없는 의미의 확장이 생겨버린다면 그 시는 순식간에 누더기가 되고 마는 것이야.

시를 쓰는 사람이라면 누구나 다음과 같은 일을 경험해봤을 텐데? 최적의 기표가 내뿜는 힘과 흡인력이 다른 기표로 대체되었거나 무엇이 덧붙여졌을 때 순식간에 그 울림이 소멸되어 버리던 일.

06 시 창작에서 사용되는 이미지의 개념

　시를 쓰기 위해서 어떤 대상을 포착했어. 자세히 살피고 사유(思惟)하면서 그 대상이 속한 세계에 대한 통찰력과 깨달음도 얻었어. 그렇다면 이것들을 구체적인 형상, 즉 이미지로 표출해서 감각경험을 자극할 수 있을 때 시가 되는 것이야. 만약 그 느낌을 설명적 문자로만 나열했다면 철학적 사유를 적은 글이겠지. 그러나 시는 아니야. 인식과 사유의 결과를 표현한 수단으로서의 문자가 시적 질서에 의해서 형상화된 언어표현은 아니기 때문이지. 이처럼 시 창작에서는 시적 장치로서의 한 부분을 차지하고 있는 이미지가 매우 중요해.

　시인이 대상에게서 얻은 통찰력, 새로운 세계의 가치관 발견 등등은 아직 문자로 형상화되지 못한 추상적 관념이잖아? 이 인식과 사유의 결과물이 아직 문자(언어)로 형상화되기 전이라면 이는 혼자만의 감성이며 주관적인 느낌에 더 강하게 지배받고 있는 것이야.

이런 주관이 이미지를 통한 감각대상으로 등장하면 어떤 현상이 발생할까? 시인의 표현에 이미지가 사용되면 추상적 관념은 감각대상으로 바뀌게 돼. 독자는 이 감각을 통해서 구체성을 제공받을 수 있고.

이것을 정리해보면 다음과 같아.

(1) 대상에게서 받은 느낌과 그 존재가 지닌 가치의 발견, 거기에서 얻어진 사물에 대한 통찰력, 사유의 결과물들이 아직은 시인 혼자만의 주관적이고 추상적 관념이다.

(2) 여기에 이미지가 부과되면 이 관념은 감각대상으로 등장한다.

(3) 이 감각이 독자와 정서적 공감대를 형성하면 작품은 구체성을 확보한 것이다.

다시 말해두겠어. 구체성이 분명하게 부여된 작품에서는 시인과 독자 사이에 정서적 공감대가 생겨. 그리고 이 공감대형성 폭의 크고 작음은 시인이 책임질 몫이라는 것을 알아두면 좋겠고. 왜냐고 묻는다면 다음과 같이 대답해야겠네. 쓰는 사람의 입장이 능동적이기 때문이라고. 독자의 입장은 피동(읽는)적일 수밖에 없다고. 그렇지?

각설하고, 시 창작에 있어서 이미지는 매우 중요한 구실을 해. 이를 창출해내는 바탕은 상상력이야. 때문에 상상력이 결여돼 있으면 제대로 된 시는 만들어지지 않는다고 하는 것이지.

07 시의 구성요소

  '시 쓰는 이야기'를 읽는 동안 시를 쓰는 마음과 시가 어떻게 만들어지는지에 대한 개념이 반듯하게 형성됐어? 그렇게 믿어도 돼? 그렇다면 그 개념을 구체적인 것으로 만들어 주면 좋겠다는 생각이 들었어. 시를 구성하는 요소의 실제적인 부분을 이야기해보려는 까닭이야. 혹시 생소하거나 소홀하던 부분이 나오면 잘 흡수해두기를 바라는 마음과 함께.

  먼저 이 말을 해둘 테야. 시 창작이론에 밝다고 해서 반드시 좋은 시를 쓰는 것은 아니라는 것. 그러나 여기에 대한 기반이 빈약하면 곤란하지. 자기가 써놓고도 자기 시의 품새를 깨달을 수 없을 테니까. 다른 좋은 시를 읽더라도 마찬가지야. 느낌으로는 알듯 싶지만 왜 좋은지는 선명하게 알 수 없거든.

  시에는 음악(리듬)적, 의미(메시지)적, 회화적(繪畵的)인 것

등의 세 가지 구성요소가 있어.

여러 습작시를 읽다 보면 나름대로 시에 메시지(의미)를 넣으려고 애쓴 흔적을 찾을 수 있어. 그러나 회화적 요소를 사용하는 일에 좀 어색하거나 서투르다는 느낌을 받을 때도 가끔 생겨.

회화적 요소는 바로 이미지(心象)를 뜻하는 것이야. 시 창작이론을 가르치는 이들은 대부분 같은 말을 해. "시는 이미지"라고. 시의 언어들은 의사소통 수단으로서의 기호를 넘어서 있다는 것을 알고 있기 때문이지.

시 언어는 새로운 세계를 창조하는 표현자체로서의 존재성을 지녀. 그 자리에 있게 된 유일어로서의 목적성을 갖고 있어. 목적하는 새로운 세계를 보여주기 위한 호소(呼訴)야.

이것이 설득력을 갖추려면 내용을 구체적으로 형상화시켜서 독자의 감각에 부딪혀가야 해. 그래야 독자들은 시인의 이 호소를 실감할 수 있는 것이야. 바로 이 형상화, 다시 말해서 육화(肉化, Incarnation)된 의미의 언어가 바로 이미지이고.

1) 이미지가 지니고 있는 의미

이미지는 개념이나 기호(소통을 위한 설명적 언어)가 아니야. 독자의 감각경험에 호소하는 역할이지. 느낌을 갖게 하면서 구체성을 제시하는 존재야. 시적의미를 구체적으로 육화(肉化)시켜서 보여주는 성질을 갖고 있어.

시인의 속에 담겨 있는 관념과 정서와 감정 등이 밖으로 표현되기 전에는 아직 추상적일 수밖에 없어. 일방성과 주관에 여전히 지배받고 있지. 독자들은 그것을 헤아리지 못해. 그러나 이것이 이미지를 통한 시어로 나타나는 순간 구체적인 세계가 되지. 이미지는 시인의 주관적 관념을 감각에 호소하는, 느낄 수 있는 지각(知覺)대상으로 만들어 놓는 것이니까. 독자가 이를 감각해서 느끼는 순간부터 거기에 구체성이 부여됐다고 말할 수 있고.

이미지는 시 속에 들어 있는 묘사와 진술에서도 그 특질을 나타내고 있어. 비유와 그 비유에서 사용된 보조관념에서도 감각대상으로 등장하고 있어.

그렇다면 이 감각적 대상과 그 특질의 표현은 어떤 의미를 갖고 있는 것일까? 이 특질을 표현하기 위해서 갖춰야 할 것은 또 무엇인지 그것을 살펴보기로 해.

시 창작을 위한 대상을 만났어. 거기에 대한 지각이 생겼어. 이 지각작용이 마음속에 들어오면 감각대상이 돼. 이를 감각하게 된 시인의 느낌을 그려보면 이것들이 바로 이미지 표현, 언어의 형상화가 되는 것이야.

시 창작에서 나름대로는 세심한 감각으로 이미지를 만들었어. 그런데 막상 써놓고 보면 시원치 않을 경우가 있거든? 이유가 뭘까? 아마 대상에 대한 특질이 분명하게 표현되지 않아서 그렇지 않을까?

설명하자면 이런 것이야. 어느 농촌에서 소를 몇 마리 키운다고 해. 거기 하루살이 같이 작고 숫자도 많은 곤충들이 덤벼. 일일이 꼬리로 쳐서 떼어낼 수 없어. 순한 눈만 껌뻑거려. 그러다가 아주 귀찮아지면 가끔은 음머, 소리를 지르지. 코를 푸푸, 하며 고개를 주억거리기도 해. 그 모습을 상상해봐. 소가 지닌 순한 특질이 나타나지? 또 다른 성질도 지녔음을 떠올릴 수 있고.

이처럼 감각(지각)하게 된 대상의 특질에 대해서 표현한 것을 구체성이라고 해. 여기에는 그것을 살펴본 시인의 개성이 드러날 수밖에 없어. 이 표현에 주관성이 강하게 나타났더라도 독자가 수긍하고 동감할 수 있다면, 이것을 일컬어 정서적 공감대가 형성됐다고 하는 것이야.

지금 무릎을 탁, 쳤을지도 모른다는 상상을 해봤어. 흐릿하던 부분이 선명해졌을 것으로 기대하면서.

그대에게는 이런 이야기를 들으면 모호하던 부분이 확연히 깨우쳐지는 감수성이 넘치지? 그러나 전에는, 시에서의 구체성 확보방법이 무엇일까 고민은 했었지? 지금 이 부분이 명확해졌지? 그런 것 같다고? 좋아! 아주 시원한 대답이어서 즐겁네. 정말 그렇다면 그대의 시 창작 단계는 몇 걸음 훌쩍 건너뛴 것이 분명해. 틀림없어. 대상의 본질을 나타낸 이미지와 거기 구체성 부여를 위한 특질표현의 징검다리 건너기. 사실 이것은 그 방법에서 막연하고 또 쉽지 않은 것이거든? 그런데 그대는 어렵지 않게 건넜잖아? 덩달아 나도 명랑해졌어. 다음에 이야기하는 비유의 부분에서도 이처럼 잘 뛰어넘을 수 있다면 그때는 훨씬 더 활기차게 말해줄 테야. 그대는 참 튼튼한 시인이 될 것이라고.

이미지의 일반적 의미 가운데는 비유적 언어(은유와 직유의 보조관념)라는 것이 있어. 비유적 표현으로써 이미지를 국한시키는 것이야. 비유적 표현을 통해서도 신선한 이미지를 생성해낼 수 있지. 그러나 이것을 너무 수사적으로 좁게 한정시켜서는 곤란해지지 않을까? 왜 이것을 이야기하느냐면, 시 쓰기에 조금 익숙한 이들이 이를 놓치는 경우를 봤기 때문이야. 비유적 표현에 있어서 수사적 방법에만 매달려있기 때문이었어. 그러다가 보니 비유가 어설퍼지게 된 경우지.

시인이 자기의 주관적 정서를 객관화시키고 또 상상력을 동원하는 것에는 까닭이 있어. 시가 어떤 대상이나 세계를 직접적으로 드러내지 않기 위해서야. 시 창작에서는 이를 바탕으로 하는 표현방식을 요구하지. 그렇다고 거기 너무 구애받을 필요는 없어. 다만 시는 그 표현의 방식에 있어서 비유적 속성을 갖는다는 이야기니까.

이미지는 마음속의 감각경험과 이 경험의 대상을 재생시킬 수 있는 모든 언어를 말하는 것이야. 감각에 호소하며 활달한 상상력을 자극하는 것이 이미지이고. 바유는 이미지 사용방식의 효과를 극대화 시킬 수 있지. 이미지 또한 비유의 효과를 가장 두드러지게 만들어. 시적 장치로 사용되면서 가장 효과를 나타내도록 상호보완적 역할을 한다고 할까? 이를 잘 새

겨두면 참 좋겠어. 내가 자꾸 이 부분을 강조하는 것은 다음
과 같은 이유 때문이야.

시는 대상이나 세계를 직접 드러내는 것이 아니거든? 직접
드러내려면 직유법이 사용될 수밖에 없잖아? 직유법이 많이
사용된 시에서는 큰 울림이 생겨나지 않아. 시인이 자기의 인
식세계를 너무 설명하려 하는 태도를 보이기 때문이지. 때문
에 공명도 파장도 작게 느껴질 수밖에 없어. 당연히 독자에게
는 또 다른 세계를 상상해볼 수 있는 몫도 작아지겠지. 설혹
어떤 정서적 공감대가 생겼다고 해. 그렇더라도 독자의 심금
에 공명(共鳴)을 주기는 힘들어. 일상적이고 누구나 훤히 아
는 사실이니까. 무슨 뜻인지 알겠지?

2) 이미지의 역할

그림은 회화성(繪畫性)을 지니고 있어. 인간의 감각 중에서
시각을 자극해. 그렇게 자기존재성을 호소해오지. 그림을 보면
서 감동을 느끼는 정서적 반응도 마찬가지야. 시각을 통한 감
각은 어떤 것보다 더 구체적이고 선명한 느낌을 갖게 하니까.

시의 표현이 이미지가 지닌 회화성을 이해하고 있다면? 그
사용방법에 대한 확고한 인식을 지녔다면? 사용된 이미지의
특질에 과장이 담겨 있지 않다면? 시인의 진정성을 바탕으로
한 상상력이 나타났다면? 그 시는 반드시 큰 울림을 지닌 정

서적 공감대를 만들어 낼 것이야.

참 이상한 일은, 괜찮은 시처럼 보이는데도 아쉬운 점이 잘 발견되거든? 시를 쓴 시인의 기법에 모자람이 없어. 이미지에 대한 정확한 인식과 사용방법도 지녔고. 그런데 쓴 시에 진정성의 결여가 나타난 경우야. 울림이 생기지 않아. 그것을 어떻게 아느냐고? 방자한 말이겠지만, 나 정도의 사람은 읽다 보면 그냥 느껴져. 알게 돼. 이것은 오래 써왔고 많이 읽기도 한 사람에게만 보여주는 시의 특성이기도 해. 묘하지?

하여튼 그런 그렇다 치고, 진정성의 결여 뿐 아니야. 내세운 이미지의 특질을 표현하는 데 있어서도 과장과 허위의 방법이 사용됐다면 거기에서 울림은 생겨나지 않더라는 것이야.

시는 아름다움을 바탕으로 하고 있지. 그런데 이를 가장한 허위의 시에서는 진정성을 찾아보기 힘들어. 천박한 가치관에서 출발했기 때문이야. 여기에서 돌이켜 치유해야겠다는 생각도 하지 않아. 자기의 허위조차 시라는 장치를 통해서 입증해 보이겠다는 강박관념만 나타날 뿐이지. 그런 열등감으로 말미암은 발버둥을 이야기하다 보니 아름답게 여겨지지 않네. 여기에 대해서는 그만 이야기하기로 해.

사물에 대한 시인의 구체적 인식과 특정한 정서가 언어로 가시화, 형상화돼서 한 편의 시가 탄생했어. 마음의 눈을 자극하고 호소해오는 하나의 세계가 된 것이지. 그러면서 이 시는 자기 영역의 공간을 확보하는 것이야. 이런 면에서 살펴본다면 시의 언어는 단순한 기호나 개념이기를 거부한다는 것이 맞는 말이라고 여겨지네. 오직 의미의 육화(肉化, Incarnation)로써 구체적 시각성을 확보하려고 할 뿐이니까. 목적성을 가진 존재로서 뚜렷한 실감을 나타내는 것에 공감이 가. 마음의 영상에 맺혀지며 다가서는 실체로서도 그렇고.

이처럼 이미지는 시적세계의 공간을 보고 느끼게 해. 생생하게 체험할 수 있도록 해주고 있어. 하나의 그림처럼 보여주는 역할이야. 구체적 의미를 지닌 사물의 모습을 지각과 감각의 대상으로 느끼게 해주지. 시적세계를 구체적 형상을 지닌 회화(繪畫)로 만들어내. 회화적 이미지가 하는 일은 이런 것이야.

시에서의 이미지는 감각적이고 말초적인 장식이 아니야. 사물이 가지고 있으나 보지 못했던 모습, 새로운 의미들을 시인의 통찰로 나타내 보이는 통로와 같아. 이를 통해서 시적의미와 사물이 새로운 모습으로 등장하고 있지. 시는 절대 관념의 세계가 아니거든. 시인이 파악한 모든 존재의 본질을 구체적으로 형상화해내는 것이야. 바로 그 통로의 역할을 하는 것이 이미지이고.

언어의 그림이라는 말은 이미지의 시각적 요소만 강조하는 것은 아니야. 시 구성요소로써 역할의 중심부분을 수행한다는 강조의 의미가 담겨져 있어. 그대도 나처럼 늘 느끼는 것일 텐데, 흔히 어쭙잖은 관념시는 서툴러 보이지? 시에서 이미지가 무엇인가에 대한 개념이 너무 얕고 얇은 까닭이야. 이미지는 관념적이거나 추상적인 시적의미와 정서를 구체적 형상으로 만들어 놓거든? 그래서 이미지를 언어의 그림이라고 일컬어.

시에서 이미지의 역할을 분명히 인식해야 해. 그렇게 하면 시가 어떻게 구성되는지, 시적 장치의 사용은 무엇인지에 대해서 매우 익숙해질 것이야.

시의 표현, 즉 진술과 묘사에서 이미지를 통한 구체성은 반드시 필요해. 시 자체에 울림이 품어지도록 하기 위해서야. 정서적 공감대를 형성하기 위해서이기도 하고. 그렇게 할 수 있는 통로가 바로 이미지라는 것이지.

무협소설을 예로 들어서 엉뚱한 얘기 하나 해볼게.

그 옛날 강호를 주름잡던 절정고수들을 보면 다 출중한 무예를 수련한 다음 강호에 나왔대.

좀 싱거운 이야기이긴 하지? 그런데 하여튼, 출중한 무예를 닦는 조건은 무엇이었을까? 세 가지 정도만 말해볼 테야? 왜 묵묵부답이람? 이런 이야기에는 흥미가 없어서 그런가?

어느 분야에서이건 튼튼한 바탕 위에 서려면 자신의 노력이 최우선이야. 그 다음이 자기가 정하고 가려는 길에 대한 정확한 이정표를 손에 넣는 것이지.

무협소설에서의 좋은 이정표란 그 양식(pattern)이 정해져 있어. 아주 고수인 사부님을 만난다거나, 몰래 전해져야 할 만큼 놀라운 무예의 수법의 적힌 비급(秘笈)을 얻는다거나, 내공이 몇 갑자 늘어나는 영약(靈藥)을 얻는다는 것이거든? 웃지 마. 그냥, 그러려니 해. 일갑자(一甲子)는 60년의 시간이야. 여기서는 그 정도 수련(修鍊)의 수준을 말하지. 한 가지를 더 얹어놓자면, 타고난 재능도 무시하지 못할 조건이 될 수 있어.

예를 들어서 좋은 소질을 지닌 이의 그 손속의 수법이 기발하기는 해. 그러나 경험이 아직은 강호초보라 할 수밖에 없다면 싸움에 임해서 출수(出手)의 순서는 어색하겠지. 그렇더라도 이 재능은 무시할 수 없는 조건이 된다는 말이야. 닿아야 할 것에 대한 노력에서 우리가 흔히 알고 있는 곤이지지(困而知之) 학이지지(學而知之) 생이지지(生而知之)의 뜻을 생각해보면 이를 능히 가늠할 수 있을 터.

시는 정서의 세계이며 또 정서의 표현이기도 하잖아. 그러나 아직 쓰는 일에 익숙하지 않은 이들은 시 속에 정서를 녹여 넣으려하지 않아. 우선 노골적인 감정진술로 토해 내기를 좋아해. 그러나 분명하게 말해두지만 그건 시라고 할 수 없지. 만약 그런 습관과 태도를 버리지 못하고 강호에 나서면 아무도 거들떠보지 않는 무명소졸에 그치고 말 것이야. 지금 이 말을 받아들이기 힘들고 끝내 그 습관과 태도를 버리지 못하겠다면, 그냥 자기 집 앞마당(인터넷 사이트에 흔하고 흔한 문학동호회 같은 곳)에서 막대기 칼싸움 실력 자랑하는 것이 나을지도 몰라. 왜냐하면 자기 집 마당에서는 오히려 우뚝할 수 있기 때문이지. 아무도 거슬리지 않거든? 그러나 정식으로 강호에 발을 들여놓고 싶다면 미리 알아둘 것이 있어. 이 강호에는 여러 가지의 틈을 비집고 들어온 인물의 격(格)과 손속의 수법

과 내공의 깊이를 재보려는 이상한 작자들이 득시글대는 세계
라는 것. 그렇기 때문에라도 내공증진과 손속의 수법을 더 확
실하게 단련시키고 강호에 등장하라는 것이지.

　각설하고, 시는 노골적인 감정진술에 의해 형성되는 것이
아니라고 했지? 다시 말해서 시는 숙성된 인식에서 만들어진
일련의 이미지로 형성되는 것이야. 이것은 정서환기의 역할도
해. 구체성을 갖추고 등장해서 독자의 정서까지 환기시켜. 즉
독자에게 새로운 세계를 맛보여준다는 뜻이지.
　그런 예로 최 영미의 아주 짧게 쓴 시를 읽어볼까?

　지하철에서 1
　시/ 최 영미

　나는 보았다.
　밥벌레들이 순대 속으로 기어들어가는 것을

　이 시에는 일상적이지만 그러나 쉽게 포착해낼 수 없는 이
미지가 사용됐어. 우선 시 제목에서 배경을 암시해. 그러다가
곧바로 시인의 내면 인식이 적나라하게 표현되지. 군더더기
하나 없어. 두 행의 짧은 시인데 적나라한 내면인식이 나타났
잖아? 그랬으니 뭔가 설명거리 한두 행쯤 등장할 수도 있겠
지? 그런데 전혀! 노골적인 감정진술로 이어지지 않는단 말이

야. 그런 까닭에서라도 제대로 된 시라고 해야 할까?

한번 살펴보기로 해.

지하철의 전동차가 순대의 이미지로 나타났어. 출근시간이 겠지. 생활을 영위하기 위해서 밥벌이 일터로 나가고 있어. 그러니까 거기에서 뒤처지면 안 돼. 사람들은 기를 쓰며 거기에 탑승하려고 해. 그 모습이 충분히 상상되지?

시인은 여기에서 밀치고 떠밀리는 군더더기 묘사를 생략했단 말이야. 그 광경을 보며 느낀 감정에 대해서도 진술하지 않아. 다만 모든 것을 야유하듯 짧게, 밥벌레의 이미지로만 제시하지.

첫 행에서 <나는 보았다>라고 말해. 일인칭의 화자가 자기 주관성을 강하게 나타내고 있어. 마치 시인 자신이라고 말하는 것처럼. 이어지는 행에서도 대상을 향해 <밥벌레들이 순대 속으로 기어들어가는 것을>이라며 직접적이고 노골적으로 묘사하고 있거든? 이것은 이미지의 초점을 한 군데에 쏟아놓은 방식이야. 독자의 마음에 덜컥, 충격을 줄 수 있는 표현으로 등장하고 있어. 마치 거침없이 쓱쓱 그려버린 크로키처럼 보여. 이미지에 나타난 대상의 특질을 묘사하는 시각에 독특한 개성이 드러나. 짧지만 당돌하게 감각되는 그림. 바로 이미지가 하는 역할이야.

3) 이미지는 상상력이다

시인은 대상을 향한 자기 내면의 인식, 정서 등을 이미지로 표현해. 독자들 역시 이를 통해서 시의 세계를 상상하지. 시인의 관념이 이미지로 형상화돼서 등장하면 독자는 이를 감각하며 구체적인 시적체험과 감동을 맛볼 수 있는 것이야.

흔히 말하기를 시는 마음의 눈으로 본 세계라고 하잖아? 마음의 눈으로 본다는 것은 대상을 마음의 창에 비춰본다는 뜻이야. 외관만 보는 것이 아니지. 이는 먼저 상상력을 동원해야 돼. 이를 바탕으로 사물의 감춰진 세계, 숨겨진 모습들을 발견해내는 것이야. 대상의 이면에 있는 특질을 심상(心象, image)에 새겨놓으면서.

어떤 대상을 마주했어. 이때 시인은 자신의 상상력으로 그 대상의 내면세계와 건너편의 세계, 그리고 남들이 알지 못하는 특질까지 발견해내고 있어. 시는 이렇게 무한한 이미지로 창조되는 것이야.

부연하자면, 이미지는 시인의 상상력을 통해서 만들어져. 독자들도 이를 통해서 시적세계와 그 세계의 의미를 상상하지. 이처럼 이미지는 독자들에게 시의 세계를 구체적으로 체험할 수 있게 만드는 실체야. 또 시인과 독자 사이에 공감대를 형성하게 만드는 통로가 되기도 해.

시인이 이미지를 통해서 독자들을 상상시킬 수 없다면, 자신이 창조한 세계(詩)를 분명하게 보여줄 방법이 없잖아? 서

로 공감할 통로도 부실할 수밖에. 그래서 시는 이미지 그 자
체라고 하는 것이야. 독자의 상상력을 불러일으켜서 시의 세
계로 몰고 가는 힘. 그러므로 튼튼한 시인은 자유로운 상상력
을 소유하고 있어. 마음껏 이미지를 창조해낼 수 있는 숙성된
인식세계를 갖춘 사람이기도 해.

그렇다면 시에서 이미지가 하는 최우선의 일은 무엇일까?
여러 번 이야기했지만 대상에 대한 감각경험을 재생시키는
일이야. 감각대상의 특질을 나타내는 일이기도 하고. 이로 말
미암아 시 세계에 구체성을 부여하고 있어. 이것이야말로 이
미지가 하는 최우선의 일이지.

이미지는 감각을 자극(시인이 발견한 대상의 특질에 대한
개성적 표현 혹은 해석)하는 언어야. 시인이 자신의 주관적 정
서를 구체적인 세계로 표현해낼 수 있는 통로를 제공해주지.

시 창작 과정에서 이미지에 대한 분명한 인식을 하게 된다
면, 쓰는 일은 훨씬 진전된 단계로 또 나아갈 수 있거든? 아
주 신나는 상상이지?

이미지는 시의 주제와 의미들을 제시하기도 해. 여기에 대
해서는 한 가지 알아둬야 할 것이 있어. 시 창작을 할 때 이
주제와 의미에는 설명적인 표현이 필요하다는 생각을 하기
쉽다는 것이야. 때문에 직유법 사용의 유혹을 받기도 하지.
이는 정말 사양해야 돼. 이 부분을 명심하고 있으라고 권하고
싶어.

시는 그 주제나 의미를 그대로 노출시키지 않아. 이것이 강

론이나 종교적인 설교와의 차이점이야. 여기에서는 설명적 언어용법이 사용돼. 그러나 시는 그 핵심 메시지조차 이미지에 의해서 간접적으로 드러낸다는 것이지. 전달하고픈 사유의 흔적은 시 언어문자에 포함된 암시성이나 함축성에 담아낸다는 뜻이야.

때로는 이 간접적 드러냄에 매달리다가 주제와 의미의 특질 제시가 어정쩡해질 때가 있어. 이 또한 구체성이 상실된 시가 탄생하는 경우지. 시의 내용에서 구체성이 상실되어 있으면 넋두리가 되거든? 시인이 그 시에서 무슨 말을 하고 있는지 독자는 몰라. 산뜻하게 감각할 수가 없기 때문이야. 독자도 시 한 편을 앞에 놓고서는 자기 나름대로의 상상력을 발휘하고 있어. 때문에 그대는 꼭 기억해둬야 해. 이미지 창출은 전달하고 싶은 시적의미들을 예술적으로 형상화시키는 수단이라고. 반드시 여기에 익숙해져 있어야 한다고.

한 편의 시에 나타나는 분위기와 상황, 배경도 이미지가 될 수 있어. 사투리나 욕설 등을 사용하는 것도 이미지 창출의 한 방법이야. 그 시 세계에 사실감을 부여하지. 이런 이미지가 사용됐다면 그 시적 공간과 정서는 특정한 색채로 물들여져. 낯선 사투리, 뜻밖의 욕설이 시적 의미들을 살려내는 역할을 하기도 해. 그러면 독자는 생생한 느낌과 함께 사실감을 맛보게 되지.

이미지는 또 시 세계의 강렬함을 나타내 보일 때도 있어. 강렬한 인상이 제시되면 시 속에 충격과 긴장감이 발생돼. 독자가 여기에 반응하기 시작하면 대상에 대한 느낌도 변화할 수밖에 없어. 익숙한 세계와 사물을 독특한 이미지로 표현하면 이 세상의 세계와 거기 존재하는 사물은 마치 처음 대하는 것처럼 새로워져. 신선해진단 말이야. 호기심과 함께 설레는 대상으로 느껴지기도 하고.

이처럼 대상에 대한 표현수단에서 보더라도 이미지 창조 없이는 시가 성립하기 힘들다는 것이야.

이미지는 관점에 따라서 몇 종류로 나뉘는데 정신적, 비유적, 상징적 이미지로 분류하는 것이 일반적 유형이지.

정신적 이미지는 심리적 이미지를 말해. 대상을 향한 감각 경험을 불러일으키는 것이야. 아직 습작기에 있는 시인지망생들도 무의식적일지언정 이 부분에는 익숙하다고 여겨져. 그대도 여태껏 써온 자신의 시를 한번 세밀히 살펴봐. 정신적 이미지를 사용한 비중이 얼마큼인지. 어떻게 사용했는지. 왜 그렇게 많은 비중을 차지하고 있는지. 아마 새로운 안목을 얻게 될 것이야.

정신적 이미지는 우선 감각에 호소하는 것이거든? 감각의 어느 부분을 자극하느냐에 따라서 시각적 청각적 촉각적 후각적 미각적 이미지로 분류하는 것이야. 이 다섯 가지는 감각을 대표하는 오감이잖아? 그러니까 이 오감에 호소하는 것이 바로 정신적 이미지야.

소위 말하는 난해시나 감상주의(sentimentalism)시에서도 사용된 이미지의 많은 부분이 정신적 이미지의 범주를 벗어나지 못하고 있어. 시 창작 태도가 아직은 관념적인 부분에 머물러 있을 확률이 높을 때 더욱 그렇지. 시인이면 누구라도 삶의 체험을 시에 녹여서 나타내 보이고 싶을 것이야. 그러나 감각경험을 통해서 발생한 내면인식과 정서를 노골적으로 토로하는 습관을 버리지 못했기 때문이라고 할까? 무의식적으로라도 이 정신적 이미지 사용에만 익숙해 있지. 한 번 더 이야기해 두지만 시는 자기 정서의 노골적 진술이 아니야. 잘 알아두면 좋겠어. 이미지를 통한 간접적 호소일 뿐이라는 것도. 이것이 참 시와 시적이라는 허위의 가면을 쓴 넋두리와의 차이점이지.

내면의 정서를 숙성시키기 위해서 시인은 자기 혼자만의 숙성방법을 갖고 있어야 해. 독서 음악 여행 종교에의 몰두 그리고 사람과 사람 사이의 관계성에서 진정성 찾기 등도 한 방법이 될 수 있으리라고 믿어.

그대는 자신의 시에 정신적 이미지가 정말 많이 사용됐다고 느꼈는지. 그렇다면 공감각적 이미지 창출에 더 익숙해져야 할 필요가 있어. 물론 다른 감각 이미지에도 익숙해 있어야 한다는 전제가 따르지. 그렇게 할 수만 있다면 훨씬 폭 넓고 호소력이 강한 시를 쓸 수 있을 것이야. 여기에 더해서 비유적 이미지는 시적세계를 깊고 풍부하게 만드는 역할을 한다는 것까지 알아두면 참 좋겠네.

이미지에는 상징적 이미지도 있어. 이 부분에서의 대상은 자기 자신을 직접 드러내지 않는다는 것이야. 예를 들어서 연꽃이나 십자가 등은 다 지각적, 감각적 대상이잖아? 정신적 이미지라고 할 수 있지? 그러나 또 한편에서 보면 십자가는 기독교를, 연꽃은 불교를 상징하거든? 때문에 상징적 이미지라고도 할 수 있는 것이야.

4) 시는 사물의 현실이다

"실제로 물질적 상상력은 문화적 이미지와 실체를 합체시키는 유일한 매개체이다. 우리는 물질적으로 자신을 표현함으로써 모든 삶을 시로 변화시킬 수 있다."

프랑스 시인이며 철학자였던 가스통 바슐라르(Gaston Bachelard, 1884~1962)의 말이야.

혹시 물질적으로 자신을 표현하다는 말에 거부감이나 당혹감이 느껴졌어? 그렇다면 여전히 쓰는 일에 대해서 관념적이거나 추상적인 생각을 한다는 증거일 수 있어. 이런 태도는 바람직하지 않아. 창작되는 시에 추상과 관념만 나타날 수 있거든. 이를 상상력이라고 착각해서는 정말 곤란해. 자기 글에 대한 책임감의 문제라는 의식도 지녔으면 좋겠고. 이런 시에 나타나는 특징은 전혀 구체성이 확보돼 있지 않다는 것이야. 쓰든 달든 삶에 부딪혀 본 경험을 시에는 담지 않았으니까. 미사여구(美辭麗句)로 언어를 치장했다한들 공허한 시일 수밖에.

요즈음은 시의 형태를 갖가지로 분류하기도 해. 하지만 거기에 앞서서 시는, 이 세상의 세계에 존재하는 모든 사물과 현상들의 현실을 쓴다는 사실이야. 더욱이 모든 존재들은 추상적이고 관념적이며 모호한 상황에 있기를 거부하지.

성악에서 '벨칸토' 창법이라는 것을 알지? 그 발성법의 특징이 우선 가슴과 배에서 호흡을 끌어올리는 것이잖아?

세세한 부분까지는 한참을 설명해야 하니 그 개요만 말해 볼게.

발성법에서 제일 중요한 것은 호흡이야. 이 끌어올린 호흡을 둥글게 벌린 입안에 머금었다가 미간과 시선의 앞쪽으로 자연스럽게 던져서 울리게 하는 것이 발성이야. 호흡이 배에서 가슴으로 끌어올려지는 동안은 횡경막이 받치고 있어. 그다음은 성대(vocal organ)를 울리게 해. 즉 각 개인의 성부(聲部)에 따라서 연구개(軟口蓋)와 경구개(硬口蓋)에, 머리통(頭部)과 비강(鼻腔)에 비브라토(vibrato)를 일으켜. 그 다음에 미간 쪽 앞에 던져져서 청중의 귀에 공명(共鳴)으로 전달되는 것이지.

쓰는 일도 마찬가지야. 글을 대하는 태도에 진정성과 집중이 있어야 해. 이는 발성법에서의 호흡과 같아. 거기에는 온갖 삶의 체험이 녹아들어가 있어야 한다는 뜻이기도 하고.

청중은 성악가의 호흡법이 어떠한지 알지 못해. 그 소리의 공명에서만 그것을 가늠할 뿐이지. 독자 역시 시인의 글 쓰는 태도를 알지 못할 수 있어. 그러나 시인 스스로는 자기의 쓰는 태도를 알고 있지 않겠어? 호흡은 온 생명을 다한 들숨날숨의 표시야. 마찬가지로 쓰는 일은 자기 진정성의 바닥을 끄집어내서 보여주는 일이지. 그러니까 이 문자언어를 다루는 일은 건성으로 할 수 있는 것이 아니야.

콜리지(Samuel Taylor Coleridge 1772~1834)는 이런 말을 했어.

"이미지는 아무리 아름다워도 그 자신으로는 시인의 특징이 되는 것은 아니다. 이미지가 독자적인 본능의 증거가 되는 것은 훌륭한 정열, 또는 그 정열로 잠 깨워진 일련의 사상 혹은 이미지의 여하에 따라 시 자체가 변할 만큼 그 중요성을 갖고 있을 때뿐이다."

여기에서 훌륭한 정열이라는 말은 시인이 갖춰야 할 삶의 태도를 말해. 시 쓰는 일에 부여받은 동기와 거기에 일체의 허위나 방자함을 초월한 삶의 절대적인 가치를 부여한다는 것.

나는 생활 영위를 위한 것을 제외하면, 대부분의 시간을 시를 쓰는데 쏟으며 살아왔어. 그러나 삶의 가치부여에 대해서는 늘 즐겁고 행복할 것만을 염두에 뒀지. 그렇다고 이것이 부끄러운 것이었을까? 아니지? 그렇더라도 내 앞에 더 높은 가치 추구의 길은 있었어. 이 책의 서두에 이야기했던 신학자 전철의 말처럼 삶의 목표를 '아름다움을 추구하는 것'에 둘 수도 있었다는 것이지. 사람들에게 밀착해서 마음을 내주며 살고 싶었는데, 행동으로 실천하기에는 의지가 모자랐어. 심정적으로는 동의하면서도 그러나 삶의 태도로 이를 실행하기에는 게을 렀지. 성품에서의 함량이 모자라는 것도 그 한 원인이었을 것이야.

이제는 이 삶의 태도까지 견고해져버렸네. 하지만 이를 만회하는 방법으로 진실하게, 그러나 서두르지 않으면서 내 시 쓰는 정신을 더욱 숙성시켜보고 싶어. 그렇게 해서 진정성이 가득 담긴 몇 행의 절창을 엮어낼 수 있다면 이 또한 내 삶에서 건져낼 작은 아름다움이 아니겠는지.

이렇게 시 쓰는 이야기를 나눠보았어. 시 쓰는 일에 대해서 내가 제시할 수 있는 방법론은 여기까지야. 좋은 시를 쓰는 일에 이 책이 참고가 된다면 좋겠네. 그렇더라도 그것이 곧 완성된 시는 아닐지 몰라. 만들어진 시에 더 집중해야겠지. 더 세심하게 살펴봐야 할 테고. 더 맑게 표현될 언어는 없는지 확인하는 작업으로서의 퇴고도 남아 있을 테니까. 이는 당연히 시를 써서 완성시켜야 하는 그대의 몫이야.

모쪼록 건투를 빌어. 그대 역시 언어와 치열한 사랑에 빠져버렸잖아? 고달프게 시달릴지언정 이 언어와 전투를 피하지 않겠다고? 축하해. 쓰는 일에 매달려보겠다고 마음을 정했으니 앞으로 그대의 삶은 더욱 충실하게 빛날 것이 분명하기 때문이야. 정말 축하해.

08 시를 쓰며 살아갈 한 사람

　원고정리를 모두 끝내고 문득 기형도의 시가 읽고 싶어졌다. 그 짧은 생애에 남겨놓은 단 하나의 시집 『입 속의 검은 잎』을 꺼내서 읽다가 가만히 내려놓았다. 또 불면의 밤을 보내기는 힘들 테니 소주라도 한잔 마셔봐야겠다는 생각 때문이었다.

　어떤 사람과 술을 마실 때도 한번 들은 이야기지만 아내는 말했었다. 아주 드물긴 했어도 내가 혼자 앉아서 술 마시는 모습을 보면 싸늘한 슬픔이, 짜릿한 아픔이, 그렇다고 그것이 요란스럽지도 않게 마음에 스며드는 것을 느낄 수 있었다고.

　기형도의 이 시집은 쓰는 사람이라면 누구나 다 한 번쯤은 읽는 것이다. 나는 가끔 읽었다. 그러면서 늘 가라앉게 되는 느낌을 걷어버리고 싶어 했다. 누구나 이 부분은 그렇게 느끼고 있는 것처럼.

엊저녁에도 마찬가지였다. 그렇다고 이것을 취기에 의지해서 처리하기는 싫었다. 다시 읽어 보려 펼쳐든 책을 덮을 수도 없었다. 얼른얼른 페이지를 넘기다가 마지막 페이지 「엄마 걱정」까지 훑어보게 되었다. 그러다가 그만 거기서 또 멈추게 되고 말았다.

<찬밥처럼 혼자 방에 담겨> 있었다는 표현에 이런! 왜 가슴이 덜컥 내려앉았을까? 앞에 엎디어서 책을 읽고 있던 작은아이의 얼굴을 왜 쳐다보게 됐을까? 쳐다보는 내 눈길에는 물기가 보였을까?

먼저 자겠노라며 슬며시 일어서는 녀석의 궁둥이를 툭 치며 잘 자라고 했다. 그랬더니 아이는 "아빠, 혼자서 너무 분위기 잡지 마!"라는 말을 남기고 자기방의 문을 쿵 닫았다. 비록 아비의 입장과 정서를 이해한다는 표현이었지만, 그렇게 제자리로 가는 아이의 등에서는 다른 시대의, 다른 꿈을 지닌, 다른 사내가 될, 다른 체계를 지닌 형상이 어른거리고 있었다.

결국 한 병의 술병 마개를 비틀어야 했고.

마시며 다시 읽다가, 이 시집에 해설을 붙인 김현 선생의 말에 눈이 멈췄다.

"좋은 시인은 그의 개인적·내적 상처를 반성·분석하여, 그것에 보편적 의미를 부여할 줄 아는 사람이다. 대부분의 시인들은, 그러나 자기의 감정적 상처를 지나치게 과장하거나, 그것을 감춤으로써, 끝내, 기형도의 표현을 빌면 <추상이나

감상의 망토>를 벗지 못한다. 그것은 성숙하지 못한 때문"이
라고 써놓고 있었다.

그러면서 기형도는 상처를 서정적으로, 증오의 감정이 없는
추억으로, 그리움으로 되살려내고 있다고 쓰고 있었다. 그런
데 여기를 읽는 순간, 아니나 다를까? 망사가 촘촘해서 잘 걸
러내지도 못하는 이 속내의 채에는 갖가지 상념들이 뭉치기
시작했다.

적극적으로 그 말에 수긍해보자고도 했다. 동감하는 부분도
많았다. 하지만 한편으로는 선뜻 고개 끄덕여지지 않는 이 자
의식은 뭐란 말인지. 다만 이렇게 생각할 뿐이었다.

'상처의 기억을 증오하지는 않더라도, 그러나 그것을 그리
움으로 떠올리기는 참으로 힘겹고 고달픈 일이 아니겠는가?'

내가 혼자 앉아서 술을 마시면, 알지 못하는 슬픔이 자기에
게도 살며시 스며들어오는 것 같다던 아내의 그 이야기가 잘
잊히지 않는다. 그 말을 듣고 가만히 웃었던 기억이 난다. 나
는 그런 느낌 같은 것에는 전혀 의미를 부여하는 사람이 아
니었다는 쓸쓸함과 함께.

안타까운 것은 지금도 스며들어있는 이 느낌의 정체를 여
전히 모르고 있다는 것이다. 그것의 정체가 파악되기만 하면
억지 의지를 사용해서라도 무찌르는 시늉을 해볼 텐데. 내버
려두자니 지나치게 자신을 방관하는 것 같다. 또 무찌르자니
그 의지를 사용할 대상이 모호해서 어정쩡하다.

요즘 시에 대해서 미안한 것은 그렇기 때문일까? 시를 쓰는 이 정서는 애초부터 메말라 있었기에?

그렇다 한들 이제는 쓰는 일에 더 활달해지고 싶다. 몰두해서 쓰는 일이 힘들어도 동기부여를 강하게 받고 있으니까. 내 존재성에 대한 확인이기도 하니까. 한번 마음에 담은 이 사랑, 쓰는 일에 대한 흔들림 없는 지속성을 지닐 수 있다는 만족감을 부여할 수 있으니까.

졸저(拙著)의 원고를 붙들고 씨름하는 동안에도 행복했으니.

소프라노의 뜰

詩/ 박정규

그대 소리 있던 뜰은 명랑했다

'리릭' 음색 둥글었고 어쩌다 뾰족한 소리가 난
다 한들 하하하, 우리는 이미 익숙했으므로 태연했
던 것이다 그런데 휴지부(休止符)라고?

가을의 저녁이다 뜰 모서리를 적시는 그늘 있어
도 공명(共鳴) 남았으니 사람아, 그대 소리 있던 이
뜰은 여전히 명랑하다.

· 저자 ·

박정규

시인 박정규는 지금도 육체노동을 한다. 군
소교단의 신학교에서 가르치기 시작했다. 설
교문장론에 대한 강의전담 겸임이다. 저서로
는 시집 『별은 아스피린이다』, 『소프라노의
뜰』과 논문집 『Sacred Music에 관한 小考』
등이 있다.

박정규의 『시 쓰는 이야기』

- 초판 인쇄   2008년 5월 6일
- 초판 발행   2008년 5월 6일

- 지 은 이   박정규
- 펴 낸 이   채종준
- 펴 낸 곳   한국학술정보㈜
            경기도 파주시 교하읍 문발리 513-5
            파주출판문화정보산업단지
            전화 031) 908-3181(대표) · 팩스 031) 908-3189
            홈페이지 http://www.kstudy.com
            e-mail(출판사업부) publish@kstudy.com
- 등   록   제일산-115호.(2000. 6. 19)
- 가   격   30,000원

ISBN   978-89-534-9094-9 93810 (Paper Book)
        978-89-534-9095-6 98810 (e-Book)